Sabine Gruber | Über Nacht

Mira lebt in Rom, Irma in Wien. Mira ist Altenpflegerin und sorgt sich um ihre Ehe. Der eigene Mann wird ihr immer fremder, sie beginnt ihm nachzuspionieren. Irma zieht ihr Kind allein groß. Sie ist Kulturjournalistin und interviewt Menschen mit aussterbenden Berufen, stellt sich aber vor allem selbst Fragen: Wer ist der Tote, der ihr mit seinem Spenderorgan ein neues Leben ermöglicht? Wie lebt es sich mit einem fremden Organ im eigenen Körper? Wie als Überlebende?

In ihrer schönen, bilderreichen Sprache erzählt Sabine Gruber von den Überraschungen des Lebens und der Willkür des Gerettetwerdens, von der Zerbrechlichkeit der Liebe, von Freundschaft und Fürsorge und vom Tod, der erfinderisch macht.

Sabine Gruber, geboren 1963 in Meran, lebt als freie Schriftstellerin in Wien. Für ihr Werk, Erzählungen, Hörspiele und Theaterstücke sowie ihre Romane erhielt sie zahlreiche Preise und Stipendien, u. a. den Priessnitz-Preis, den Förderungspreis zum österreichischen Staatspreis, das Elias-Canetti-Stipendium der Stadt Wien, den Anton Wildgans-Preis, das Robert Musil-Stipendium, den Veza Canetti-Preis der Stadt Wien sowie den liber wiederin Literaturpreis.

Sabine Gruber | Über Nacht

C.H.Beck   Roman

Жизнь есть товар на вынос:
торса, пениса, лба.
И географии примесь
к времени есть судьба.
Нехотя, из под палки,
признаешь эту власть,
подчиняешься Парке,
обожающей прясть.

Das Leben – Hausiererware:
Penis und Stirn und Rumpf.
Und Schicksal heißt – es paaren
sich Raum und Zeit. Die Vernunft
beugt sich solcher Macht nur unter
Zwang; doch bist auch du
der Parze verfallen – munter
schaust du ihr beim Spinnen zu.

Joseph Brodsky

Für Karl-Heinz

I

Anfangs waren es noch einzelne Punkte gewesen, dann plötzlich hunderte, tausende. Sie bewegten sich rauf und runter, hin und her, stürmisch, kraftbeladen. Die Menschen, die stehengeblieben waren, folgten mit ihren Blicken den wellenförmigen Bewegungen, den S-Linien und Ellipsen. In manchen Augenblicken sahen die dunklen Formen wie ovale Flugobjekte aus, dann änderten sie sich wieder, teilten sich oder rissen auseinander. Eine blonde Frau, die gebannt in den Himmel schaute, stieß rückwärts gehend gegen einen Baum, machte einen Schritt zur Seite. «Was ist das?» fragte sie. Niemand antwortete. Der Passant, der eine Weile neben ihr gestanden hatte, war längst weitergegangen, ein anderer beobachtete mit offenem Mund die Breitband-Formationen.

«Stare», sagte ich, «die sind überall hier in der Stadt. Passen Sie auf, daß Sie nicht in den Hundedreck treten.» Die Frau schaute kurz zu Boden, nickte, als wollte sie sich bedanken, und setzte ihren Weg fort. Ich blickte ihr nach, bis sie hinter einem geparkten Lieferwagen die Straße überquerte, dann öffnete ich die Autotür, warf die Einkaufstasche auf den Beifahrersitz und fuhr los.

Der Berufsverkehr hatte eingesetzt, vor dem Bahnhof Termini stauten sich die Autos. Die Mopedfahrer zwängten sich in jede noch so kleine Lücke. Der Fahrer vor mir ließ die Fensterscheibe runter und schimpfte auf einen Jugendlichen, weil er beim Überholen den linken Außenspiegel gestreift hatte.

Noch immer waren die Stare zu sehen, kleinere Verbände, die im Flug ein V formierten; hie und da scherte ein Vogel aus, um sich weiter hinten wieder einzuordnen.

Ich überlegte, an der nächsten Kreuzung abzubiegen und einen Umweg zu fahren, doch um diese Zeit würde der Verkehr auch in den Seitenstraßen stocken.

Aus meiner Einkaufstasche roch es nach Brot. Ich wickelte es aus dem Papier, brach ein Stück Pecorino ab, den ich aus der Klarsichtfolie geschält hatte. Der Käse bröselte auf die Hose, das Papier rutschte unter die Pedale. Ich versuchte es aufzuheben. Die Autos und Mopeds setzten sich wieder in Bewegung, hinter mir wurde gehupt.

Zwischen meinen Beinen vibrierte das Handy. Als ich die Stimme meiner Vorgesetzten erkannte, bedauerte ich, den Anruf entgegengenommen zu haben. «Es ist mein freier Tag», sagte ich, aber es nützte nichts.

Die Stare flogen jetzt ein Doppel-V; ich entdeckte sie noch einmal über der Kirche Santa Maria della Vittoria. Beinahe hätte ich die nächste Ampel übersehen.

«Ich verstehe nicht, warum die überhaupt noch hier sind. Es ist doch Sommer.» Die Luft im Umkleideraum war stickig.

«Wer?» fragte Marta, während sie in ihre Sandalen schlüpfte.

«Na, die Vögel.»

Sie war müde, mußte sich am Metallschrank abstützen, um nicht das Gleichgewicht zu verlieren. «Du mit deinen Vögeln.»

«Früher haben sie sich um diese Zeit in Riga oder Moskau aufgehalten – »

«Ich weiß, Mira.» Sie drehte mir den Rücken zu, stopfte die Schürze in den vollen Wäschekorb. «Lucchi atmet schwer. Wenn du bitte nach ihm schauen könntest. Carelli muß noch gewaschen werden. Mach's gut. Bis morgen.»

Ich wechselte die Schürze, weil ein Knopf abgegangen war, dann trat ich den Dienst an. Hinter der Tür wartete bereits

Mancini und wollte eine Zigarette. Die Tagesration von fünf Stück hatte er bis zum Mittagessen aufgebraucht, am Nachmittag verfolgte er die Besucher, schnüffelte an ihren Kleidern, um herauszufinden, ob sich das Betteln lohnte. Er lief im Pyjama hinter mir her.

«Und, wie viele Stare waren es heute?»

«Eintausendneunhundertdreiundsechzig», sagte er.

Ich schloß die kleine Küche auf, in der das Personal zu essen pflegte, und nahm eine angebrochene Packung MS aus dem Schrank. Mancini zupfte mehrmals mit dem Zeigefinger- und Daumennagel an einem Filter, bis er die Zigarette zu fassen kriegte.

«Nur eine?» Er lächelte mich an, verneigte sich.

«Okay, zwei, obwohl Sie sich verzählt haben.»

Er steckte sich die eine Zigarette links, die andere rechts hinters Ohr.

«Es waren eintausendneunhundertvierundneunzig. Sie haben die kleinen übersehen, die im Huckepackflug auf den größeren mitgeflogen sind.»

«Das gibt's nicht», lachte er.

«Doch, das gibt's. Und jetzt raus.»

Er verneigte sich wieder, dieses Mal nach allen Seiten, dann verließ er im Rückwärtsgang die Küche.

Ich sah auf die Straße hinaus; auf der Bank vor dem Eingang saßen drei Männer aus meiner Abteilung und blickten den Autos hinterher. Manchmal fragte ich mich, ob sie ihnen bewußt nachschauten oder ob sie einfach die Köpfe hin und her bewegten, um anzudeuten, sie seien beschäftigt. Miteinander zu sprechen war ihnen nicht möglich.

«Wozu soll ich mit den anderen reden», hatte Mancini einmal gesagt, «erzähl' ich ihnen meine Geschichte, fühlen sie sich an ihre eigene erinnert, und die ist schlimmer.»

Ich schloß das Fenster, setzte Teewasser auf. Die Verrichtungen blieben immer die gleichen, in letzter Zeit konnte ich mich oft nicht mehr daran erinnern, wann und wie ich die Arbeiten erledigt hatte. Ich bewegte meine Hände so mechanisch wie die drei Männer auf der Straße ihre Köpfe. Nachdem ich die Tabletten aus der Verpackung herausgebrochen und in den Medikamentenschiebern verteilt hatte, zählte ich sie alle noch einmal durch.

Mancini steckte den Kopf zur Tür herein.

«Was ist, Mancini – alle schon geraucht?»

«Sie hatten recht, es waren eintausendneunhundertvierundneunzig.» Er grinste und hielt den Daumen in die Höhe.

«Sie kriegen keine mehr.»

Er zuckte mit den Achseln. «Dann nicht.» Bevor er den Kopf wieder aus der Tür zog, fragte er mich, ob ich verheiratet sei.

«Das wissen Sie doch. Seit vier Jahren.»

«Oh», sagte er, «das tut mir aber leid.»

Ich schaute nach Lucchi. Er saß neben der angelehnten Balkontür, das Hemd bis zum Nabel offen.

«Es zieht», sagte ich und schloß das Badezimmerfenster.

«Ach wo.»

«Sehen Sie sich den Lampenschirm an. Der bewegt sich doch, oder?»

«Na und?» Lucchi sah zur Seite. «Dann bewegt er sich eben.»

Ich konnte keine abnorme Atmung bei ihm feststellen. Als ich ihn fragte, ob er genug Luft kriege, meinte er, den Blick auf das Badezimmerfenster gerichtet: «Jetzt nicht mehr.»

«Brauchen Sie noch etwas?» Ich stellte den Tee auf den Nachttisch.

«Ich habe Sie nicht gerufen.»

Als ich mich zur Tür wandte, hörte ich Schritte hinter mir; sie hatten nichts Schlurfendes oder Schleppendes an sich. Es waren Straßenschuhe, ich erkannte sie am Klang der hohlen

Absätze. Lucchi, erinnerte ich mich, trug Pantoffeln mit Gummisohle; das Oberteil war mit einem senffarbenen Kordstoff überzogen.

«Guten Abend.»

Ich drehte den Kopf, wollte mit der Hand nach der Türklinke fassen, griff aber ins Leere. Auf mich kam ein großgewachsener, weißhaariger Mann zu, den ich auf Mitte vierzig schätzte. Er habe, sagte er mit Blick auf meine Hand, die nun auf der Klinke lag, auf dem Balkon eine Zigarette geraucht, obwohl dies nicht erlaubt sei. War es die Art, wie er mich musterte, oder waren es seine asymmetrischen Koteletten, die mir sofort auffielen – ich reagierte nicht. Als ich ihm nicht die Hand gab, legte er, ohne zu zögern, seine Hand auf meine.

«Angenehm», sagte er, «Rino», als hätte es sich um eine Begrüßung gehandelt. Er folgte mir auf den Gang hinaus, blieb vor Lucchis Tür stehen.

«Mein Onkel ist ziemlich unfreundlich», sagte er.

«Seine Sache.»

Ich ging zur nächsten Tür.

«Und wie heißen Sie?» rief er mir nach.

Ich hob die Augenbrauen und verschwand in dem Zimmer.

Die Nacht verlief ohne große Zwischenfälle; Carelli verlangte nach Valiumtropfen, Rossi übergab sich wenige Meter vor der Toilette, und eine Frau aus dem oberen Stockwerk hatte sich gegen Mitternacht in der Tür geirrt und war in die Männerabteilung gekommen, wo ich sie daran hinderte, sich in Mancinis Bett zu legen. Sie glaubte, sie sei in ihrem Haus in der Via Nomentana. Ich konnte sie nur mit Gewalt aus dem Zimmer drängen. Was ich hier zu suchen habe, fragte sie mich, als ich Mancinis Tür hinter uns zuzog. Sie zwickte mich in den Arm und drohte mir mit der Polizei. Ich hätte in ihrem Haus nichts verloren. «Raus», sagte sie, «raus, raus, raus.» In ihrer Wut stemmte sie sich gegen mich, so daß ich mich mit einem Fuß am Türpfosten abstützen mußte. Sie war schwer; der helle, offene Bademantel und die langen Haare verliehen ihr ein riesenhaftes Aussehen. Auf einem ihrer Hausschuhe bemerkte ich mehrere Reiskörner.

«Was machen Sie», schrie sie, ließ sich dann aber doch in den oberen Stock begleiten. Die Kraft, mit der sie sich eben noch gegen mich gewehrt hatte, schien sie nun in ihre gefalteten Hände zu legen. Die Fingerspitzen waren stark gerötet, die Knöchel traten weiß hervor.

«Sie müssen sie anbinden, wenn Sie allein sind», sagte ich zu meiner Kollegin.

Gegen zwei Uhr früh rief Vittorio an. Er behauptete, ich hätte nicht auf seine Mobilbox gesprochen, ihn nicht über meinen Nachtdienst informiert.

«Jetzt erst merkst du, daß ich nicht zu Hause bin», sagte ich.

«Ich suche dich seit einer Stunde.» Im Hintergrund lief der Fernseher, ich konnte Vittorio kaum verstehen.

«Ich habe dich aber angerufen», sagte ich laut.

«Das glaub' ich nicht.» Er klang müde, dabei war er heute gar nicht im Geschäft gewesen.

«Du bist ziemlich zerstreut in letzter Zeit.»

«Du meinst wohl dich selber.»

Ich horchte auf; da war er wieder, dieser Tonfall. Obwohl Vittorio mich in den letzten Monaten freundlich und zuvorkommend behandelt hatte, war etwas Gereiztes in der Stimme, das mir neu war.

«Na schön, vielleicht habe ich einem Fremden auf die Box gesprochen.»

Wir schwiegen beide; ich konnte hören, wie er schluckte.

«Tut mir leid», sagte er, «da war wirklich keine Nachricht.»

Nachdem wir telephoniert hatten, war es lange ruhig im Haus; auch aus der Frauenabteilung drang kein Klingeln in den unteren Stock, kein lautes Rufen. Ich hoffte insgeheim, daß Lucchi läuten würde, weil ich gerne etwas über diesen Neffen erfahren hätte, doch sooft ich in sein Zimmer schaute, schlief er fest, so fest, daß ich mich mehrmals zu ihm hinunterbeugte, um zu hören, ob er überhaupt noch atmete.

Ich ruhte mich auf der Eckbank in der Küche aus und dachte an Vittorio. Unter *Gewählte Rufnummern* hatte ich seine Telephonnummer gefunden, auch das gestrige Datum und die Anrufzeit 21.15 Uhr. Ich überlegte, ihn zurückzurufen, um ihm zu sagen, ich könnte es ihm beweisen.

War wenig zu tun, dehnten sich die Nächte. Ich wußte nie, was mir lieber war: die Stille in der Küche, die nur vom Klicken des Zeigers und vom gelegentlichen Rattern des Kühlschranks unterbrochen wurde, oder das ständige Klingeln der Heimbewohner. Manchmal, wenn tagsüber keine Zeit gewesen war, um ein paar Stunden vorzuschlafen, schlug die Müdigkeit mir auf den Magen, oder meine Schläfen schmerzten.

Von sechs Uhr bis Dienstschluß mußten die Pflegefälle gewaschen werden. Im Sommer, wenn es an Personal mangelte, war diese Arbeit in einer Stunde nicht zu bewältigen. Oft versuchte ich, früher damit anzufangen, doch diejenigen, die noch sprechen konnten, beschwerten sich, daß ich sie so zeitig aus dem Schlaf riß.

Mancini war Frühaufsteher; wenn ich die Küchentür öffnete, stand er schon im Eingangsbereich vor dem Kaffeeautomaten und suchte im Aschenbecher nach Kippen. Es war der einzige Ort im Haus, wo Rauchen erlaubt war. Hatte ich die Pflegefälle versorgt, begleitete er mich zu den anderen, von Zimmer zu Zimmer.

«Später, Herr Mancini.»

Ich konnte es nicht erwarten, Lucchi aufzusuchen, doch Carelli klingelte an diesem Morgen zum dritten Mal; erst mußte ich ihm die Illustrierte geben, die ich am Abend auf den Tisch gelegt hatte, dann ein Glas Wasser holen. Nun lag seine Uhr auf dem Boden. Zwischen dem Bett und der Kommode war gerade so viel Platz, daß man die Laden rausziehen konnte. Als ich mich bückte, um die Armbanduhr aufzuheben, griff er mir an den Busen.

«Carelli!»

Er grinste. «Bleiben Sie doch hier, bei mir», sagte er und hielt mich am Arm fest. Er hatte ein Einzelzimmer, weil er bereits mit neunundvierzig ins Heim gekommen war. Seit seiner Geburt litt er an Gelenksversteifungen, die Arme waren davon weniger betroffen. Seine Mutter, mittlerweile selbst pflegebedürftig, hatte sich nicht mehr um ihn kümmern können. Lange Zeit hatte Carelli den Wunsch gehegt, in seinem Bett ein Ei auszubrüten. Er hatte es sogar zweimal versucht. Daß es ihm nicht gelingen wollte, lag weniger daran, daß er die absolute Brutruhe nicht hätte einhalten können, als an der zu niedrigen Bruttemperatur und der zu geringen Luftfeuchtigkeit. Damit ein Küken schlüpfen konnte, brauchte es konstant 37,8 Grad.

«Was soll ich noch tun? Sagen Sie es lieber gleich. Ich komme dann nicht mehr, egal wie oft Sie klingeln.»

Er prüfte mit der freien Hand seine Uhr, indem er sie ans Ohr hielt. «Die wird mich überleben», sagte er und ließ mich los.

Mancini hatte Rossi aus dem Zimmer geholt und schob ihn auf einem Sessel durch den Gang. «Aber er kann doch gehen», sagte ich, «lassen Sie ihn.»

«Er will es so.»

Ich fragte mich, wie sich die beiden verständigten. Rossi bewegte nur die Lippen, manchmal so heftig, daß sich in den Mundwinkeln Speichelreste sammelten.

«Der weiße Schaum sind die Wörter, die wir nicht hören»,

hatte Marta einmal gesagt. Rossis Hände waren immer in seinem Gesicht, vielleicht wußte er, daß da etwas war, das weggewischt gehörte, doch seine Finger waren steif, es fiel ihm schwer, die einzelnen Bewegungen zu koordinieren. Er tastete über seine Nase, die Augen, die Stirn. Die Wörter blieben in den Mundwinkeln.

Vor Lucchis Zimmer stand der Wäschewagen. Ich hatte gar nicht bemerkt, daß meine Schicht zu Ende war.

II

Nichts schob sich zwischen den Himmel und das abgeschabte Skelett, nur ein paar ausgetrocknete Büsche am Horizont. Der Wind wehte und trieb die feinen Staubpartikel über den Körper. Trockenheit modellierte Bruchlinien, Abschuppungen und Spalten in den Boden. Der aufgewirbelte Sand sammelte sich, ließ Dünen entstehen, wachsen und wandern, bis sich die Wellen und Flächen wieder im Sturm verloren. Die Sandkörner drangen wie Nadelstiche in die Haut.

Irma kratzte sich, wälzte sich, rollte über Schotterfelder ohne Schattenschutz. Da waren nur welke Sträucher, einzelne Halme in Mulden, wie Kanülen in den Beugen stehengelassen. Die Luft vibrierte, keine Wolken. Irma tastete über die Kratzspuren, die Verkrustungen und Faltungen – ein Klingeln.

Sie setzte sich auf, schüttelte sich, fiel zurück ins Bett und griff nach dem Schalter. Der Strahl der Lampe fuhr ihr in die Augen. Bevor sie noch «Hallo» sagen konnte, erinnerte sie sich an Mutters terrorisierten Blick; alle waren damals im Korridor zusammengelaufen: Vater in seinem gestreiften Pyjama, Mutter mit ihren von der Angst unkoordinierten Bewegungen, Richard, der ältere Bruder, der sich sogleich auf die Kommode gesetzt und die Arme vor der Brust verschränkt hatte.

Wer in der Nacht anruft, kann nur der Tod persönlich oder dessen Botschafter sein, hatte Mutter gesagt. Diese körperlosen Stimmen aus dem Hörer waren ihr ohnehin unheimlich gewesen.

Irma sah sich im Türrahmen zum Kinderzimmer stehen, sah Mutter als erste nach dem Hörer greifen. «Ja?» Sie hatte den Kindern eingeschärft, in der Nacht niemals den Namen zu nennen, als könnten sie sich dadurch dem Unglück entziehen. Späte Stimmen, die ins Haus drangen, bedeuteten nichts Gutes. Allein das Stocken zu Beginn des Anrufs, das bloße Atmen ließ die Welt aus den Fugen geraten. Mutters «Ja?» war damals ein lautes «Nein, das ist nicht wahr» gefolgt. Sie hatte sich an der Garderobe festgehalten. Wieder und wieder hatte Irma ihre Mutter sagen hören: «Nein, das ist nicht wahr. Nein. Nein.» Dann war sie in die Schuhe geschlüpft. «Ich komme sofort.»

«Hallo», sagte Irma mit brüchiger Stimme, und noch einmal: «Hallo.» Sie bekam das Gesicht der Mutter nicht aus dem Kopf. Kein Klingeln ohne Erschrecken. Jedesmal sah sie vor sich, wie alle im Korridor zusammenliefen, obwohl Irma schon lange allein lebte, allein mit ihrem Sohn.

«Frau Irma Svetly? Allgemeines Krankenhaus. Wir haben eine Niere für Sie.»

Irma stand neben dem Telephon, die Hand lag auf dem Hörer. Im Halbdunkel des Vorzimmers fand sie ihr Gesicht im Spiegel. Kopf, Arme, die zittrigen Beine, das weite T-Shirt – da waren nur noch Bruchstücke. Wohin mit Florian jetzt in der Nacht?

Sie begann durch die Wohnung zu laufen, machte alles gleichzeitig, zog sich aus, griff nach dem Kulturbeutel, nach einem frischen Handtuch, streifte sich das alte Kleid über, suchte das Adreßbuch, um es wieder zurück auf den Schreibtisch zu legen, packte das Diktaphon in die Tasche und mußte an Marianne denken, die seit vier Jahren an der Maschine war. Marianne wartete auf einen Anruf wie diesen, wartete, daß die Abhängigkeit ein Ende haben würde, sich die porösen Knochen erholten. Sie wartete mit geborgter Geduld. Und wieder hatte es nicht Marianne getroffen.

Ich muß Richard anrufen, dachte Irma. Aber Richards Handy war ausgeschaltet. Sie versuchte es unter der Festnetznummer – endlich ein verschlafenes «Wer spricht?»

«Ist Richard bei dir?»

«Nein. Vielleicht in seinem Zimmer. Ist etwas passiert?» fragte Davide.

«Das Krankenhaus hat angerufen. Ich krieg' eine Niere.» Irma hörte, wie Davide aufstand, das Sternparkett knarrte unter seinen Füßen.

«Das ist – das ist großartig», sagte Davide. «Hast du es auf seinem Handy probiert?»

«Es ist ausgeschaltet.»

«Schon wieder.» Davides Stimme war leise. Irma hörte, wie er seufzte. «In seinem Zimmer ist er nicht.»

«Kannst du Florian übernehmen?»

«Ich komme gleich», sagte Davide.

Gleich, dachte Irma noch, ist der Weg durch zwei Bezirke. Sie zog sich wieder aus, stellte sich unter die Dusche.

Vor ein paar Jahren war jeder Klingelton noch ein anderes Stück Hoffnung gewesen. Aber von Florians Vater hatte Irma nichts mehr gehört. Sie hatte ihn angerufen, gewartet, ausgeharrt, hatte es klingeln lassen, bis aus dem Freizeichen ein Besetztzeichen geworden war. Wochen, Monate hatte Irma Rino hinterhertelephoniert – am anderen Ende der Leitung war es still geblieben.

Je länger sie in den Hörer hineingehorcht hatte, desto schneller waren die Erinnerungen an seine Wohnung in Rom verblaßt; all die kleinen Details wie der Globe-Sessel am Fenster oder die Hängelampe aus Milchglas, die sie sich ins Gedächtnis gerufen hatte, um sich die Zeit des Wartens zu vertreiben, waren irgendwann nicht mehr abrufbar gewesen. Formen und Farben hatten nicht mehr gestimmt. Von seinem Sohn hatte Rino nie erfahren. Er würde auch nicht von Irmas Glück erfahren und schon gar nicht vom Unglück eines Fremden, dessen Niere in einem Styroporkasten, verpackt in Plastik und Eis, auf sie wartete.

Irma drehte das Wasser ab, der Duschkopf entglitt ihrer Hand, schlug gegen das Knie. Sie konnte kaum noch stehen, hatte Mühe, sich abzutrocknen, ins Kleid zu steigen.

Die Kusine fiel ihr ein; sie hatten sich mehrmals gestritten. Obwohl Greta Krankenschwester war, schienen ihr die Argumente der Transplantationsgegner vertrauter als jene Irmas. Was den Tod ausmache, das könnten eben nicht die Ärzte entscheiden, hatte Greta gesagt und Irma vorgeworfen, sie würde den Tod immer nur vom eigenen Leben aus betrachten, immer nur als ihr eigenes Ende, nie als Übergang. Es gäbe keine Gewißheit, keine klare Trennungslinie zwischen Noch-Leben und Schon-gestorben-Sein. Die einzige Gewißheit sei Gott. Greta hatte gut reden. Sie war nie krank gewesen, klagte über gelegentliches Zahnfleischbluten. Die beiden waren sich seither nicht mehr begegnet.

Florian schlief ruhig. Als Irma ihn zudeckte und seine Wange küßte, drehte er sich auf den Bauch. «Nächsten Sommer werden wir zwei wieder ans Meer fahren», sagte Irma leise. Sie setzte die Stofftiere ans untere Bettende und eilte zum Fenster, damit sie Davide rechtzeitig abfangen konnte und er nicht klingeln mußte. Irma drückte die Stirn gegen die Scheibe. Das Glas war angenehm kühl. Ihre Hände lagen auf dem Bauch, der sich immer wieder zusammenzog.

«Nein, das ist nicht wahr. Onkel Alfred lebt nicht mehr»,

hörte Irma die Mutter sagen. Alfred war ihr einziger Bruder gewesen, eine Art Familienersatz, nachdem der Vater im Juli 1941 an der Murmanskfront gefallen war. Irma sah ihre Mutter vor sich, mit hängenden Schultern; sie hatte den Hörer noch in der Hand gehabt, als das Gespräch längst zu Ende gewesen war, hatte an ihrem Nachthemd genestelt, Richard war von der Kommode gerutscht.

Da draußen, dachte Irma, ist jetzt auch wer tot.

Sie fuhr am Hochhaus der UNIQA vorbei, an der Urania, dem Regierungsgebäude mit dem bombastischen Doppeladler. Irma betrachtete alles wie zum letzten Mal: die Reiterstatue des Feldmarschalls Radetzky vor dem Haupteingang des ehemaligen Kriegsministeriums, die Postsparkasse, deren Fassade mit ihren Nieten an den Granit- und Marmorplatten an eine überdimensionale Geldkiste erinnerte. Irma faßte nach der Tasche, nach den Schlaufen, hielt weiter Ausschau nach Gewohntem, Heimischem, aber die vom Ring abgehenden, im Halbdunkel liegenden Straßen und Gassen sahen aus wie überall um diese Zeit, blaß und leer.

«Bleiben Sie bei den Fakten; hier bei uns werden Sie nichts anderes erfahren», hatte Irmas Ärztin einmal gesagt.

Als Richard zurückrief, bog das Taxi bereits in die Alserstraße ein, nahm Kurs auf den Gürtel. Richard sagte, er könne nicht verstehen, warum Irma die Eltern nicht benachrichtigt habe.

«Soll ich sie etwa beunruhigen und dann wird nichts draus?» sagte Irma. «Du bist sauer, weil Davide es zuerst erfahren hat. Ein Glück, daß er dich doch noch erreicht hat. Sag mal, wo bist du eigentlich?»

Richard schwieg.

«Reißt euch vor Florian zusammen.»

«Hast du jetzt keine anderen Sorgen», sagte Richard.

Irma dachte an den Toten, an den irreversiblen Ausfall der Hirnfunktionen. War er auch wirklich tot? Oder lag er nur unumkehrbar im Sterben, hatte gar noch elementare Empfindungen? «Das ist ausgeschlossen», hatte Irmas Ärztin gesagt, «die Lebensmerkmale eines Lebewesens entstehen alle durch die Tätigkeit des Gehirns. Fällt das Gehirn aus, ist da nichts mehr.» Nur ein warmer Körper mit schlagendem Herzen, war Irma damals eingefallen, aber sie hatte geschwiegen, denn ihr war klar gewesen, was die Ärztin sagen würde: Der spontane Atemimpuls wird apparativ ersetzt; auf diese Weise gelangt Sauerstoff in die Lunge, und die Stoffwechselprozesse können weitergehen. Blutdruck und Herzfrequenz werden medikamentös beeinflußt, damit die Blutversorgung des gesamten Körpers gewährleistet wird.

Und die Bewegungen? Hatte Greta nicht erzählt, daß sich die Hirntoten noch bewegen würden? Waren es tatsächlich nur reflexartige Zuckungen, die über das Rückenmark gesteuert werden?

Als Irma aus dem Taxi stieg, atmete sie durch. Das ist die letzte Frischluft für lange Zeit, sagte sie sich, der letzte Blick in den Himmel. Irma fand keinen einzigen Stern. Rachen und Zunge waren trocken, als hätte sie nur durch den Mund geatmet.

Sie wurde an die Maschine angehängt; noch einmal wusch sie ihr Blut. Die Stiche in den linken Unterarm erschienen Irma wie Schlußpunkte. Die Nadeln spürte sie kaum, obwohl sie die Dicke von Stricknadeln hatten. In Gedanken war sie längst woanders, nahm ihr Diktaphon in die freie Hand und sprach leise: «Der Zufall und der Tod sind nicht unergründlich, sie haben gemeinsam diese beruhigende Regelmäßigkeit.»

Hinter Irma surrte und piepste es; die vorerst letzte Dialyse fand aus Mangel an Geräten in der Intensivstation statt.

Sie überlegte, nun doch die Eltern zu benachrichtigen, aber noch waren nicht alle Hürden genommen. Man hatte die Blutzellen des Toten mit ihrem Blutserum gemischt, um zu sehen, ob das Cross-match auch tatsächlich negativ war. Zerstörte Irmas Serum die Spenderzellen, mußte sie wieder nach Hause zurück; die Niere erhielt ein anderer.

Es war ein Kommen und Gehen. Neben Irma lagen nur dürftig abgeschirmt zwei Intensivpatienten. Die Schwestern und Pfleger kontrollierten Blutdruck, Puls und Temperatur, verfolgten die Kurven auf den Geräten, notierten die Flüssigkeitsmengen in den Infusionsbeuteln.

«Sie müssen nachher zum Röntgen», sagte eine der Schwestern, «Sie sind doch Frau Svetly?»

«Ja», antwortete Irma und dachte: Noch bin ich Frau Svetly. Wie wird es sich anfühlen, wenn das Organ eines Toten in mir lebt?

«Ich tue es für mich und für Florian», hatte Irma damals zu Greta gesagt. Das sei nur verständlich, hatte diese geantwortet, aber Irma solle zumindest klar sein, daß sie ihr Überleben einem fragwürdigen Tod verdankte. «Es widert mich an, daß das plötzliche Sterben, nein, nicht der plötzliche Tod, sondern das Sterben mehr und mehr zur sozialen Frage wird. *Ein Gesunder, der stirbt, sei verpflichtet, einem Kranken zu helfen* – das ist doch anmaßend», hatte Greta gesagt.

«Du bist ja päpstlicher als der Papst», hatte Irma entgegnet. Sie wußte, daß die Kirche nichts gegen Transplantationen hatte, daß für sie der Körper nach dem Tod bedeutungslos war. Es galt, die Seele zu retten.

Gretas Vorwürfe hatten Irma verletzt; sie war nicht auf diese Ablehnung vorbereitet gewesen. All die Freunde hatten ihr zugeredet, sich so bald wie möglich auf die Liste setzen zu lassen; auch der Großteil der Familienmitglieder war für eine Transplantation gewesen.

Was ist schon individuell, dachte Irma. Wir sind in dieses große Ganze eingebunden und können uns kaum rühren. Florian ist ebenso ungeplant entstanden, wie mein Spender möglicherweise unvorhergesehen gestorben ist. Wir werden durch glückliche oder unglückliche Fügungen geboren, und manchmal ist es sogar der Zufall, der uns auslöscht. Er korrigiert seine Fehler nicht. Das ist es, was ich Marianne sagen muß. Es gibt Phasen des Nicht-Zufalls, in denen das Leben zäh dahinfließt, durch nichts unterbrochen.

Irma schaltete das Diktaphon ein, aber es wollte ihr nichts mehr einfallen.

Sie blickte auf die Maschine, die sie seit zweieinhalb Jahren am Leben erhielt. Was die Nieren nicht mehr schafften, hatte eine Filtermembran übernommen, sie wusch die giftigen Substanzen dreimal pro Woche mehrere Stunden lang aus Irmas Blut, entzog ihrem Körper jene Flüssigkeit, die er nicht mehr auf normalem Wege auszuscheiden vermochte. Irma konnte es gar nicht glauben, daß Abgeschlagenheit, Übelkeit, Kreislauf- und Schlafprobleme ein Ende haben sollten.

Wir stehen alle seit Monaten und Jahren auf der Liste, hatte Marianne einmal gesagt, und wenn es uns trifft, wenn man uns endlich aus unserer Misere rauszieht, können wir es nicht fassen. Das Glück ist unglaubwürdig geworden.

Auf dem Weg in die Röntgenabteilung sah Irma eine Frau mit verweinten Augen. Sie blätterte in einer Illustrierten. Dahinter saß ein Mann, der sein Gesicht mit den Händen zudeckte. Unbekanntes Unglück, dachte Irma, Biographien, für die ich keine Sprache haben werde. Sie ertappte sich dabei, wie sie innerlich Greta nachäffte, diese gesunde Besserwisserin, die die Organtransplantation als Kannibalismus bezeichnet hatte.

Wir würden den Sterbenden das Leben rauben. Was für Leben, fragte sich Irma. Himmel, die sich nicht mehr zeigten; Münder, die nicht mehr sprachen. Herzen, die aufgrund von Maschinen schlugen. Röcheln. Gluckern. Zuckungen, die nichts bedeuteten.

Sie zog das Handy aus ihrer Jackentasche, wählte Richards Nummer. Ein junger Arzt ging an ihr vorbei, sagte aber nichts. Es dauerte eine Weile, bis Richard abhob.

«Hast du schon geschlafen? Ist mit Florian alles in Ordnung?» Der Linoleumbelag in der Mitte des Korridors hatte jeden Glanz verloren.

«Alles okay, meine Liebe. Mach dir keine Sorgen. Brauchst du noch was?»

Ich habe ihn aufgeweckt, dachte Irma.

Richard räusperte sich, hustete.

«Ich war bis jetzt an der Maschine, deswegen hab' ich nicht früher angerufen.»

«Du mußt dich nicht entschuldigen. Ich kann sowieso nicht schlafen», sagte Richard. «Ich schau', daß ich da bin, wenn du aufwachst.»

«Nicht nötig. Paß lieber auf Florian auf. Gute Nacht.» Daß sie Angst habe, wollte sie noch sagen, aber er hatte aufgelegt.

«Einatmen. Luft anhalten.» Sie überhörte das Klicken des Röntgenapparats. In der Leere und Kälte des Raumes fielen ihr Fragmente des Traumes ein. In den letzten Wochen hatte sie immer wieder die Dünen vor Augen gehabt, den weißen Sand, der über die Wüste wanderte. Obwohl sie nie dort gewesen war, träumte sie immer wieder von Expeditionen auf den Steilhängen der Dünen; waren sie beim Aufstieg noch leicht begehbar, löste sich auf dem Grat eine Lawine nach der anderen. Die Schuhe füllten sich mit Sand; Irma rutschte. Und die Sandkörner, einmal in Bewegung gesetzt, kamen lange nicht mehr zum Stillstand.

Könnte ich nur wie die Strauße in eine Art lethargischen Zustand verfallen, dachte Irma, einen Sommerschlaf halten, wenn die Situation unerträglich wird.

III

Ich stand mit Vittorio oberhalb der Piazza del Popolo am Rande des Parks der Villa Borghese und schaute in den Himmel: Immer mehr Stare sammelten sich. Sie kehrten in Gruppen von der Futtersuche zurück und formierten sich zu großen Schwärmen, die hin und her wogten. Wenn sie noch nicht so viele waren, flogen sie schneller und in geringerer Höhe, hatten sie sich einmal zusammengefunden, um sich ihrem Schlafplatz zu nähern, schwenkten sie auf und ab. Unten rasten Autos an der Kirche vorbei, oben versammelten sich immer mehr Vögel, kamen aus allen Himmelsrichtungen.

«Vittorio», sagte ich, «laß uns nach Hause gehen. Ich bin müde.»

Er reagierte nicht, betrachtete die Formationsflüge. Er hatte eine Hand auf der steinernen Balustrade liegen, mit der anderen zupfte er an seinem Nackenhaar. «Die Auguren», sagte er, «haben ihre Chancen für wichtige politische Entscheidungen aus den Vogelflügen abgelesen.»

«Und wie erkannte man, was zu tun war?»

«Das frage ich mich auch gerade. Wahrscheinlich haben sie es deswegen irgendwann vorgezogen, den heiligen Hühnern beim Fressen zuzusehen; das war weniger umständlich. Wenn ihnen vor lauter Gier das Futter aus den Schnäbeln fiel, war das ein günstiges Zeichen. Ich kann mir vorstellen, daß sie die Hühner absichtlich haben hungern lassen, damit sie dann besonders gierig waren.» Vittorio sah mich an. «Du hattest

Dienst, das habe ich ganz vergessen. Entschuldige. Gehen wir.»

Neben uns standen zwei alte Männer; einer zog an seiner Zigarette, als habe er kaum Zeit, sie zu Ende zu rauchen. Ich hielt nach einer älteren Dame Ausschau, seiner Ehefrau, vor der er vielleicht hier herauf geflüchtet war, aber ich entdeckte keine, die zu ihm gepaßt hätte. Auf den Treppen saßen Jugendliche und spielten Karten; unten, auf dem Platz, lief eine japanische Reisegruppe einem gelben Schirm hinterher.

«Die Steineichen vor dem Bahnhof sind ja regelrecht zugeschissen», sagte der zweite Alte und schüttelte den Kopf, «das gab es doch früher nicht. Und nichts hilft dagegen. Gar nichts. Nicht einmal die Warnrufe aus den Boxen haben geholfen.»

«Was für Warnrufe?» hörte ich den ersten.

«Na, irgendwelcher Feinde, was weiß ich. Wer sind die natürlichen Feinde? Du kommst doch vom Land, nicht ich.»

Vittorio fragte mich, wie die Nacht gewesen war. Er hatte sich eingehängt, umfaßte mit seiner Hand meinen Oberarm, drückte ihn; das verunsicherte mich. Erst als wir die Villa Borghese erreichten, ließ er mich los. Ich sah ihn erstaunt an, doch er erwiderte meinen Blick nicht. Wir gingen schweigend zum Ausgang. Auf der Straße erzählte er, seine Mutter habe angerufen, die Klimaanlage sei ausgefallen. «Ich muß wohl noch einmal kurz hin.»

«Sie findet immer einen Grund», sagte ich.

«Es dauert nicht lange. Außerdem kommt Mauro vorbei.»

Ich blieb stehen. «Wir wollten doch heute den Tag allein verbringen.»

«Ja, aber du hattest doch Dienst. Dann gehst du meistens früher schlafen. Da dachte ich – und Mauro magst du doch.» Vittorio war nun ebenfalls stehengeblieben und wartete, daß

ich weiterging. Er kickte mit der Fußspitze eine Zigarettenschachtel vom Gehsteig.

«Komm», sagte er mit fester Stimme, «wir haben das nächste Wochenende für uns.» Er streckte mir den linken Arm entgegen. Als ich nach seiner Hand griff, war sie schlaff.

«Dann wird bei deiner Mutter der Kühlschrank ausfallen,
das Backrohr explodieren oder der Schlauch zur Waschma-
schine reißen.»

Zu Hause klebte Vittorio noch schnell ein paar Photos in die
Kundenmappe, bevor er zu seiner Mutter fuhr. Es waren Abbil-
dungen von neu erworbenen Stühlen, Tischen und Lampen,
die er in einer heruntergekommenen Halle in Testaccio einge-
lagert hatte. Fünfzehn Jahre suchte er nun schon nach alten
Designermöbeln, pflegte enge Kontakte mit Entrümpelungs-
firmen, kaufte, was sich als brauchbar erwies, manchmal auch
Kopien bekannter Möbelstücke, die in gutem Zustand waren,
reinigte und entstaubte die Ware, bevor er sie in seinem Geschäft zum Verkauf anbot. Was nicht in dem Siebzigquadrat-
meterladen Platz fand, führte er in seiner Mappe alphabetisch
nach Designern geordnet.

Angefangen hatte seine Leidenschaft zufällig: Er war auf
dem Weg zu seinem Cousin in einer Seitenstraße auf Arne-Ja-
cobsen-Stühle gestoßen, ohne zu wissen, daß es sich um solche handelte. Es war der Tag, an dem Enrico Berlinguer begraben wurde und alle seine Freunde Schwarz trugen. Eineinhalb
Millionen Menschen hatten dem Vorsitzenden der Kommuni-
stischen Partei die letzte Ehre erwiesen. Die zwei Sperrmüll-
stühle mit dem geformten Schichtholz waren fortan Vittorios
Begleiter, obwohl die Untergestelle aus Stahlrohr Rostflecken
aufwiesen. «Ich hatte es im Gefühl, daß sie etwas Besonderes
waren», erzählte er jedesmal, wenn man ihn fragte, warum er
Möbelhändler geworden sei. Ein Jahr später entdeckte er die

Serie 7, zu der auch seine Exemplare gehörten, in einem Katalog und erfuhr, daß Jacobsen damit auf der Mailänder Triennale den Grand Prix gewonnen hatte. Das war 1957 gewesen, im Jahr seiner Geburt. «Man kann sich auf den Zufall verlassen», schrieb er zur Geschäftseröffnung auf die Einladungskarte. Den Jacobsen-Stuhl nannte er fortan seinen «Geburtsstuhl», der den Geist seiner Entstehungszeit widerspiegele, für die späteren, farbigeren Versionen konnte er sich nicht begeistern.

Ich hätte nicht rangehen sollen, aber jetzt war es zu spät. «Die Hitze! Unvorstellbar!» Vittorios Mutter stöhnte in den Hörer. Nein, das sprenge jedes Vorstellungsvermögen. «Unbeschreiblich!» Gestern abend habe das Gebläse noch funktioniert. Man könne doch nicht jedes Jahr eine neue Anlage kaufen.

«Vittorio ist auf dem Weg zu dir», sagte ich schnell, aber sie hörte mir nicht zu. Sie bleibe keine Minute länger in ihrer Wohnung. Diese Temperaturen seien lebensgefährlich. «Unmöglich. Das könnt ihr mir doch nicht zumuten.»

Ich hielt den Kopf schief, drückte den Hörer gegen die Schulter, damit ich die Hände frei hatte, um die trockene Wäsche zusammenzufalten. «Vittorio», wiederholte ich, «muß jeden Moment da sein.» Sie fing wieder von vorne an. Ich ließ sie reden, und wenn sie Atem holte, für Augenblicke Stille eintrat, preßte ich meine Wut in Höflichkeitsfloskeln. Erst nachdem es an ihrer Wohnungstür geklingelt hatte, legte sie auf.

Fast jeden Morgen war ich um fünf Uhr wach, manchmal war es kurz vor sechs, selten später. Kaum kam ich zu Bewußtsein und versuchte mich an etwas zu erinnern, fiel mir auch schon ein, was es war: Wir hatten wieder nicht miteinander geschlafen. Ich lag da, bewegungslos, mit geöffneten Augen.

Vittorio schlief auf dem Rücken, atmete gleichmäßig. Die

Arme hielt er über dem Kopf verschränkt. Ich betrachtete sein Gesicht, die über Nacht gewachsenen Bartstoppeln, die auf dem Kinn bereits weiß waren. Er sah zugleich selbstbewußt und schutzlos aus. Obwohl in der Wohnung über uns die Zwillinge der Nachbarn herumtrampelten und auf der Straße die Alarmanlage eines Autos losheulte, rührte er sich nicht, einzig die Finger seiner Hände, die er locker zu Fäusten geballt hielt, öffneten sich für einen Moment, schlossen sich aber gleich wieder.

«Deine Finger üben das Fliegen», sagte ich zu Vittorio beim Frühstück.

Er trank stehend seinen Espresso, sah schon zum zweiten Mal auf die Armbanduhr. «Was meinst du damit?»

«Nichts.»

«Irgend etwas meinst du doch.» Er stellte die Tasse in die Spüle und öffnete für einen Moment den Wasserhahn. Über die Jahre hatten wir unsere Bewegungen so aufeinander abgestimmt, daß wir uns in der kleinen Küche nicht in die Quere kamen. Wir mußten einer dem anderen nicht einmal den Vortritt lassen. War Vittorio im Bad, bereitete ich mir meinen Obstsalat zu, kam er in die Küche, um die Caffettiera in Gang zu setzen, stellte ich mich unter die Dusche. Wenn ich fertig angezogen war, roch es bereits nach Kaffee. Er setzte sich nie hin, obwohl es einen Hocker gab, den man an die Anrichte schieben konnte.

«Du bewegst deine Finger, während du schläfst», sagte ich.

«Was ist daran ungewöhnlich?» Er schob sein linkes Knie hinter die Kühlschranktür, damit sie nicht zufiel, während er einen Schluck Milch in meine Tasse goß. Ich mußte an die warme Luft denken, die sich im Kühlschrank ausbreitete, vermied aber, ihn darauf aufmerksam zu machen.

«Vittorio, ich wollte mit dir – »

«Es wird spät heute», sagte er und strich mit dem Zeigefinger zweimal über meinen Nasenrücken. Er nannte mich «meine Liebe», bevor er sich umdrehte, um nach seiner Mappe zu suchen.

Es hat keinen Sinn, ihn zurückzuhalten, überlegte ich und nippte am Kaffee. Ich betrachtete den ausgebesserten Küchenboden; an einer Stelle war der Terrazzo durch Zement ersetzt worden. Mitten auf dem mit bunten Natursteinstücken vermengten Estrich war eine kleine graue Insel zu sehen. Ich mußte daran denken, wie wenig ich die Lage der Wohnung mochte. Sowohl die Fenster als auch der Balkon gehen auf Wohnblöcke hinaus. Dabei war ich einmal der Stadt wegen hierher gezogen.

Vittorio hob den Arm, um zu grüßen, sah mich aber nicht an; er zupfte an der Bügelfalte seiner Hose, dann fiel die Wohnungstür ins Schloß.

Ich trank den Kaffee aus, deckte den Obstsalat mit einem Teller zu und stellte ihn in den Kühlschrank. Im kleinen Fenster über der Spüle sah ich, wie eine Taube mit hochgerecktem Körper und gefächertem Schwanz auf dem Geländer des Balkons landete.

Ich war auf dem Weg zu Carelli, als mein Blick durch die gläserne Eingangstür auf die Straße fiel. Ich erkannte die Frau, die sich vorletzte Nacht in die Männerabteilung verirrt hatte. Sie lehnte am Zaun vor dem Heim, trug lediglich ein kurzes Nachthemd, das hinten offen war. Ihre weißen Haare standen in alle Richtungen. Ich näherte mich ihr langsam, um sie nicht zu erschrecken. Sie bewegte ihre Lippen, ich konnte aber im Morgenverkehr nicht verstehen, was sie sagte.

Der Frotteestoff ihrer Hausschuhe wies dunkle Flecken auf; wahrscheinlich Kaffee. Die Reiskörner waren verschwunden.

«Kommen Sie», sagte ich, doch sie hielt sich mit beiden

Händen am Zaun fest. Es sah aus, als hätten sich ihre Finger im Maschendraht verfangen; ich versuchte, sie einzeln aus den Drahtkaros herauszulösen. Kaum hatte ich ihre rechte Hand befreit und machte mich an ihrer linken zu schaffen, nutzte sie die freie Hand, um sich wieder festzukrallen.

«Nun kommen Sie schon.» In einem der Fenster stand Mancini und beobachtete uns. Ich winkte nach ihm, konnte aber nicht erkennen, ob er mein Zeichen verstanden hatte. Das Personal wusch um diese Zeit die Pflegefälle, deren Zimmer nach Süden ausgerichtet waren. Laut zu rufen wäre zwecklos gewesen, zumal sich das einzige Fenster, das einen Spaltbreit offen war, im dritten Stock befand.

«Kommen Sie, ich bringe Sie nach Hause», sagte ich nahe am Ohr der Frau. An den Schläfen war das Haar von Schweiß verklebt. Ihre Aufmerksamkeit richtete sich auf alles, was sich besonders laut bewegte.

«Ich fahre mit Ihnen in die Via Nomentana», log ich und riß an ihren Armen. Sie wippte ein wenig vor und zurück, ließ aber nicht los. Fasziniert schaute sie einem Sattelschlepper hinterher, der mit Dachziegeln beladen war.

Ich wurde ungeduldig, packte sie an den Handgelenken. Die Haut ihrer Arme war trocken, stellenweise schuppte sie. Die Frau rührte sich nicht von der Stelle.

«Seien Sie vernünftig», sagte ich, «wenn Sie gewaschen und angezogen sind, fahren wir in die Via Nomentana. Haben Sie Kinder?»

Die Frau ignorierte mich. Ich glaubte sogar, in den leicht zusammengekniffenen Augen Verachtung für mich zu erkennen. Je aggressiver ich sie anfaßte, desto starrer wurde sie. Hilfesuchend blickte ich die Fassade hoch, bis auf das eine Fenster waren noch immer alle geschlossen.

Da trat Mancini auf die Straße.

«Holen Sie die Schwester oder den Gärtner», sagte ich.

«Nein, bleiben Sie da. Wer weiß, wie lange es dauert, bis Sie jemanden finden.»

«Das macht drei Zigaretten», sagte er.

«Darüber sprechen wir später. Versuchen Sie ihre Hand da rauszukriegen. Aber passen Sie auf, daß Sie ihr nicht weh tun.»

«Drei Zigaretten.»

«Ich lass' mich von Ihnen nicht erpressen, Herr Mancini.»

«Okay, okay.»

«Gehen Sie lieber, bevor ich wütend werde.»

Die Kraft der Frau mußte etwas nachgelassen haben, denn als ich erneut an ihren Armen zog, ließ sie plötzlich los. Beinahe wären wir beide zu Boden gestürzt. Der Zaun federte vor und zurück.

Mancini ging auf den Eingang zu. Ich zerrte die Frau hinter mir her. Wir kamen nur langsam voran. Drinnen warteten sechs Männer, die gewaschen werden wollten, und ich war hier draußen mit einer Frau beschäftigt, die nicht zu meiner Abteilung gehörte.

«Mir fällt ein Stein vom Herzen.» Es war die Schwester von vorletzter Nacht, die auf uns zugelaufen kam. «Ich hab' sie überall gesucht.»

«Sie müssen sie anbinden oder einsperren, wie oft soll ich Ihnen das noch sagen.»

«Aber – ich – ich kann doch nicht – ich kann sie doch nicht anbinden.»

«Dann lassen Sie sich etwas anderes einfallen», sagte ich, «bevor ihr etwas zustößt.» Ich dachte daran, daß ich mich selbst anfangs geweigert hatte, Gurte zu akzeptieren. Wer sich gewaltsam daraus zu befreien versucht, riskiert Quetschungen und Nervenverletzungen, sogar von Strangulationen hatte ich schon gehört. Doch seit eine Frau abgehauen und in ein Auto gelaufen war, was die Angehörigen zu einer Anzeige veranlaßt

hatte, war ich vorsichtig geworden. Wir hatten weder Hüft-
schutzhosen, die Oberschenkelhalsbrüche verhinderten, noch
besaßen wir Sensormatten, die in der Schwesternküche signa-
lisierten, daß ein Demenzkranker aufsteht und sein Zimmer
verläßt. Und die Psychopharmaka wirkten oft nicht ausreichend.

Ich drehte mich um und eilte zu Carelli.

Im Zimmer roch es nach aufgebrauchter Nachtluft und
Urin. Ich öffnete das Fenster, ließ warmes Wasser in die
Waschschüssel rinnen. Carelli hatte sich die Kopfhörer über-
gestülpt und nahm mich nicht wahr. Bevor ich ihn zu waschen
begann, tippte ich auf seinen Arm.

«Machen Sie nur», sagte er, blickte mich kurz an und schloß
wieder die Augen.

Ich fuhr mit dem Waschlappen zwischen seine Beine, versuchte die Oberschenkel etwas auseinanderzudrücken, aber
sie waren steif wie Bretter. Es wird immer schlimmer, dachte
ich, als ich ihn wusch. Meine Hand blieb zwischen seinen Beinen stecken; von Monat zu Monat verhärteten sich die Gliedmaßen mehr, blieben selbst in der Liegeposition angewinkelt,
als säße Carelli nicht nur tagsüber, sondern auch nachts im
Rollstuhl.

«Darf ich Sie etwas fragen?» Carelli nahm die Kopfhörer ab,
griff etwas unbeholfen nach dem Handtuch, das auf dem Bettrand bereitlag, und reichte es mir zum Nachtrocknen.

«Nichts Unanständiges», sagte ich.

«Gibt es einen besonderen Grund, warum mich Marta gestern nicht mehr gewaschen hat?»

«Nicht, daß ich wüßte. Sie haben sie doch nicht belästigt?»

«Hat Sie Ihnen etwas erzählt?» Er griff nach meinem Unterarm, wartete auf meine Antwort.

«Nein. Nur, daß Sie noch zu waschen sind. Warum?»

«Dann ist es gut.»

Er hörte mit geschlossenen Augen Musik. Ich straffte das Leintuch unter seinem gekrümmten Körper, bezog die Kissen neu und steckte die schmutzige Wäsche in die Stoffsäcke.

«Es tut mir leid, daß ich Sie angefaßt habe.» Während er diesen Satz formulierte, hielt er die Augen geschlossen, drehte aber am Lautstärkeregler seines Walkmans, um zu hören, was ich sagte.

«Auch wenn sich da unten nichts mehr tut, habe ich noch immer einen Kopf, verstehen Sie?» Jetzt schaute er mich an. «Ich will nicht, daß Sie sich aus Mitleid mein Gegrapsche gefallen lassen. Einem andern hätten Sie gewiß eine Ohrfeige verpaßt. Stimmt's?»

Wenn mich nur einmal wieder einer anfaßte, von dem ich möchte, daß er mich anfaßt, dachte ich. Ich zog die Wäschesäcke hinter mir her und ging zur Tür. «Möglich», sagte ich.

«Bitte gehen Sie noch nicht. Ich – », er beugte sich vor, um mich im Auge zu behalten, « – ich wollte Sie um einen Gefallen bitten.» Der Walkman rutschte vom Bett und baumelte über dem Fußboden. Als er ihn zu sich heraufziehen wollte, hielt er nur noch das Kabel in der Hand.

«Und das wäre?»

«Ich habe niemanden, den ich darum bitten könnte. Sie kennen ja meine Schwester, die ist so katholisch, daß – danke.» Ich reichte ihm den Walkman.

«Daß?»

Er mühte sich ab.

«Daß ich sie nicht bitten kann, mir ein paar Pornohefte zu besorgen.»

«Das – das kann ich nicht. Wie stellen Sie sich das vor?»

«Dann bitten Sie doch Ihren Mann. Der hat sicher welche.» Carelli lächelte und beobachtete gleichzeitig sehr genau, wie ich reagierte. Als er merkte, daß ich den Kopf schüttelte, fügte er hinzu: «War nur eine Idee.»

IV

Kaum war Irma wach, nickte sie wieder ein; die Gedanken verloren sich, die Sätze verstummten traumwärts, waren unhörbar für die Schwestern und Pfleger, unwiederholbar für sie selbst. Wenn sie nach wenigen Minuten, oft schon nach zwanzig, dreißig Sekunden, wieder die Augen öffnete, wenn der Schmerz von allen Seiten an ihr zerrte, wußte sie, daß sie aufgewacht war und lebte. Sie faßte sich, bewegte die Zehen, die Finger, die Augenlider, rümpfte die Nase. Nichts wünschte sie sich mehr, als von der Ärztin zu erfahren, daß die Niere funktionierte, daß sie nun frei sei und tun und lassen könne, was sie wolle. Die Ärztin war nicht in der Nähe, und Irmas Stimme versagte, sobald jemand an ihrem Bett vorüberging.

Die Uhr über dem verchromten Waschbecken zeigte fünf Uhr zwanzig. Irma wußte nicht, welchen Traumspuren sie folgen sollte. Nirgendwo waren festgetretene Pfade, welche die Entscheidung erleichtert hätten. Als sie das nächste Mal erwachte und einen Blick auf die Uhr warf, war es nach acht. Es gelang ihr, Zunge und Lippen etwas länger zu bewegen, Kraft zu bündeln, doch keiner von den sie umgebenden Menschen gab eine konkrete Antwort. «Wir müssen abwarten», hatte der Pfleger gesagt und einen neuen Infusionsbeutel an den Ständer gehängt. Es sähe nicht schlecht aus, beruhigte sie die junge Assistenzärztin. Irma betrachtete den ungewöhnlich hellen, fast weißen Scheitel, der die schwarzen Haare teilte, und die schmale Hornbrille, schlief wieder ein.

Der Lichtstreifen, der Stirn und Augen traf, war warm. «Wie geht es Ihnen?» Ständig wechselten die Gesichter. Auch das

Zimmer hatte sich verändert. Statt der Kacheln sah Irma ein Fenster, dessen Vorhänge halb zugezogen waren. Auf dem Tisch hatte jemand eine Vase mit Blumen abgestellt. «Ihr Bruder war da», sagte der Pfleger. Er zog die Decke zurecht, strich über das Leintuch. Seine Handgriffe waren schnell und fest. Irma bewegte sich nicht. Sie fürchtete, der Schmerz würde bei der geringsten Regung zuschlagen, die Kopf- und Gliederschmerzen würden sich verschlimmern.

Das Nachbarbett war belegt, aber leer. Auf dem Nachttisch lagen mehrere Bücher, die Tageszeitung. Jemand öffnete die Tür, schaute herein, rief nach dem Pfleger. Vom Gang her waren Stimmen zu hören, das Schreien einer Frau.

«Sie ist angesprungen», sagte der Pfleger und lächelte, dann zog er die Tür hinter sich zu.

Das Druckgefühl im Wundbereich wurde stärker. Irma hob den Kopf; sie nahm jetzt zum ersten Mal den Blasenkatheter wahr, die Drainagen. In der Halterung am Bettende steckte die Mappe, in die der Pfleger die Flüssigkeitsmenge eingetragen hatte, die ihr weiterhin über die Vene zugeführt werden sollte. Sie hatte nicht die Kraft nachzusehen, ob Temperatur, Puls und Blutdruck in Ordnung waren, hatte vergessen, was an ihrem Bett gesprochen worden war. Einen Augenblick glaubte sie sich zu erinnern, am frühen Morgen zur Duplex-Sonographie gebracht worden zu sein. Sie war sich plötzlich sogar sicher, daß man sie auf ihrem fahrbaren Bett in einen Aufzug geschoben und in ein anderes Stockwerk gerollt hatte, dann wieder zweifelte sie, ob der Blutstrom in der Niere bereits gemessen und für normal befunden worden war. Der Sand, die Wüste – Irma schloß die Augen, sah wieder die Schraffuren der Felsen vor sich, die Kämme und Spalten. Sie fuhr mit der Zunge über die Lippen, ertastete kleine Hautfetzen, versuchte sie mit den Schneidezähnen loszulösen, bis da und dort kleine Risse entstanden, die ein wenig bluteten und brannten. Sie hätte jetzt gerne etwas getrunken, aber das war nicht erlaubt, und die Zitronenstäbchen, mit denen die Krankenschwester – oder war es doch ein Pfleger – noch in der Nacht die Lippen befeuchtet hatte, konnten den Durst nicht vermindern, im Gegenteil; der süßliche Geschmack würde das Verlangen nach einem Glas Wasser jetzt nur verstärken. Sie sehnte sich nach der Fettcreme, mit der die Zahnarztassistentin die Lippen bestreicht, bevor sie die Zähne zu reinigen beginnt. Überall dieser Sand, dachte Irma, während sie mit den Zähnen knirschte. Von fern vernahm sie eine Stimme. Sie sah Florian vor sich auf einem bunten Handtuch, wie er Puzzle-Würfel ordnete; er beschattete seine Augen, wenn er Irma ansah. So sehr sie sich auch bemühte, ihm beim Zusammenstellen eines Bildes zu helfen, es gelang ihr nicht, die verschiedenen Motive auseinanderzuhalten. Der Schnabel des Raben ersetzte den Elefantenrüssel. Die Beine des Känguruhs hingen am Rumpf der schwarzweiß gefleckten Kuh. Und der Wind hörte nicht auf, ihnen den feinen Staub ins Gesicht zu blasen. «Wie geht es Ihnen?» Die Stimme rückte näher. «Schmerzen?»

Wieder überflutete das Licht den Raum; Irma kniff die Augen zusammen, öffnete sie erneut. Da war noch ein anderer Satz gewesen. «Es geht, aber meine Lippen sind so trocken», hörte sie sich sagen, während sie dieser Freude, die sich unerwartet in ihr ausbreitete, die entscheidenden Worte zuzuordnen versuchte. «Sie ist angesprungen.» Richards alte Vespa fiel ihr ein, damals im Regen am Schottentor; sie hatte nicht mehr funktioniert, die Zündkerzen waren feucht geworden. Aber in Irma drinnen war jetzt etwas in Gang gekommen, es bewegte sich offenbar noch immer. Sie atmete schneller, setzte sich auf, ertastete unter der Decke ihren Bauch, wagte sich nicht vor bis zu der Stelle. Schwindel erfaßte sie, als käme sie jetzt aus der Wüste, als läge der nackte Boden hinter ihr. Sie mußte nicht mehr zurück, vermochte in die andere Richtung zu schauen. Die Lücken wurden jetzt kleiner. Es zeigten sich einzelne Grashalme. Die Sperlingsvögel konnten ihren Schattenschutz im Innern der Büsche verlassen.

«Die Niere ist gleich angesprungen», sagte Irma zu Richard. Sie strich Florian mit dem Handrücken über die Wange. Was für ein Glück, daß wir einander wiederhaben, dachte sie. Er saß auf ihrem Schoß und zog sich am Bettbügel hoch, dabei stützte er sich mit einem Fuß auf der Matratze ab. Als er den Bügel losließ, schnellte die Aufzugsstange gegen Irmas Kopf. Auf dem Leintuch war der Abdruck seiner Schuhsohle zu sehen.

Richard erhob sich aus dem Sessel, packte den Kleinen am Handgelenk. «Kannst du nicht zwei Sekunden Ruhe geben.» Der Mundschutz dämpfte die Worte, sie klangen fremd und in ihrer Unklarheit weniger bedrohlich.

Florian bewegte sich hin und her, und Irma hatte Mühe, ihn von der frischen Wunde fernzuhalten.

«Gib Mama einen Kuß, mein Liebling», sagte sie. Sein Mundschutz war verrutscht, er bedeckte nur noch das Kinn, ein Stück des Halses.

«Was soll das?» Richard hielt Florian zurück. «Willst du das Organ gleich wieder loswerden?»

«Übertreib nicht», sagte Irma, «die rennen hier alle ohne Schutz herum.»

«Du bist so leichtsinnig.»

Genauso leichtsinnig wie du, wollte Irma sagen, aber sie schwieg. Richard hatte während seiner Beziehung mit dem Medizinstudenten aus Steyr keine Kondome benützt. Die beiden waren zwei Jahre zusammengewesen, hatten gleich nach ihrer ersten Begegnung einen Aidstest machen lassen und sich gegenseitig die Treue geschworen. Irma war damals entsetzt gewesen, sie hatte Richard dumm und naiv genannt. Später war ihr klargeworden, daß er solche Vertrauensbeweise einforderte, um Kontrolle auszuüben. Er brauchte eine sichere Beziehung im Hintergrund, einen verläßlichen Davide, damit er fremdgehen konnte.

«Diesen Sommer fahren wir zwei ans Meer», flüsterte Irma Florian ins Ohr; sie kämmte seine Haare mit ihren Fingern. «Morgen», wiederholte Florian laut und sah dabei Richard an, «fahren Mama und ich ans Meer.» Er kletterte vom Bett runter und zeigte, die Arme über dem Kopf, wie er ins Wasser tauchen werde. «Ohne Schwimmflügel», sagte er, «und Davide kommt auch mit.» Er drehte sich um, ging rüber zum Fenster und versuchte sich am Heizkörper hochzuziehen, war aber zu klein, um den Sims zu erreichen.

«Ich glaub', wir gehen jetzt», sagte Richard, und zu Irma gewandt: «Morgen paßt Davide auf ihn auf. Am Wochenende nehmen ihn die Eltern mit ins Waldviertel. Weißt du schon, wann du rauskannst?»

«Hängt vom Medikamentenspiegel ab. Er ist noch immer nicht richtig eingestellt», sagte Irma, «vielleicht Montag oder Dienstag.» Wenn nur alles gutgeht, dachte sie.

«Übrigens», Richard hatte den Kleinen schon auf den Gang geschoben, «kein Sex. Ich hab's nachgelesen. Damit du Bescheid weißt.» Er zwinkerte mit den Augen, warf ihr einen Kuß zu.

«Für dich wäre das doch eine Strafe», sagte Irma.

Nachdem Richard und Florian das Zimmer verlassen hatten, schloß Irma erschöpft die Augen. Die beiden waren schon auf dem Gang gewesen, da hatte sich Florian schreiend aus Richards Armen gestrampelt, war wieder ins Zimmer zurückgekehrt, um zu verkünden, er bleibe bei Mama. Er hatte sich am Leintuch festgekrallt und zu weinen begonnen, als ihn Richard hochheben wollte. In diesem Moment war Irmas Bettnachbarin hereingekommen. Sie hatte eine Weile mit angesehen, wie Irma auf den Kleinen einzureden versuchte, dann war sie auf Florian zugegangen und hatte ihm von einem Buch mit dem Titel *Anton und die Mädchen* zu erzählen begonnen. Florian war sofort zutraulich gewesen, und wenig später hatte er sich zu der Frau aufs Bett gesetzt und in ihr Notizbuch gemalt. Er war nach einer Weile ohne Widerrede mit Richard nach Hause gegangen.

Die Frau, hatte Irma nachher erfahren, war bereits elf Jahre transplantiert; sie hatte die Niere von ihrer Mutter bekommen. Bei den letzten Routineuntersuchungen war Eiweiß im Harn festgestellt worden, kein gutes Zeichen.

Irma tippte Mariannes Nummer ins Telephon, legte wieder auf, noch ehe wer abheben konnte. Obwohl eine knappe Woche vergangen war, hatte sich Marianne nicht gemeldet. Gewiß war sie von Irmas Operation unterrichtet worden; jede Transplantation sprach sich in der Dialyseabteilung herum, und es wurde jedesmal gerechnet, verglichen, wer schon länger wartete, wer größeres Glück gehabt hatte –

Glück – nicht daran denken, sagte sich Irma und dachte an nichts anderes: Wie alt der Tote wohl. Wo er denn. Ob er schon.

Es war heiß im Zimmer. Die Fenster ließen sich lediglich kippen. Aus Sicherheitsgründen durften die Balkone nicht betreten werden. Draußen, auf dem achtspurigen Gürtel, standen die Autos im Stau.

Zweieinhalb Jahre hatte Irma nicht mehr als einen halben Liter Flüssigkeit pro Tag zu sich nehmen dürfen. Im Sommer war es schlimm gewesen. Manchmal hatte sie ihre Wohnung nicht verlassen, weil ihr dieses Geräusch von in Gläsern klirrenden Eiswürfeln unerträglich geworden war, ebenso wie der Anblick der Brunnen, Sprühanlagen und Plakate, die für Mineralwasser warben. War sie ins Innere eines Lokals geflüchtet, hatte der Besitzer gewiß eine Vorliebe für Zimmerspringbrunnen mit im Wasser laufenden Kugeln, Verneblern oder angeleuchteten, transparenten Mineralien gehabt.

Irma leckte sich mit der Zunge über die Lippen. Sie konnte jetzt wieder trinken; fast hatte sie es vergessen. Als sie aus dem Bett stieg, um ins Badezimmer zu gehen, mußte sie nicht mehr darauf achten, daß sich die Kanülen des Katheters, der Drainage- und Infusionsbeutel beim Aufstehen nicht verhedderten. Sie war davon befreit worden, war sogar imstande, wackelig und ein wenig nach Atem ringend, bis zum Aufenthaltsraum vorzugehen. Die Zimmertür, die sie immer erwartungsvoll angeschaut hatte, konnte sie nun selber öffnen, und hinter dieser Tür war ein Gang mit weiteren Türen, durch die sie wie durch ein Wunder in andere Zimmer gelangen konnte oder in ein Treppenhaus mit Aufzügen, die in die unteren Stockwerke führten, immer weiter in die Tiefe, bis auf die Straße. Sie mußte sich nicht mehr mit diesem Blick nach draußen zufriedengeben, sie kam jetzt selbst Tag für Tag dieser Welt außerhalb ihres Zimmers näher, von der sie in den ersten Stunden nach der Operation geglaubt hatte, sie würde sie nicht mehr erreichen. Irma erinnerte sich noch an die ersten Schritte, diese langsamen Bewegungen, halben Drehungen, wie sie an der Wand entlang ins Bad gegangen war, den Gürtel des Kimonos hinter sich herziehend, bis ihn die Krankenschwester, die ihr für den Fall, daß ihr schlecht würde, gefolgt war, ihn vom Boden aufgehoben und in Irmas Seitentasche gesteckt hatte.

Es klopfte an der Tür. Vielleicht ist es Marianne, dachte Irma, vielleicht kommt sie jetzt, nach ihrer Dialyse, auf einen Sprung vorbei.

«Haben Sie kurz Zeit?» fragte der Arzt.

Irma hielt den Kopf gesenkt; sie war gute zwanzig Zentimeter größer als der junge Assistenzarzt. Lauren Bacall fiel ihr ein, wie sie den kleinen Humphrey Bogart von unten angesehen hatte – dieser devote Blick, der gar nicht devot war. Die Bacall hatte so sehr vor den Filmaufnahmen gezittert, daß der Kameramann mit dem Drehen aufhören mußte. Irgendwann war sie draufgekommen, daß sie sich weniger fürchtete, wenn sie den Kopf senkte. Dieser Blick machte dann Furore.

Aber ich fürcht' mich doch nicht.

«Wir haben seit gestern stabilere Werte», hörte Irma den Arzt sagen.

«Wie bitte?»

«Stabilere Werte», sagte der Arzt.

Am Nachmittag war das Geräusch eines Hubschraubers zu hören, der auf dem Dach der Klinik landete. Vielleicht haben sie auch meinen Toten so ins Krankenhaus gebracht, dachte Irma. Sie hatte den jungen Arzt auf ihren Spender angesprochen, aber nichts über dessen Identität in Erfahrung bringen können. «Wir sind verpflichtet, die Anonymität zu wahren», hatte der Assistenzarzt gesagt und weggeschaut. Irma waren seine Augen so starr erschienen wie Gefangene im eigenen Gesicht.

Es war heiß; die Matratze war sogar im Sommer mit blauem Nylon überzogen; Sparmaßnahmen, die als Hygienemaßnahmen bezeichnet wurden. Das Leintuch klebte am Rücken, der Schweiß rann im Ausschnitt zusammen. Irma schlüpfte in den Kimono und ging nach draußen. Vielleicht trifft es dieses Mal Marianne, dachte sie und schaute zum Fenster hinaus. Die Propeller des Hubschraubers auf dem gegenüberliegenden Dach hatten aufgehört zu rotieren.

Wenn Irma die Augen ein wenig zusammenkniff, sahen die Dächer der Häuser wie abgemähte Felder aus, von Gräben zerfurcht, ausgedörrtes Niemandsland. Irma lehnte sich gegen den Mauervorsprung unter dem Fenster. Der Stoff des Kimonos hatte den Schweiß aufgesogen, er fühlte sich kühl an. Das leichte Zittern machte ihr jetzt angst; sie sah sich nach einem Stuhl um, setzte sich.

«Alles okay, Frau Svetly?» fragte der vorbeigehende Pfleger und zwinkerte ihr zu. Irma nickte, obwohl sie mit der einen Hand die andere umklammert hielt.

Eine ältere Frau verließ das Zimmer, schaute zu Boden, als suchte sie nach etwas. Sie trug ein Nachthemd, das hinten von zwei Bändern zusammengehalten wurde und nicht einmal bis zu den Knien reichte. Wenn die Frau sich bewegte, fiel der dünne Baumwollstoff auseinander und gab den Blick auf den Hintern frei. Der Pfleger trat hinter die Frau, versuchte den Stoff zusammenzuhalten, die Frau dazu zu bewegen, in ihr Zimmer zurückzukehren. Doch sie wollte nichts hören und schlug mit der Hand nach hinten. Dieses Bild, dachte Irma, ich will es nicht vergessen.

Auf dem Fenstersims, direkt vor ihr, stand eine Blumenvase mit mehreren Rosen; die meisten ließen den Kopf hängen.

Noch immer zitterten Irmas Hände. Sie versuchte sich abzulenken, schaute zu der bemalten Vase, dachte an ihren Körper, an dieses Gefäß von Gewohnheiten, das ihr mit einem Mal alles andere als ureigen, als unveräußerlich erschien. Das sind Kinderlinien, dachte Irma und drehte die Vase. Sie versuchte die hängenden Blütenköpfe aufzurichten, indem sie sie an einen frischen Rosenstengel lehnte.

Als sich die Hände wieder beruhigt hatten, ging sie zurück in ihr Badezimmer, drückte den Hebel für die flüssige Seife, einmal, zweimal. Sie betrachtete sich im Spiegel und vergaß, was sie gerade tat. Drückte. Schaute. Wohin ich auch gehe, ich komme über meinen Körper nicht hinaus. Drückte wieder und wieder. Komm und komm nicht hinaus, dachte Irma. Die klebrige, rötliche Flüssigkeit rann durch ihre Finger. Noch immer musterte sie ihr Gesicht. Die Wangen sind dicker geworden. Bild' ich mir das nur ein.

V

Vittorio saß auf dem Sofa und hielt die Fernbedienung in der Hand, obwohl er nicht zappte. Er fixierte den Bildschirm, schien aber unbeteiligt. Die Frage, woran er im Augenblick denke, stellte ich ihm nicht, zu prompt hatte er die letzten Male geantwortet: «An die Arbeit», «An meine Mutter» – war weiteren Fragen ausgewichen. Auf dem Tisch lagen zwei Photos; das eine zeigte ein Sesselmodell von Charles & Ray Eames. Sitzschale und Rückenlehne waren mit Fell bezogen, doch die elastischen Gummischeiben, die den Überzug am Rahmen befestigten, waren teilweise weggerissen, so daß sich das Fell auf der Sitzfläche wellte; auf dem anderen Bild waren blaue, rote und grüne aufeinandergestapelte Plastikstühle mit Aluminiumbeinen abgebildet.

Vittorio merkte nicht, daß ich ihn betrachtete. Ich lehnte am Türrahmen zum Vorzimmer und dachte an Carelli, der offen sagte, was ihn beschäftigte, auch wenn man es gar nicht wissen wollte. Rücksicht nehmen, hatte mir Carelli einmal erklärt, sei etwas für Leute, die noch unterwegs wären. Er sei längst angekommen. Warum solle er noch ein Blatt vor den Mund nehmen, wenn sich an seiner Lage ohnehin nichts mehr ändern ließe.

Als das Telephon klingelte, blieb Vittorio sitzen, er drehte nicht einmal den Kopf, um zu sehen, ob ich dranging. Der Anrufer legte auf, nachdem ich meinen Namen genannt hatte. Jemand mußte von einem öffentlichen Telephon aus angerufen oder die eigene Nummer unterdrückt haben. Auf dem Display war nichts zu sehen gewesen.

«Erwartest du einen Anruf?»

Vittorio legte die Fernbedienung auf das Sofa und stand auf. «Nein.» Er folgte mir in die Küche, nahm ein Glas aus dem Schrank und griff nach der halbvollen Mineralwasserflasche, die auf der Anrichte stand. «Warum stellst du sie nicht zurück in den Kühlschrank?» sagte er.

«Du hast sie doch hier stehen lassen.»

Er hielt den Flaschenhals zwischen zwei Fingern eingeklemmt und ließ die Plastikflasche vor seinem Bauch hin und her baumeln.

Ich ging zum Kühlschrank und öffnete die Tür. «Hier, bitte. Da hast du eine neue.»

Wortlos verließ er die Küche.

Obwohl ich müde war, beschloß ich, ein paar Schubladen sauberzumachen, weil ich mich nicht zu Vittorio ins Wohnzimmer setzen wollte. Als ich das Besteck aus der Lade nahm, entdeckte ich überall Brösel. Vittorio hatte die Angewohnheit, das Brot über der herausgezogenen Lade durchzuschneiden. Das Besteck in der einen Hand, den Putzlappen in der anderen, fiel mein Blick auf die Türklinke. Ich legte Gabeln, Messer und Löffel zurück, warf den Lappen in die Spüle und holte das Telephonbuch aus dem Vorzimmer.

Kein Rino Lucchi. Auch kein Rinaldo. Vielleicht war er gar nicht der Neffe von Herrn Lucchi. Gab es keinen Nachwuchs in der Familie, wurden zuweilen auch die Töchter und Söhne von guten Freunden als Nichten und Neffen bezeichnet. Ich konnte mich nicht erinnern, daß Lucchi in den letzten Monaten viel Besuch gehabt hätte. Kinder schien er keine zu haben, oder sie kümmerten sich nicht um ihn. Manchmal kam eine gepflegte ältere Dame, die jedoch nie lange blieb. Marta hatte von Lucchi erfahren, daß die beiden dieselbe Schule besucht hatten. Später habe die Frau seinen Hausarzt geheiratet – eine gute Partie.

«Was suchst du?» Vittorio stellte die leere Wasserflasche ab.

«Nichts Wichtiges.»

«Du antwortest mir nicht.»

«Es ist nichts. Nichts, das dich interessieren könnte.» Ich klappte das Telephonbuch zu und trat zum Kühlschrank. «Ich hab' nachgesehen, ob Lucchi Verwandte hat.»

«Du engagierst dich zu sehr», sagte Vittorio. Er legte die Hand auf meine Schulter. Ich wollte sie abschütteln, entzog mich schließlich seiner Berührung, indem ich in die Hocke ging, um aus dem untersten Fach des Kühlschranks eine Dose Bier herauszunehmen.

«Wer war das vorhin?»

«Keine Ahnung. Gab sich nicht zu erkennen. Ist übrigens nicht das erste Mal.» Ich schaute Vittorio an; er war zerstreut, griff nach dem Bier in meiner Hand, das nicht für ihn bestimmt war. Als er es bemerkte, stellte er die Dose auf die Anrichte, meinte, er müsse seinen Kopf auslüften, gehe einmal um den Häuserblock, wäre gleich wieder zurück.

Kaum hatte er die Tür hinter sich zugezogen, beschloß ich, ihm zu folgen. Ich wartete kurz, bis ich die Wohnungstür öffnete. Im Treppenhaus war es ruhig; ich hörte nur seine Schritte. Er hatte es eilig. Wenn nur die Nachbarin nicht aus ihrer Wohnung kommt und laut grüßt, dachte ich.

Vittorio lief um den Block, überquerte dann aber die Straße, um zu telephonieren. Ich blieb hinter einem geparkten Jeep in Deckung und versuchte an seiner Mimik abzulesen, welcher Art das Gespräch war, doch die vorbeifahrenden Autos versperrten immer wieder die Sicht. Vittorio schien wütend zu sein, da er mehrmals mit der flachen Hand gegen den Telephonapparat schlug, dann lächelte er. Er wirkte verlegen.

Als der Blumenhändler die Rolläden seines Ladens herunterzuziehen begann, machte ich kehrt. Es war mir peinlich, in gebückter Haltung vor dem Geschäft zu stehen. Außerdem fürchtete ich, das laute Rattern könnte Vittorios Aufmerksamkeit auf meine Straßenseite lenken.

Solange ich in seinem Blickfeld war, verbarg ich mich hinter den am Straßenrand stehenden Autos, dann wählte ich eine Abkürzung durch die Innenhöfe. Auf dem Weg zu unserer Wohnung fragte ich mich, warum Vittorio ein öffentliches Telephon benützte. Ich wollte ihn zur Rede stellen, schämte mich aber, sein Vertrauen mißbraucht zu haben. Vittorio sollte mir nicht vorwerfen, daß ich ihm nachspioniere. Dennoch griff ich, als ich an der Garderobe vorbeiging, in die Taschen seines Sakkos; sie enthielten mehrere entwertete Busfahrkarten und zwei gebrauchte Papiertaschentücher.

Man weiß nie genau, wann eine Liebe aufhört, dachte ich später, als ich mich aus dem Fenster beugte, um nach Vittorio Ausschau zu halten, aber man spürt, wenn einer anfängt, das Ende an sich heranzulassen.

Auf dem Balkon vor der Küche gurrte eine Taube; ich klatschte in die Hände, weil ich nicht wollte, daß sie die nasse Wäsche verdreckte. Anstatt wegzufliegen, plusterte sie sich auf. Der Schnabel war weit aufgerissen.

Ich ging noch einmal zur Garderobe zurück, um an den Papiertaschentüchern zu riechen.

«Warum machst du das», hörte ich ihn sagen, obwohl er gar nicht in der Wohnung war. Ich lehnte mich gegen die Wand, merkte, wie ich schwitzte. Es bedurfte nur eines Wortes, dachte ich, *Aus* oder *Vorbei*, und alles war zerstört. Wenn wir beide schwiegen, blieb alles beim alten. Ich atmete durch den Mund, hechelte wie die Vögel, von denen ich wußte, daß sie in der Hitze ihre Atemfrequenz erhöhen. Ich hätte mich am liebsten ausgeatmet, aufgelöst. «Was tust du da», glaubte ich Vittorio zu hören, während ich ins Schlafzimmer eilte, um überall nach Beweisen zu suchen: in seiner Nachttischlade, im Kleiderschrank, in den Kartons unter dem Bett. Gleich würde er von seinem Spaziergang zurückkehren. Als gelte es, der Wahrheit zuvorzukommen, durchwühlte ich sämtliche Schubladen.

Nichts. Nicht einmal Pornohefte. Carelli würde enttäuscht sein, und ein wenig war ich es selbst.

Ich hielt ein Photo von Vittorio in der Hand, als ich hörte, wie er den Schlüssel ins Schloß steckte. Warum habe ich diese tief eingegrabenen Spuren auf seiner Stirn nicht früher bemerkt, dachte ich, als ich das gerahmte Bild auf den Nachttisch zurückstellte. Ich konnte mich nicht von der Stelle rühren, stand da, mit dem Rücken zur Zimmertür, hoffte, er würde nicht merken, daß ich zwischen seinen Sachen herumgewühlt hatte. Ich hielt die Augen geschlossen. Gleich würde ich alles erfahren. Ich hörte, wie er das Zimmer betrat, meinen Namen aussprach, vernahm ein Rascheln, das ich nicht einordnen konnte – war es Papier? –, ein verwundertes «Hier bist du», schon umfaßte er meine Taille, drehte mich zu sich herum: «Für dich.» Es waren Iris. Im schwachen Licht des Schlafzimmers konnte man die violetten Blüten farblich kaum von den Blättern unterscheiden, nur die gelben Zeichnungen im Innern der Blumen sahen aus wie leuchtende Mandeln.

«Was ist», sagte Vittorio, «freust du dich nicht?»

Ich hielt mein Gesicht seitlich an sein Hemd gedrückt, spürte jeden Knopf, rieb die Wange am dünnen Baumwollstoff.

«Schau mich an», sagte er, doch ich blieb, wo ich war, drehte nur den Kopf weg, so daß mein Gesicht nun zur Gänze von seinem Hemd zugedeckt war. Ich roch an ihm, nahm einen tiefen Zug, als wollte ich mich vergewissern, daß es Vittorio war, der vor mir stand. Aber er war es nicht. Ich kann mich auf meine Nase nicht mehr verlassen, dachte ich. Mir fielen die Experimente mit von Männern getragenen Hemden ein. Die weiblichen Versuchspersonen mußten an verschiedenen Hemden riechen und den Geruch als angenehm oder unangenehm klassifizieren. Paare, die sich riechen können, so das Ergebnis der Versuche, hätten die größten Reproduktionschancen.

Vittorio legte den Blumenstrauß aufs Bett und nahm mein Gesicht in seine Hände. «Was ist los? Nun sag schon.»

Ich wollte mich von ihm abwenden, doch er zwang mich, ihn anzusehen.

«Es ist doch etwas.»

Ich schwieg, kämpfte gegen die Tränen an.

«Laß uns am Wochenende wegfahren.»

«Das wird schwierig. Aber wir machen es uns hier schön.» Vittorio ließ mich los und griff nach den Iris. «Du solltest sie ins Wasser stellen.»

«Magst du eigentlich, wie ich rieche?» Ich wickelte den Strauß aus dem Papier.

«Du riechst wunderbar. Was du für Fragen stellst.» Vittorio ging zur Tür.

Er roch mich nicht, höchstens mein Deodorant oder mein Parfum, davon war ich überzeugt. Er hatte mich schon seit Monaten nicht gerochen. Wenn der Körpergeruch dem immunologischen Typus eines Menschen entspricht, überlegte ich, dann zeigt er auch an, ob der potentielle Partner –

«Das wird schon wieder», unterbrach Vittorio meine Gedanken.

«Das», wiederholte ich und trat aus dem Halbdunkel des Schlafzimmers in das beleuchtete Vorzimmer. «Du riechst nicht mehr wie früher», sagte ich schnell und bedauerte im selben Moment, ihn verletzt zu haben. «Der Duft der Blumen ist nicht stark genug», setzte ich nach, obwohl er mir leid tat. Über uns hatte der Nachbar den Badewannenstöpsel aus dem Abfluß gezogen; es gluckerte in der Leitung.

Vittorio rührte sich nicht von der Stelle, als wartete er darauf, daß ich weitersprach. Seine Arme hingen herunter. Im Licht des Vorzimmers traten die Winkel und Kanten scharf hervor. Nach dem Dämmerlicht im Schlafzimmer hatte der kleine ausgeleuchtete Vorraum etwas Bedrängendes, obwohl die Türen zum Schlafzimmer und zur Küche offen waren. Wir standen uns gegenüber; Vittorio verharrte, entsetzt, überrascht – ich verstand es nicht. Ich hatte ihn ertappt, aber ich wußte nicht, wobei. Sein Kiefer zitterte leicht, als versuchte er sich zu kontrollieren. Ich nahm ihm die Blumen ab, zerknüllte das Papier mit der anderen Hand, indem ich es gegen den Oberschenkel drückte. Gelbbärtige Iris, dachte ich.

Das Gluckern in der Leitung hatte aufgehört. Ich hörte nichts, nur das Papier bewegte sich; ich hatte es auf den Schuhkasten gelegt. Der Knäuel öffnete sich leicht, raschelte ein paarmal, dann trat wieder Stille ein.

«Mama hat das Hemd gewaschen», sagte Vittorio ruhig, ging zum Schalter und drehte das Licht ab. «Als ich das letzte Mal ihren Keller ausgeräumt habe, hat sie darauf bestanden, es zu waschen.»

Im Treppenhaus war in diesem Augenblick die Beleuchtung ausgegangen; ich bemerkte es an der Oberlichte über der Wohnungstür, hinter der es jetzt dunkel war.

«Sie benutzt wohl ein anderes Waschmittel», sagte Vittorio. Er ging an mir vorbei, drehte sich aber gleich wieder um. «Du kannst nicht so weitermachen. Ständig denkst du an die Alten, rennst ihren Verwandten hinterher, machst Besorgungen. Jetzt schau mal auf dich, damit ich auch etwas von dir habe.»

Ich starrte auf sein Hemd. Es war aus hellblauem, durchscheinenden Baumwollbatist. Vittorio kaufte selten Kleidungsstücke; die wenigen, die er besaß, waren ausgesucht und teuer. Deswegen glaubte ich, mich zu erinnern, daß er von dieser Art Hemd nur ein einziges, weißes besaß.

«Und deine Mutter?» Ich wurde laut. «Gibt es ein Wochenende ohne deine Mutter?»

«Also was jetzt», sagte Vittorio, «du beschwerst dich, daß die Alten sowenig Besuch kriegen, regst dich aber gleichzeitig auf, daß ich mich zuviel um meine Mutter kümmere.»

«Deine Mutter hat Freunde. Sie ist mobil, unabhängig.»

«*Mobil, unabhängig*», er äffte meine Stimme nach, «und was macht sie mit ihrer Mobilität? Nicht jeder hat einen *Buena Vista Social Club*, in dem er auftreten kann.» Er drehte sich um, ging zum Fernseher, setzte sich.

Obwohl er wußte, daß ich im Türrahmen stand, tat er so, als wäre ich nicht da. Er schloß die Augen, öffnete sie nach kurzer Zeit wieder, weil die Spätnachrichten begannen.

«Danke für die Blumen», sagte ich und wandte mich ab, um nach einer Vase zu suchen.

Ich wachte auf, als Vittorio zu Bett ging und sich dabei am Nachttisch stieß. Er fluchte, tastete mit den Händen nach dem Schienbein.

Was hatte ich nur geträumt, es wollte mir nicht einfallen. Ich war auf einer Einkaufsstraße, aber ich wußte nicht mehr, mit wem.

«Mach doch Licht», sagte ich zu Vittorio, dessen Hand im Dunkeln nach meinem Gesicht suchte. Er strich mir mehrmals über die Stirn, kämmte mit den Fingern meine Haare.

«Schlaf weiter», sagte er.

Ich trug im Traum eine neue Hose, wahrscheinlich hatte ich sie noch nicht gewaschen, denn sie war steif und erzeugte bei jedem Schritt ein Wetzgeräusch, das sich anhörte wie der laute Atem eines Läufers. Wenn ich mich umdrehte, um den Jogger zu sehen, war keiner da.

«Ich kann jetzt nicht weiterschlafen», sagte ich.

Vittorio drehte sich zu mir herüber, umfing mich mit beiden Armen. Der sonderbare Geruch war verschwunden; er hatte geduscht.

«Tut mir leid wegen vorhin», sagte Vittorio, «ich finde es großartig, wie du dich um die Alten kümmerst.»

Er fing an, mich zu streicheln, und ich dachte, so streichelt man einen Hund, von dem man will, daß er bei einem sitzenbleibt. Ich war still, obwohl ich ihm gerne widersprochen hätte: daß ich mich nicht kümmerte, nur das Notwendigste erledigte; daß die Zeit für alles andere fehlte, weil am Personal eingespart würde; daß ich weder Carelli die Pornohefte gekauft noch Mancini mit genügend Zigaretten versorgt hätte.

«Träum was Schönes», sagte Vittorio und kraulte meinen Nacken.

Ich dachte an die Frau aus der anderen Abteilung, die jede Gelegenheit nutzte, um davonzulaufen. In meiner Vorstellung hatte ich ihr schon das Brustgeschirr umgelegt, wie es die Hunde der Polarforscher tragen, sie ans Bett gefesselt, um sie an ihren Ausbrüchen zu hindern.

«Wo hast du den Eames-Sessel her?» fragte ich Vittorio.

«Ist er nicht toll? Ein wahrer Glücksgriff.»

«Ziemlich ramponiert», sagte ich und dachte an die kaputten Gummischeiben, «wird schwer zu restaurieren sein.»

«Den darf man auf keinen Fall restaurieren. Es gibt immer mehr Kunden, die das Stück so wollen, wie es ist. Außerdem gebe ich ihn sowieso nicht her.»

«Jetzt sag schon, wo hast du ihn gefunden?»

«In der Wohnung eines Amerikaners. Der Neffe wollte das Zeug loswerden. Der hat keine Ahnung, was da alles rumsteht», sagte Vittorio. Er drehte sich von mir weg, ich mich zu ihm hin. Ich faßte nach seinen Hoden und begann sie zu kraulen, aber er rührte sich nicht. «Schlaf jetzt», sagte er leise.

In Abständen von wenigen Sekunden heulten zwei Autosirenen auf. Ich zog mich auf meine Bettseite zurück, lag am Rand und wartete, bis ich gleichmäßige Atemzüge hörte. Dann stand ich auf, verließ auf Zehenspitzen das Schlafzimmer.

VI

Es war das erste Mal, daß Irma nach draußen ging. Als sie die Praterstraße überquerte, begegnete sie zwei chassidischen Familien. Am Freitag versammelten sich die Moslems vor dem Eingang zur Czerninpassage, über der sich die Al-Hidaya Moschee befand, am Sabbat waren die Juden unterwegs in die Tempelgasse. Irmas Wohnung befand sich auf halber Strecke zwischen dem jüdischen und dem islamischen Gotteshaus; vom Hinterhof aus konnte sie die Spitze des schlanken, achteckigen Fassadenturms der Johannes-von-Nepomuk-Kirche sehen, ein historisierender Bau, den sie in den sieben Jahren, die sie nun schon in diesem Bezirk lebte, noch nie betreten hatte. Die Kirche, deren Schutzpatron das Hochwasser zurückhalten sollte, war in den vierziger Jahren des neunzehnten Jahrhunderts erbaut worden, zu einer Zeit, als die Leopoldstadt noch Überschwemmungsgebiet gewesen war. Während der letzten großen Überflutung, vor der endgültigen Donauregulierung, die man erst dreißig Jahre nach dem Kirchenbau in Angriff genommen hatte, waren die Hirsche und Rehe aus dem Prater zum Nordbahnhof geflüchtet.

Irma liebte Brücken; deshalb hatte sie sich für den zweiten Bezirk entschieden, für die Mazzesinsel, wie die Leopoldstadt von den Wienern einst genannt wurde. Richard wäre es damals lieber gewesen, sie hätte eine Wohnung in seiner Nähe bezogen, damit sie auf den Kater aufpassen konnte, wenn er verreiste. Das besorgte nun Davide.

Inzwischen war Irma aber überzeugte Leopoldstädterin geworden, so wie Rino sich damals, als sie noch zusammen gewesen waren, unter keinen Umständen aus San Lorenzo fortbewegt hätte oder ihre Freunde vom Prenzlauer Berg niemals nach Charlottenburg oder Kreuzberg ziehen würden.

Auf dem Weg zum Karmelitermarkt blieb Irma mehrmals stehen, um tief Atem zu holen. Obwohl sie jede Straßenecke, jedes Haus zu kennen glaubte, war sie überrascht, was sie entdeckte. Es kam ihr vor, als hätte jemand während ihrer zweiwöchigen Abwesenheit das eine oder andere Haus neu zusammengesetzt. Da waren plötzlich Giebelgauben, dort hatte man das Satteldach mit Eternitplatten versehen. Einige Fenster wirkten wie frisch gestrichen, oder man hatte die alten Holzrahmen durch Kunststoffrahmen ersetzt. Wieder mußte Irma an ihre Kusine denken, die von den Transplantierten als Legomenschen gesprochen hatte. Sie erschrak, als sie darüber nachdachte, warum sich ihr Blick nach der Operation verändert haben mochte, hatte das Gefühl, als schauten noch ein Paar andere Augen aus ihr heraus, die nicht die eigenen waren. Legoaugen, hörte sich Irma sagen. Als sie nach dem Diktaphon in ihrer Tasche tastete, fand sie es nicht. Der menschliche Körper sei kein Rechtsobjekt, hatte Greta gesagt, sondern Bestandteil der Persönlichkeit des Menschen. Also sei ein Toter auch keine herrenlose Sache.

Irma trat kraftvoll auf, sie beschleunigte ihre Schritte; in der Ferne waren die Marktstände zu sehen. Was für ein schöner Tag, dachte sie. Was für eine laue Luft.

Sie setzte sich vor dem Madiani in den Halbschatten, blätterte in einer Kunstzeitschrift, die auf ihrem Stuhl gelegen war. Es würde auf den Inhalt, nicht auf die Dauer des Lebens ankommen, stand da unter dem Photo eines Galeristen. Er trug einen weißen Anzug, saß am Rande eines Swimmingpools, dahinter war ein Garten mit Skulpturen zu sehen, die aussahen, als hätte jemand mit ein paar Pinselstrichen Vasen oder Flaschen in die Landschaft gezeichnet. Die Objekte aus Federstahl waren mit Luft gefüllt.

Daß es einzig auf den Inhalt ankäme, dachte Irma, das vermochte nur einer zu sagen, dessen Lebensdauer von keiner unmittelbaren Kürzung bedroht war. Irma kannte den Mann nicht, aber sie war sich sicher, daß er nicht wußte, was es bedeutete, ein gestörtes Selbstbild zu besitzen, noch dazu eines, das nicht nur vom eigenen nahen Tod, sondern auch vom Tod eines Fremden bestimmt war.

Sie legte die Zeitschrift beiseite, schaute sich die Speisekarte an. Alles wollte sie bestellen, alles, was ihr über die Jahre zu essen verboten gewesen war: Salziges, Proteinhaltiges, Kaliumreiches. Richard, fiel ihr ein, hatte beim letzten Familienessen auf die Frage, was er denn nun bei der Sicherheitskontrolle am Flughafen verdiene, geantwortet: «Ich muß noch immer auf die rechte Seite der Speisekarte schauen.» Nachdem er sein Jusstudium abgebrochen und jahrelang Gelegenheitsjobs gemacht hatte, war er nun bei der SIKO, einer Tochtergesellschaft der Austrian Airlines, angestellt und durchsuchte das Gepäck der Passagiere nach Sprengstoff, Waffen oder anderen unerlaubten Gegenständen.

Ich, dachte Irma, werde keinen einzigen Blick auf die rechte Seite werfen; endlich ist die Speisekarte eine Speise- und keine Verbotskarte mehr. Sie schaltete das Handy auf lautlos, um nicht gestört zu werden. Aber im selben Moment mußte sie daran denken, daß sie wohl nicht aufhören würde, den eigenen Körper als Nullpunkt eines Koordinatensystems wahrzunehmen, mit dessen Hilfe sie alles um sich herum einteilte.

Irma rückte mit dem Stuhl zur Seite, als sich eine junge Frau an den Nebentisch setzte. Die Frau suchte wie Irma nach ein wenig Schatten. Kaum hatte sie es sich bequem gemacht und die Sandalen ausgezogen, läutete auch schon ihr Handy. Die Frau stritt sich mit einem Mann, nannte ihn einen Lügner.

«Das nächste Mal werfe ich nicht nur deine Krawatten aus dem Fenster», hörte Irma die Frau leise sagen, dann klappte die Frau mit dem kinnlangen, gewellten Haar, das Irma an Photos aus den zwanziger Jahren erinnerte, das Mobiltelephon zu und starrte in den Himmel, wo außer eines verblassenden Kondensstreifens nichts zu sehen war.

Irma hatte jedes Wort verstanden, tat aber so, als habe sie nichts gehört und sei ganz auf ihr Handy konzentriert gewesen. Sie schrieb jetzt an Marianne: *Du bist mir doch nicht böse. Warum meldest Du Dich nicht?* Es wird auch dich treffen. Später als früher, dachte Irma. Sie löschte das Geschriebene, legte das Telephon auf den Tisch. Nichts vermochte auszudrücken, was sie empfand. Sie fühlte sich vom Schicksal bevorzugt und schämte sich dafür. *Marianne,* versuchte sie es ein zweites Mal, *ich bin immer für Dich da.* Wie unmäßig und überheblich das klang, wo sie es geschafft hatte, während Marianne noch immer auf den Anruf aus dem Krankenhaus wartete. Irma schien es, als würde ihr Glück Mariannes Unglück verstärken. Nachdem sie einen großen Vorspeisenteller bestellt hatte, gab sie sich einen Ruck und wählte Mariannes Nummer. Aber in der Wohnung lief nur das Band, und das Handy war ausgeschaltet.

Könnte man nur die erste Wohnstatt verlassen, wann immer man wollte, hatte Marianne einmal in einer E-Mail geschrieben, *aber unser Körperschicksal ist endgültig. So oder so wird der Zufall höchstens ein paar vorübergehende Fenster errichten. Das Licht der anderen.*

Das Brillenglas der Frau am Nebentisch war so dunkel, daß die Augen dahinter nicht zu erkennen waren. Irma stellte sich vor, wie die Frau wütend ins Schlafzimmer gelaufen war, die Schranktür geöffnet und nach den erstbesten Krawatten gegriffen hatte, um sie wenige Sekunden später aus dem Fenster zu werfen. Sie fragte sich, wo wohl der Mann zu diesem Zeitpunkt gewesen war. Hatte er bereits das Haus verlassen, und die Krawatten waren ihm durchs Fenster nachgefolgt? Oder hatte er aus einem anderen Zimmer, vielleicht aus der Küche, den Wutanfall der Frau beobachtet? Irma griff nach ihrem Notizheft und schrieb: *Die Krawatten segelten durch die Luft.*

Vor dem gegenüberliegenden Marktstand, der wie alle anderen Markthäuschen wie eine etwas zu groß geratene Garage aussah, schnitt ein Mann mit einer elektrischen Säge Rindsknochen und Schweinehälften in Stücke und warf sie auf einen Schubkarren. Zwischen dem Fensterglas und den Rollos wimmelte es von Fliegen.

Auf dem Weg nach Hause hatte Richard angerufen; er wollte sich vergewissern, daß es Irma gutgehe. Ein Kollege war eingesprungen, hatte ihn für die Dauer des Gesprächs am Förderband vertreten. Im Hintergrund war das Geräusch der vorbeifahrenden Koffer zu hören gewesen; das aufgegebene Gepäck wurde im Keller automatisch geröntgt. Bis vor ein paar Jahren hatte Richard noch die verdächtigen Koffer und Kisten herausfischen müssen, inzwischen gibt es ein Vierstufensystem, in dem zuerst ein Computer entscheidet, ob das Gepäckstück als unverdächtig gilt oder ob es zum *Hold Baggage Screening* kommt. Gibt es dann noch Fragen, wird es visuell auseinandergenommen. Erst Stufe vier sieht eine Öffnung des Gepäcks in Anwesenheit des Besitzers vor.

Lieber, hatte Richard erzählt, stünde er oben, vor den Schleusen, und schöbe die Plastikwannen mit dem Handgepäck durch den Durchleuchtungsapparat, aber im Keller verdiente er mehr. Irma faszinierte, daß Richard Dinge sehen konnte, die anderen verborgen blieben. Er drang in das Intimleben fremder Menschen ein, wenn er vor dem Monitor saß und die Bilder gefrieren ließ. Sprengstoff, hatte er ihr einmal erklärt, könne aussehen wie ein Steak oder wie Bonbons; Glas und Keramik seien auf dem Bildschirm grün, Metall blau. Je höher das spezifische Gewicht eines Gegenstandes sei, desto dunkler erscheine er auf dem Bildschirm. Bleikristall, Gold und Platin seien schwarz.

Zu Hause angekommen, hatte sich Irma zuerst einmal ausgeruht; sie war noch immer schwach, ermüdete schnell; auf dem Sofa liegend hatte sie ihre Kopien durchgeblättert. Nachdem sie aufgestanden und zum Regal gegangen war, konnte sie sich nicht mehr erinnern, was sie eigentlich wollte. Sie legte ihren Kopf schief, las die Titel auf den Buchrücken. Gestern hatte sie sich von der Küche ins Schlafzimmer begeben; es war ihr nicht eingefallen, warum sie das Zimmer überhaupt betreten hatte. Ständig fand sie sich irgendwo in ihrer Wohnung wieder, ohne zu wissen, was sie suchte. Dabei war Florian noch bei ihren Eltern, er lenkte sie nicht ab. «Erhol dich erst», hatte Mutter gesagt, «wir kriegen das schon hin. Davide hat ja auch Zeit.» Aber eine längere Erholungsphase konnte sich Irma nicht leisten; sie mußte bis Ende des Jahres den ersten Teil ihres Projekts abschließen, damit sie bei der Arbeiterkammer um neuerliche Förderungen ansuchen konnte. Insgesamt hatte sie erst sieben Interviews transkribiert, zuletzt jenes mit Hans Luderer, dem Futteralmacher. Es war nicht sehr ergiebig gewesen. Dessen Großvater hatte noch Behältnisse für Toilettenartikel und für optische Instrumente erzeugt, Luderer selbst war nur noch auf Brillenetuis, Mappen und Pappkästchen spezialisiert gewesen und hatte aus Preisgründen auf die Verzierungen an den Futteralarbeiten verzichtet. Seine Aussprache, erinnerte sich Irma, war so undeutlich gewesen, daß sie Richard hatte bitten müssen, sich das Band anzuhören, weil sie mehrere Wörter nicht verstanden hatte.

Sie mußte sich beeilen; der letzte Waldviertler Bandelkrämer, den sie mit viel Mühe hatte ausfindig machen können, war ihr weggestorben. Es gelang ihr gerade noch, das hölzerne Tabulett, das er bei seinen Verkaufstouren nach Wien und Umgebung vor dem Bauch getragen hatte, zu photographieren. Und dummerweise hatte sie sich nicht frühzeitig um Zwirn, Schnüre und Bänder gekümmert, so daß der eigentliche Zweck des Tabuletts auf dem Bild verborgen bleiben würde.

Vor dem Bücherregal befiel Irma eine unklare Angst. Was, wenn diese plötzliche Vergeßlichkeit Gründe hatte, wenn sie der Anfang einer noch schlimmeren Krankheit war, wenn der Tote, von dem ihr niemand hatte sagen dürfen, wer er gewesen war, ihr Gedächtnis zu manipulieren, es nach und nach zu zerstören trachtete?

Sie stellte sich plötzlich vor, wie das Transplantat im Styroporkasten am Flughafen die Sicherheitskontrolle passiert hatte. Was war am Monitor zu sehen gewesen? Eine orangefarbene zehn Zentimeter lange und fünf Zentimeter breite Bohne? War der Tote vielleicht gar nicht aus Österreich? Hatte man das Organ eingeflogen? War es geröngt worden?

Unsinn, sagte sich Irma. Sie kehrte dem Bücherregal den Rücken zu. Ihr Herz schlug schneller. Irgendwo hatte sie einmal gelesen, daß man nur selten bestimmen könne, was man in einem gewissen Moment denkt. Also kann man auch nicht immer bestimmen, was man erinnert und was nicht. Ihre Hand glitt über den Bauch. Die neue Niere war ins Becken transplantiert worden. Irma befühlte die kleine Wölbung links unterhalb des Nabels.

Nochmals versuchte sie alles von Anfang an zu rekonstruieren – nichts. Sie stand zwei Schritte vom Bücherregal entfernt, aber es schien ihr, als wären es mehrere Meter. Sie rief sich die Namen ihrer Familie ins Gedächtnis, deren Geburtstage, zählte die Berufe auf, die sie in ihrem Projekt berücksichtigen wollte, von der Amme, dem Bader und dem Barchentweber bis hin zum Wachszieher, Zaumschmied und Zinngießer. Doch kaum versuchte sie herauszufinden, was sie vor dem Bücherregal gesucht hatte, sah sie nur die von der Sonne verbogene Kerze auf dem Tisch und Florians roten Bagger in der Ecke neben dem Fenster.

Die Grillen zirpten, Spatzen landeten auf den Zweigen der Platanen, starteten wieder los, nachdem sie auf den Fruchtkügelchen gehangen hatten und Mücken oder kleine Käfer verzehrt hatten, oder sie flüchteten vor den Krähen, deren Rufe Irma aus dem Nachmittagsschlaf gerissen hatten. Sie setzte sich wieder an den Computer, rief die E-Mails ab; es waren Glückwünsche zur Transplantation, ein Antwortschreiben des pensionierten Schriftsetzers Alois Zeder, er habe Zeit für ein Gespräch, wann immer sie wolle, jede Menge Spams, Werbesendungen für Vernissagen, Theateraufführungen und Konzerte. Und dazwischen fand sie endlich eine Nachricht von Marianne: *Ich freu' mich so für Dich, hoffentlich geht alles gut. Ich war in der Zwischenzeit im Spital, ein Shuntaneurysma, Du kennst das ja.*
Instinktiv griff Irma nach ihrem vernarbten Arm, tastete nach der Stelle, wo man Vene und Arterie für die Blutwäsche zusammengenäht hatte, kurz bevor die Nieren nicht mehr zu gebrauchen gewesen waren. Sie legte den Arm ans linke Ohr, hörte ihr eigenes Blut rauschen. Nachts hatte sie manchmal nicht einschlafen können, wenn sie auf dem Bauch gelegen war, den Arm unterm Kissen. Im Gegensatz zu Florian, der sich als Baby von dem gleichmäßigen Strömungsgeräusch hatte beruhigen lassen, machte sie der erhöhte Blutfluß nervös; er erinnerte sie daran, daß sie ihm das Leben verdankte. War das Rauschen nicht mehr zu hören gewesen, weil sie im Halbschlaf die Position des Armes verändert hatte, war sie in Panik geraten. Sie hatte sofort an die Schädigungen der Shuntvene gedacht, daran, daß die Wirbelbildungen des Blutstroms

die Gefäßwände aushöhlten wie ein Gebirgsbach die ihn umgebenden Felsen.

Jetzt erschien Irma der Shunt wie eine zweite Möglichkeit; arbeitete das Transplantat nicht mehr, war da noch der Gefäßzugang für die künstliche Niere. Marianne hingegen hatte keine Wahl; selbst der Shunt am Unterarm mußte bereits dreimal operiert werden; man hatte schon vor einem halben Jahr erwogen, entsprechende Gefäßverbindungen nahe der Ellenbeuge, am Oberarm oder am Bein anzulegen.

Irma hielt sich den Unterarm. Richard, fiel ihr ein, hatte Florian letzten Sommer das Gehäuse einer Meeresschnecke mitgebracht und ihm erzählt, man höre in ihr, wenn man sie nahe genug ans Ohr legte, das Meer rauschen. Aber Florian hatte nur den Kopf geschüttelt und auf Irmas Arm gezeigt. «Ganz die Mutter», hatte Richard gesagt, «kannst du dich noch an die Schnecke von Onkel Alfred erinnern?»

Die Wellhornschnecke, die der Onkel einmal als Geschenk aus einem Griechenlandurlaub mitgebracht hatte, war von einem Kinderohr zum anderen gewandert; doch während Richard und die Mädchen aus der Nachbarschaft darin das Rauschen der Brandung zu vernehmen glaubten, während sich die anderen Kinder einbildeten, daß sie die Wellen gegen die Felsen schlagen hörten, hatte Irma schweigend in die Runde gesehen. Auch später noch hatte sie es mit größeren und kleineren Meeresschnecken und Muscheln versucht, aber da waren nur die Geräusche der nahen Umgebung zu hören gewesen, nicht einmal die des eigenen Körpers.

Irma blickte zum Fenster hinaus; es war längst nicht mehr soviel Himmel zu sehen wie vor sieben Jahren, als sie hierhergezogen war. Dächer waren ausgebaut, neue Häuser auf die bestehenden draufgesetzt worden; den alten Bewohnern wurde immer mehr Licht weggenommen. Entlang des Dachfirsts verliefen jetzt schmale Stege, auf denen im Sommer junge Männer mit nackten Oberkörpern zu sehen waren. Einmal, sie hatte Florian im Arm gehabt und ihm die Flasche gegeben, war sie beim Anblick dieser jungen, braungebrannten Körper in Tränen ausgebrochen.

Das Gebläse im Innern des Computers schaltete sich für einen Augenblick aus; Irma horchte in die Stille. Florian fehlte ihr, dieses «Mama, spiel mit mir», die Einkäufe, die er für sie erledigte, wenn er mit seiner kleinen Tasche vom Wohnzimmer ins hintere Kabinett spazierte, um ihr wenig später Luftmilch, Luftbutter und Luftkekse in die Hand zu drücken und dafür zehn Lufteuro zu verlangen, die sie per Handschlag bezahlen mußte. Er liebte es, Besorgungen zu machen, das Auto, den roten Staubsauger, in die Reparaturwerkstätte zu fahren, um Irma wenig später zu erklären, der Auspuff sei kaputt oder die Antenne abgerissen gewesen – egal was er für Irma tat, alles kostete zehn Euro, einen Handschlag, den er mit einem lauten «Danke. Auf Wiedersehen!» quittierte.

Irma hatte soeben auf die E-Mail des Schriftsetzers geantwortet, da klingelte es an der Wohnungstür. Es war Davide. Er trug ein enganliegendes schwarzes T-Shirt. Obwohl er mit der U-Bahn gefahren war, wirkte er, als käme er frisch aus der Dusche. Richard hatte einmal behauptet, Davide besitze keine Schweißdrüsen; Flecken unter den Achseln habe er nur dann, wenn er sich irrtümlich eines von Richards T-Shirts übergezogen hätte, was aber so gut wie nie vorkommen würde, weil Davide jedes herumliegende Wäschestück sofort in den Wäschekorb beförderte.

«So gefällst du mir schon besser», sagte Davide. Er strich mit dem Zeigefinger über Irmas Wange, stellte die Nylontasche auf den Tisch. Es roch nach frischem Sugo.

«Besser? Von wegen. Komm mal mit.» Irma ergriff Davides Hand, zog ihn vor den Badezimmerspiegel.

«Siehst du? Das Grübchen in der linken Wange ist nicht

mehr sichtbar, wie ausgestopft. Auch diese Kerben hier», sie zeigte auf eine der beiden Falten, die von der Nase zu den Mundwinkeln laufen, «sind nur mehr sanfte Linien.»

«Andere zahlen dafür eine Menge Geld beim Schönheitschirurgen», lachte Davide, «das wird schon wieder.»

Je länger Irma in den Spiegel blickte, desto eher schien es ihr, als träte ein Unbekannter durch die Haut hervor, breitete sich in ihr aus, ließe Lider und Wangen dicker werden. «Machen Sie sich gefaßt», hatte der junge Arzt gesagt, «durch die Immunsuppressiva und das Kortison werden die Haare wachsen, auch an Stellen, wo Sie noch keine hatten, und die Haut bekommt eine andere Struktur.»

«Irgendwann», hörte sie Davide sagen, «wirst du weniger Medikamente nehmen müssen, dann hast du wieder dein altes Gesicht.» Er strich Irma über den Rücken, massierte ihren Nacken. Sie schloß die Augen, dachte daran, daß er sie schon oft getröstet hatte. Die Zeit arbeite für sie, man werde eines Tages die defekten Organe austauschen wie Computermodule. Ein anderes Mal – Irma hatte Davide von den nackten Männeroberkörpern erzählt, die sie zum Weinen gebracht hatten – war er bis spät in der Nacht an ihrem Bett gesessen, hatte Florian versorgt. «Es gibt Bilder», waren seine Worte gewesen, «die werden zum Magnet.» Er weine manchmal unter der Dusche.

Nachdem sie wieder ins Wohnzimmer zurückgekehrt waren, nahm Davide die Tupperware aus der Tasche, frische Lasagne, die er am Nachmittag zubereitet hatte.

«Was machst du jetzt mit den teuren Reformhausnudeln?» fragte Irma.

Man habe sie anstandslos zurückgenommen, antwortete Davide. «Diese eiweißarme Pasta sah nicht nur aus wie eingeweichter Karton, die hat auch so gerochen. Gott sei Dank bist du die nun los. Soll ich dir die Lasagne warm machen? Vielleicht die Hälfte? Nicht daß du mir jetzt zuviel ißt, es wär' schade um deine Figur.»

Irma dachte an die diversen Ratgeberhefte, die vor Heißhunger warnten. Nach jahrelanger Diät seien die meisten Transplantierten nicht mehr imstande, normal zu essen; Milch, Fleisch, Käse, Süßspeisen – alles, was zuvor aufgrund des hohen Eiweißgehaltes verboten gewesen sei, würden sie nun in sich hineinessen. «Und vergessen Sie nicht», hatte die Ärztin vor der Entlassung gesagt, «daß sich die Funktion der Eierstöcke sofort wieder normalisiert, wenn man nicht mehr an der Dialyse ist. Sie sind schneller schwanger, als Ihnen lieb ist.»

«Warum lächelst du?» fragte Davide. «Bin ich zu fürsorglich? Richard haßt das, ich weiß. Aber er tut nichts dagegen. Ich meine, er weigert sich zu kochen. Was soll ich machen.»

Seit fünf Jahren waren die beiden zusammen; sie hatten sich in Rom kennengelernt, in der Muccassassina. Keine zwei Wochen nachdem sie sich beim Tanzen auf die Zehen gestiegen waren, hatte sich Davide in den Zug gesetzt und war nach Wien gekommen. Richard behauptete nach wie vor, Davide sei ihm absichtlich auf den Fuß getreten, um mit ihm ins Gespräch zu kommen, was jener jedoch entschieden von sich wies.

«Als ich im Flugzeug war, konnte ich ihn mir schon nicht mehr vorstellen», hatte Richard die erste Begegnung kommentiert, «Davide ist keiner, der sich einem einprägt.» Aber er war wegen Richard nach Österreich gekommen, hatte das Gästezimmer bezogen, den eifersüchtigen Kater besänftigt und sofort Privatstunden in Deutsch genommen. Und er war geblieben, wurde den Eltern als *vorübergehender Mitbewohner* vorgestellt, der in Wien ein Erasmus-Stipendium hätte. Davide war der dritte Sohn eines wohlhabenden Grissini-Fabrikanten aus der Emilia-Romagna, besaß zwei Wohnungen, eine in Rom, eine in Forlí, von denen er erst nur eine, dann beide vermietet hatte, so daß er sich nicht um seinen Lebensunterhalt sorgen mußte.

Richard, der nach Rom geflogen war, um den Vater seines Neffen zur Rede zu stellen, war mit einer eigenen Geschichte zurückgekommen, mit der Gewißheit, eine dieser verfluchten Schicksalsnächte erlebt zu haben, die das restliche Leben bestimmten.

Von Rino keine Spur.

VII

Auf der Straße fiel eine Autotür ins Schloß, nachdem im Schlagabtausch Stimmen zu hören gewesen waren. Ich warf einen Blick aus dem Fenster und sah eine Frau, die heftig gestikulierte. Ihre Tasche lag auf der Motorhaube, damit sie die Arme frei hatte. Von oben hätte man meinen können, sie dirigierte ein Orchester; der Mann, der die Musiker ersetzte, saß hinter der Windschutzscheibe und schüttelte den Kopf, was die Frau erst recht wütend machte. Als sie mich bemerkte, zog ich mich vom Fenster zurück.

Sie erinnerte mich an die Nachbarin von gegenüber, die nach einem Ehestreit Kleidungsstücke ihres Mannes aus dem Fenster geworfen hatte. Er wollte eben mit dem Auto wegfahren, da segelten seine Unterhosen, Hemden und T-Shirts durch die Luft, landeten auf den Dächern der Autos, auf dem Gehsteig und auf der Straße. Erst wollte der Mann die Teile aufheben, als er aber sah, daß immer mehr Wäschestücke vom Himmel flatterten und Passanten amüsiert nach seinen Sachen griffen, stieg er ins Auto und fuhr davon. Eine Weile waren einzelne Hemden und Hosen auf dem Boden liegengeblieben, aber spätestens nach einer halben Stunde wurden auch sie von Vorbeikommenden eingesammelt und mitgenommen.

Ich stand im Wohnzimmer und betrachtete Vittorios Hemd, das ich auf dem Eßtisch ausgebreitet hatte. Die Arme in die Hüften gestemmt, wartete ich darauf, daß es mir etwas erklärte; es lag da, ein wenig zerknittert, mit glänzenden Perlmuttknöpfen, wies jedoch keinerlei Spuren auf. Ich nahm es in die Hände, hielt es gegen das Licht, war erstaunt über die Taillierung am Rücken und die weichen Kragen- und Manschetteneinlagen, die ich so nie wahrgenommen hatte. Auch die Nähte waren allesamt gekappt und mit einem Doppelstich versehen.

Ich roch am Kragen, an den Ärmeln – der Geruch, den ich noch vor zwei Stunden an Vittorio wahrgenommen hatte, war weg, als wäre er mit Vittorio ausgezogen, oder war es ein anderes Hemd gewesen, an das ich meine Nase gedrückt hatte? Ich lief ins Badezimmer, öffnete den Wäschekorb, fand jedoch nur meine eigene Unterwäsche und zwei Boxershorts mit rot-weißen Karos, die mich an den Vorhangstoff einer Tiroler Berghütte erinnerten, zu der ich mit Vittorio letzten Sommer aufgestiegen war. Ich drückte den Lichtschalter am Spiegelschrank, um mein Gesicht zu betrachten, hielt die Pinzette in der Hand, um die linke Augenbraue, die mir etwas breiter erschien, der rechten anzugleichen, als das Telephon klingelte. Es war Marta.

«Verzeih. Ich weiß, es ist nach Mitternacht. Ich kann nicht mehr. Ich habe mich schon zweimal übergeben. Bitte spring für mich ein.»

«Aber ich hab' morgen Frühdienst. Ich kann doch nicht sechzehn Stunden durcharbeiten. Mit der letzten Schicht wären es dann vierundzwanzig.»

«Bitte.»

«Und Okhi? Hast du sie nicht erreicht?» fragte ich.

«Die hat ja kein Telephon, die hat nicht einmal einen festen Wohnsitz», sagte Marta.

«Und die aus der Frauenabteilung?»

«Die Aushilfskraft? Die ist eine Katastrophe.»

Ich versprach zu kommen, obwohl ich mich nicht dazu in der Lage fühlte. Auf der anderen Seite war ein tiefer Seufzer zu hören.

Marta hatte bereits die Schürze abgelegt und wartete beim Ausgang auf mich. Sie sah blaß aus, mehrere Haarsträhnen klebten an der Wange, die Wimperntusche war verwischt. Der Zettel, den sie mir wortlos in die Hand drückte, enthielt ein paar Notizen und Anweisungen: wer schwer eingeschlafen sei, bei wem die Gefahr des Wundliegens bestünde, wer an Atemnot leide – ich kannte die Problemfälle, sie waren seit Jahr und Tag dieselben.

«Das vergesse ich dir nie», sagte Marta und lief auf die Straße, als das Taxi vorfuhr. Bevor sie einstieg, erbrach sie sich hinter den Oleanderbüschen.

Ich schloß die Eingangstür ab und machte mich auf den Weg in den Umkleideraum. Im oberen Stock waren Schritte zu hören, dann schepperte es; wahrscheinlich war die Schwester mit der Leibschüssel gegen die Klobrille gestoßen, gleich darauf wurde die Spülung gezogen.

Ich hatte noch nicht einmal die Schürze zugeknöpft, als es klingelte, nicht einmal, sondern mehrere Male hintereinander. Schon auf dem Gang hörte ich das Rasseln; Lucchi war zu schwach, um abzuhusten. Der Schleim hatte sich im Rachenraum festgesetzt und hinderte ihn am freien Atmen. Ich versuchte das Absauggerät anzuschließen, aber es funktionierte nicht.

Lucchi geriet in Panik: «Muß ich sterben?» Er krallte sich an meinem Oberarm fest. «Rufen Sie Rino. Bitte. Ich ersticke.»

«Beruhigen Sie sich, Herr Lucchi. Das kriegen wir hin.» Ich riß mich los, machte das Fenster auf, überlegte, wo sich möglichst schnell ein Absauggerät fände.

«Lassen Sie mich nicht allein.» Das Rasseln im Rachenraum war so stark, daß Lucchi das Sprechen schwerfiel.

«Ich komme gleich», sagte ich mit betont fester Stimme.

«Lassen Sie mich nicht – »

Auf dem Weg in die Schwesternküche überlegte ich, ob ich den Notarzt rufen sollte, entschied dann aber, es erst mit einem anderen Absauggerät zu versuchen, doch es war kein Apparat auffindbar.

Ich lief in den oberen Stock. Die Aushilfskraft, eine Sozialpädagogikstudentin, duschte eine Frau, die Durchfall hatte. Die Studentin, die ich auf Anfang zwanzig schätzte, versuchte vor mir zu verbergen, daß es sie würgte. Auf dem Badevorleger lag das schmutzige Nachthemd; ich hob es mit zwei Fingern auf und ließ es in den Wäschesack fallen, der in einen verbogenen Stahlrahmen gespannt war. Der Körper der alten Frau sah aus, als flösse er mit dem Wasser in die Duschwanne; die Brustwarzen erreichten die Höhe des Nabels; der Hintern war mit den Jahren nach unten gerutscht, wie eine schlecht sitzende Hose. Da ich von Anfang an in der Männerabteilung gearbeitet hatte, kam ich nur selten mit nackten Frauen in Berührung; anders als die Körper der männlichen Heimbewohner, mit denen ich mich nicht identifizieren konnte, erschreckten mich die Veränderungen am weiblichen Körper: Die Schwerkraft setzte ihnen arg zu. Mit vierzig, fünfzig, dachte ich, gelingt es noch, dagegen anzukämpfen, dann aber zieht es den Körper immer stärker Richtung Erde.

Als es auf dem Gang klingelte, zuckte die Studentin mit den Achseln: «Was soll ich machen? Ich habe nur zwei Hände.» Ich nahm das Absauggerät aus dem Schrank und versprach, es noch in der Nacht zurückzubringen.

Lucchi saß auf seinem Bett und hatte den Hörer in der Hand; es war nur noch ein leises Röcheln zu vernehmen, vermutlich war es ihm nun doch gelungen, einen Teil des Sekrets loszuwerden.

«Ich habe Rino angerufen», sagte er.

«Aber wozu?»

«Hier verreckt man ja. Das ist kein Pflegeheim, sondern eine Demolierungsanstalt.» Er fuchtelte mit den Armen, so daß der Plastikbecher auf dem Nachttisch umfiel. Die Flüssigkeit ergoß sich über den *Corriere della Sera*.

«Ich habe schon vor Stunden geklingelt, aber keiner ist gekommen», sagte Lucchi.

«Marta hat sich erbrochen, sie ist nach Hause gefahren. Sie hat es eben nicht mehr geschafft, überall nachzusehen.»

«Was geht mich das an», sagte Lucchi. Das Rasseln wurde wieder stärker. Ich merkte, wie er ängstlich in sich hineinhörte.

«Was haben Sie da? Ich will das nicht.» Er zeigte auf das Gerät. Ich überprüfte dessen Funktionsfähigkeit, stellte es auf einen Unterdruck von 0,2 Bar ein.

«Wir müssen den Schleim absaugen, Herr Lucchi, sonst riskieren Sie eine Lungenentzündung. Kommen Sie.»

«Ich will das nicht.» Er holte aus, streifte mit der Hand den Apparat, den ich im letzten Moment in Sicherheit bringen konnte.

«Dann husten Sie. Sie müssen husten. Das Sekret muß raus, sonst kriegen Sie irgendwann keine Luft mehr.»

«Gehen Sie weg», sagte Lucchi.

Vermutlich fürchtete er sich vor dem Abhusten, weil er sich dabei schon einmal eine Rippe gebrochen hatte.

«Hören Sie», ich zeigte zur Zimmertür, «da draußen warten weitere fünfzehn Herren auf mich. Wenn Sie wollen, daß es Ihnen bessergeht, dann stellen Sie sich nicht so an.»

«Verschwinden Sie. Rino wird sich um mich kümmern.» Lucchi ließ sich aufs Kissen fallen. Die Geräusche in seinem Rachenraum beunruhigten nun auch mich.

«Machen Sie kein Theater. Ich will Ihnen nur helfen.»

Als ich das Absauggerät anlegen wollte, drehte Lucchi absichtlich den Kopf weg. Ich versuchte es von der Seite, es war unmöglich, an ihn ranzukommen. Er preßte die Lippen aufeinander, drückte seinen Kopf einmal an die linke, dann an die rechte Schulter. Das Rasseln wurde lauter. Ich beschloß, den Notarzt zu rufen, und lief in die Schwesternküche.

Marta hatte in den viereinhalb Arbeitsstunden fast nichts erledigt; nur die Nachtmedikamente waren von ihr verteilt worden. Während ich auf den Notarzt wartete, wechselte ich die Inkontinenzeinlagen und bettete die beiden Schlaganfallpatienten um. Halbseitig Gelähmte leiden unter starken Schmerzen, wenn sie falsch liegen. Womöglich springt der Oberarmknochen aus der Schulterpfanne und bohrt sich ins Gewebe. Einer der beiden, Battaglia, konnte nicht mehr sprechen und mich im Falle von Schmerzen auch nicht rufen. Er war Schneider gewesen, hatte einmal Maßanzüge gefertigt, bis die Billigbekleidung aus Osteuropa und aus Asien den Markt zu erobern begann. Ihr Vater habe am Ende wieder die Arbeit eines Lehrlings machen müssen, hatte Battaglias Tochter einmal erzählt. Er, der große Meister, sei in den letzten Jahren vor seiner Pensionierung dazu verdammt gewesen, Reißverschlüsse einzunähen und Hosen zu kürzen.

In Carellis Zimmer lief der Fernseher; das Fenster war geschlossen, es roch wieder einmal nach Pisse. Er war mit der Fernbedienung auf dem Bauch eingeschlafen, wachte aber sofort auf, als ich das Badfenster kippte.

«Was ist mit den Pornoheften?» fragte er. «Haben Sie welche gefunden?» Er blinzelte ein wenig, beschloß aber, das Licht zu meiden, und hielt die Augen geschlossen.

«Ich muß Sie enttäuschen. Mein Mann steht nicht auf solche Hefte.»

Erst jetzt schaute er mich an, und ich war mir nicht sicher, ob er das laute Pochen an der Eingangstür wahrgenommen hatte oder ob ihn meine Antwort aus dem Dämmerzustand gerissen hatte. «Einer Ehefrau entgeht nichts», rief er mir hinterher.

Es war nicht der Notarzt, sondern dieser Rino, der gegen die Glastür hämmerte.

Kaum hatte ich den Schlüssel umgedreht, stieß er die Tür mit einer solchen Wucht auf, daß sie an meine Schulter schlug.

«Was ist los? Wie geht's ihm?»

«Ich habe sicherheitshalber den Notarzt gerufen.» Mit der linken Hand massierte ich die schmerzende Stelle, mit der rechten sperrte ich hinter ihm zu.

«Seien Sie nicht so empfindlich», sagte er und lief den Gang hinunter zu Lucchis Zimmer.

«Sie können froh sein, daß ich die Tür geöffnet habe.»

«Das wär' ja noch schöner», sagte Rino. «Nun machen Sie schon den Mund auf. Was ist mit ihm?»

«Atemprobleme. Er läßt einen ja auch nicht ran.»

«Wie – ran? So?» Er packte mich am Oberarm und zog mich in seine Richtung. Ich roch seine Fahne; er hatte Wein getrunken. Seine Augen glänzten. Mit Mühe kam ich von ihm los. Wie leichtsinnig, ihn einfach reinzulassen, dachte ich.

«Angst?» lachte er. «Die ist aber sehr klein im Vergleich zur Angst meines Onkels.»

Wir waren vor Lucchis Zimmer angekommen. Bevor Rino eintrat, suchte er Augenkontakt. «Sie gefallen mir. Sie haben was», sagte er, dann drückte er die Klinke nach unten.

Das Rasseln war leiser, aber noch immer deutlich wahrnehmbar. Lucchi griff nach der Hand seines Neffen. «Schick sie raus», sagte er zu Rino und schaute dabei mich an. «Diese Amateurpflegerinnen sind auch noch taub. Raus!» Das letzte Wort ging in Hüsteln über.

«Ja, husten Sie, das ist gut. Vielleicht geht noch etwas Schleim ab», sagte ich, und zu Rino gewandt: «Ich warte draußen auf den Notarzt.»

Im oberen Stockwerk klingelte es wieder und wieder; die Studentin lief den Gang hinauf und hinunter, eine Tür schlug. «Gehen Sie jetzt endlich in Ihr Bett», hörte ich sie wenig später am anderen Ende rufen. Es gibt Heimbewohner, die an Schlafstörungen leiden; manche suchen dann die Nähe der Nachtschwester oder des Pflegers, wollen unterhalten werden. Ist dies nicht möglich, weil es die viele Arbeit nicht zuläßt, passieren ihnen Unpäßlichkeiten; sie klagen über Mückenstiche oder plötzlich schmerzende Narben und bestehen darauf, sofort behandelt zu werden.

Ich stand vor dem Eingang, sah auf die Straße hinaus und dachte an Vittorio, an den fremden Geruch, der ihm angehaftet hatte. Irgendwo hatte ich gelesen, daß Frauen die ausgeprägteren Nasenmenschen seien.

Ich dachte, der Notarzt käme, doch es war ein Polizeiwagen, der um die Ecke bog. Das Blaulicht hatte kurz die Oleanderbüsche gestreift; sie sahen aus wie Wassergewächse in einem beleuchteten Aquarium.

In der Zeitung, fiel mir ein, war von den Stinkfrüchten die Rede, auch davon, daß die Bewertung von Gerüchen stark erfahrungsabhängig sei, weshalb im Erwachsenenalter nur wenige Menschen zu überzeugten Anhängern einer fremden Küche werden. Ich suchte in Gedanken nach der eigentlichen Bezeichnung der malaysischen Delikatesse, hatte ein genaues Bild von der kopfgroßen, stacheligen, gelbbraunen Frucht.

Vor dem Eingang parkte ein Auto. Der Wagen sah nicht aus wie ein Krankenwagen, deshalb rührte ich mich nicht von der

Stelle. Als der Mann mit großen Schritten auf das Gebäude zukam, sperrte ich auf. Er trug lediglich einen kleinen Koffer bei sich.

«Guten Abend. Ich sehe mir den Herrn an. Wenn nötig, ist in zwei Minuten der Krankenwagen da.» Er folgte mir, hörte sich auf dem Weg zu Lucchis Zimmer an, was ich über den Zustand des Patienten zu erzählen wußte.

«Sonstige gesundheitliche Probleme?»

«Keine Ahnung», sagte ich.

«Liegt denn keine Krankenakte vor?»

Ich schüttelte den Kopf.

«Was soll ich dann tun.» Der Arzt betrat das Zimmer. Rino, der an Lucchis Bettrand saß, stand sofort auf und stellte sich neben mich, während Lucchi abgehört wurde.

Durian – der Name der Stinkfrucht war mir eingefallen.

«Schicken Sie ihn morgen zum Lungenröntgen», sagte der Arzt, streifte sich die Schutzhandschuhe über und griff nach dem Absauggerät, nachdem ich ihm eine Tube mit Schleimhautanästhetikum in die Hand gedrückt hatte; ich sah, wie Lucchi widerstandslos seine Anweisungen befolgte.

Rino beugte sich zu mir herüber, griff nach meinem Arm und flüsterte: «Ein sturer Hund, mein Onkel, das hab' ich von ihm geerbt. Gehen wir raus?»

Ohne eine Antwort abzuwarten, schob er mich durch die Tür.

Wir standen eine Weile schweigend im Halbdunkel. Seine Aufdringlichkeit, die mich noch vor kurzem geängstigt hatte, war einer plötzlichen Schüchternheit gewichen. Unschlüssig schauten wir beide aus dem Fenster in den nächtlichen Garten. Die Blätter der Platanen rührten sich nicht. Eine Katze suchte unter den Bänken nach Eßbarem, kroch, nachdem sie nichts gefunden hatte, durch eine Lücke des Maschendrahtzaunes auf das Nachbargrundstück.

«Ich frage den Arzt, ob er noch etwas braucht.»

Rino nickte, starrte weiterhin in den Garten, als wartete er darauf, daß die Katze zurückkehrte.

Der Arzt kam ohne mich zurecht; ich konnte mich um die anderen Heimbewohner kümmern. «Sie finden mich zur Not auf Zimmer sieben», sagte ich und trat auf den Gang hinaus, wo sich Rino, auf dem Fenstersims sitzend, eine Zigarette angezündet hatte.

«Bitte nicht.» Ich nahm ihm die Zigarette aus der Hand, drückte sie auf dem Fenstersims aus und ging Richtung Schwesternküche, um neue Stomabeutel zu besorgen. Rino blieb, wo er war, sagte kein Wort. Erst als ich am Ende des Ganges angekommen war, schien es mir, als vernähme ich einen leisen Pfiff.

Rossi schlief auf dem Rücken; ich schob sein Unterhemd vorsichtig nach oben, nahm den vollen Beutel ab. Während ich die Stuhlreste am künstlichen Ausgang mit WC-Papier entfernte und die Haut um die Öffnung mit Wasser reinigte, waren meine Gedanken bei Rino. Ich hatte soeben den neuen Stomabeutel angelegt und mit dem Daumen angestrichen, als Rino den Kopf zur Tür hereinsteckte. «Der Arzt möchte sich verabschieden», sagte Rino leise. Es war schwül im Zimmer; gegenüber schlief Mancini, ich hörte ihn schnarchen. Rossi schlug die Augen auf, schloß sie aber wieder, nachdem ich ihm mit meinem Unterarm über die Stirn gestrichen hatte; meine Hände steckten noch in den Schutzhandschuhen.

Vorsichtig zog ich die Tür hinter mir zu, verschwand im Nebenraum, um die Abfälle zu entsorgen, wusch mir zwischen abgestellten Bettgittern und fahrbaren Wäsche- und Müllcontainern die Hände. Das kühlende Wasser plätscherte über meine Arme in die Metallwanne; ich mußte mich zwingen, den Hahn abzudrehen. Als ich nach der Armatur faßte, schloß sich eine männliche Hand um mein Handgelenk. Rino war unbemerkt eingetreten und hielt mich fest. Ich spürte seinen harten Daumen an meinem Puls. Er stand dicht hinter mir, drückte mich gegen die Wanne. Mir fiel auf, daß die Behaarung seines Armes schwarz war. Ich dachte wieder an Vittorio, an den eigenartigen Geruch, daran, daß er mich in Unruhe versetzte. Erst als ich Rinos nassen Mund am Nacken spürte, versuchte ich mich zu befreien.

«Sind Sie verrückt?»

Er ließ von mir ab, ging zur Tür, wartete, bis ich den Wasserhahn geschlossen und meine Arme abgetrocknet hatte.

«Verschwinden Sie», sagte ich.

Rino stand mitten auf dem Gang, die Beine gegrätscht, die Arme seitlich ausgestreckt. Er sah aus wie ein Hampelmann, der seinen Sprung unterbrochen hatte. «Ich lasse Sie erst durch, wenn Sie mir Ihren Namen verraten haben.»

Sein T-Shirt ist etwas aus der Form, dachte ich, zu oft gewaschen. Vittorio würde es nicht mehr tragen, jedenfalls nicht, um damit aus dem Haus zu gehen. Er mochte das Kleidungsstück nicht besonders, weil es ursprünglich das Trainings-Shirt der US-Truppen gewesen war und erst seit den fünfziger Jahren zu dem wurde, was es heute ist: ein billiges Oberhemd, dem man die Herkunft anmerkte.

Ich musterte Rinos Beine, überlegte, wie ich mich verhalten sollte.

In diesem Augenblick klingelte es.

«Seien Sie nicht kindisch», sagte ich.

Rino ließ die Arme sinken, zog eine Visitenkarte aus der Gesäßtasche.

«Für alle Fälle», sagte er, «und für manches mehr.»

VIII

Irma blieb vor einem Secondhandladen stehen und betrachtete die Auslage. Richard wollte seinen Kaffee, war ungeduldig. «Was ist? Schaust du, ob du deine Kleider wiederfindest, die du in den Container geworfen hast?» Er wartete nicht, ging voraus, während Irma zwei Frauen beobachtete, die Kopftücher trugen. Sie suchten gleich hinter dem Eingang nach einer passenden Bluse.

Vor wenigen Wochen hatte Irma angefangen, sich nach gebrauchter Kleidung umzusehen. Sie kaufte neuerdings in Vorstadtläden, in Magazinen karitativer Organisationen; dieses Geschäft betrat sie nicht, weil sie nicht wollte, daß Richard ihr dabei zusah. Er hätte kein Verständnis dafür gehabt, daß sie jetzt immer häufiger Abgelegtes, Überflüssiges, Vergessenes trug. Der Gedanke, möglicherweise in der Hose oder in der Jacke einer Toten herumzulaufen, beruhigte sie.

Vor dem SPAR spielte ein Mann Ziehharmonika; er hockte häufig auf seinem Klappstuhl neben dem Eingang, hoffte auf Pfandmünzen aus den Einkaufswägen. Hinter ihm saßen zwei Frauen auf einer Bank. Die ältere wippte mit den Beinen, die jüngere betrachtete reglos ihren Rock, dessen Muster Irma an ein anderes Kleid erinnerte; sie wußte aber nicht, an welches. Ihr fielen die vorgezeichneten Papierpuppen aus der Kindheit ein, die sie mit einer stumpfen Schere aus dem Karton geschnitten hatte, die Zungenspitze zwischen den Lippen. Doch die verschiedenen Kleidungsstücke, die man den Pappfiguren umhängen konnte, blieben ebensowenig auf den Körpern wie die Hüte auf den Köpfen; zu fragil waren die kleinen Luxusgestalten gewesen. Ihre Beine waren eingeknickt, die dünnen

Papierblätter gerissen. Oder es gab Tränen, weil die Schere nicht auf der vorgegebenen Linie geblieben war, den Rumpf oder das Gesicht beschädigt hatte.

«Vielleicht bin ich hier drinnen ein Mann», sagte Irma zu Richard. Sie waren in der Konditorei Aida angekommen, hatten zwei Melange und einen Apfelstrudel bestellt. Irma tätschelte ihren Unterbauch.

«Das wird nicht reichen», sagte Richard. Er lachte, blickte auf die Straße hinaus, zu den Taxis. Die Fahrer ließen den Motor laufen, obwohl sie keinen Fahrgast hatten.

Richard hielt die Arme hinter dem Kopf verschränkt. Wie so oft schwieg er, wartete darauf, daß Irma etwas erzählte. Früher hatte sie ihm noch Fragen gestellt, hatte ihm zu verstehen gegeben, daß sie seine Liebe zu Männern nicht störte, daß sie nicht zu jenen Menschen gehörte, die in jeder Blutkonserve, die von einem Homosexuellen stammte, das HIV-Virus vermuteten; Irma hatte sogar einmal einen Leserbrief verfaßt, als man ernsthaft erwog, Homosexuellen das Blutspenden zu verbieten, aber nachdem Richard auf Irmas Empörung nicht reagiert hatte, war sie zurückhaltender geworden. Jetzt hätte sie ihn gerne gefragt, wo er in der Nacht, als man sie aus dem Krankenhaus angerufen hatte, gewesen sei, mit wem er sich getroffen habe. Vielleicht liebt er Transvestiten, verbringt seine Nächte in Darkrooms, geht mit Unbekannten in Parks – Irma sah Richard von der Seite an, seine leicht gebogene Nase, die ausgezupften Augenbrauen, gefärbten Wimpern. Sie stellte sich eine x-beliebige Ehefrau vor, die nichts von den Seitensprüngen ihres Mannes mit Richard mitkriegt, dachte an die Hilflosigkeit und Ohnmacht dieser Frau, wenn sie durch Zufall oder nach monatelangen Zweifeln und Nachforschungen die Wahrheit erfährt, an den Freundeskreis des langjährigen Paares, der sich nach der Trennung lieber mit dem Männerpaar trifft als mit der Frau, weil der geoutete Freund exotischer und interessanter ist und man in seiner Nähe Toleranz demonstrieren kann.

Die Leute in der Konditorei lasen in ihren Zeitungen, telephonierten, kaum jemand aß Kuchen. Irma fand, sie ähnelten einander wie die Figuren in Samochwalows Kinderbuch *Thomas, wechsel dich*, in dem durch einfaches Vertauschen von Gesichtshälften vorgeführt wird, daß alle Menschen gleich sind, Weiße wie Schwarze, Junge wie Alte, Frauen wie Männer. Selbst die Gesichter der zwei Serviererinnen erschienen Irma wie zufällig für diesen Tag gewählt.

«Gestern hat meine Kollegin Handschellen durchgehen lassen, schon gab's eine Rüge von oben», sagte Richard. «Natürlich hat sie die Handschellen im Handgepäck gesehen. Die waren völlig harmlos.»

«Man weiß ja nicht, was während des Fluges damit passiert», sagte Irma.

«Aber ich bitte dich, die waren mit einem leopardenfellartigen Stoff überzogen. Billigstes Spielzeug. Die klicken schon auf, bevor du den Schlüssel reintust. Willst du?» fragte Richard und deutete auf den Strudel.

«Diese Sexartikel gibt's am Flughafen zu kaufen. Wahrscheinlich hat sich die Arme nicht schon wieder eine Blöße geben wollen, nach der Geschichte mit der Vakuumpumpe.» Richard schob den Strudel in die Mitte des Tisches. Er sah müde aus, hatte wohl eine Nachtdienstschicht hinter sich.

«Ich mag keine Äpfel mehr», sagte Irma.

Richard blickte sie kurz an, dann war er wieder bei den Taxis. Inzwischen war ein weiteres dazugekommen. Der Fahrer stellte den Motor ab, stieg aus, um eine Zigarette zu rauchen.

«Ich bin scharf auf Essiggurken», fuhr Irma fort.

Richard trank den Kaffee in einem Zug aus, winkte die Kellnerin herbei, zahlte. Er betrachtete Irma.

«Ich bin nicht schwanger.»

«Das will ich hoffen,» sagte Richard, «wir sehen uns morgen. Paß auf dich auf.»

Wieder hatte Irma Florian zu spät in den Kindergarten gebracht; so schaffte sie es auch nicht mehr auf die Bank und nicht zum Hausarzt; sie radelte sofort ins Café Prückel, um Herrn Zeder zu treffen, trat in die Pedale, bis ihr die Luft wegblieb. Auf der Aspernbrücke verfing sich die Schlaufe ihrer Tasche im Hinterrad; Irma konnte rechtzeitig abbremsen und den Sturz verhindern. Auf der Höhe der Postsparkasse klingelte das Handy, aber sie war schon so spät dran, daß sie jetzt unmöglich stehenbleiben konnte, um in ihrer Tasche nach dem Telephon zu suchen. Früher hatte sie in einer solchen Situation immer angehalten, mit Herzklopfen, Atemnot. Und jedesmal war sie enttäuscht gewesen, daß sie nur von Mutter, Richard oder sonstwem angerufen worden war und nicht vom Krankenhaus.

Alois Zeder saß neben der Tortenvitrine. Er trug ein kariertes Hemd, hatte sein grünes Brillenetui neben den Zuckerstreuer gelegt; daran sollte Irma ihn erkennen. Als er sich erhob, um Irma die Hand zu geben, stieß er das Wasserglas um. Er entschuldigte sich mehrmals. Da keine Serviette greifbar war, strich er das Wasser in langsamen Handbewegungen zur Mitte des Tisches hin, bis der Ober mit dem Lappen kam.

«Ich bin immer schon der Tolpatsch der Familie gewesen», sagte er, «meine Frau hat irgendwann aufgehört, Tischdecken aufzulegen.» Zeder bot Irma den Platz auf der Bank an, er setzte sich erst, nachdem sich Irma auf dem Sessel niedergelassen und das Diktaphon eingeschaltet hatte. «Meine Frau hat nie verstehen können, wie man so schusselig und gleichzeitig Schriftsetzer sein kann.» Er lächelte. In seinem faltigen Gesicht war ein sinnlicher Mund, der aussah, als hätte er vergessen mitzualtern.

«Wahrscheinlich war nach einer Tagesschicht als Setzer die Konzentration einfach dahin», sagte Irma. Aus ihren Recherchen wußte sie, daß in den klassischen Zeiten des Bleisatzes einschließlich Korrektur etwa fünfzehnhundert Zeichen pro Stunde gesetzt und sechstausend abgelegt worden waren. Zeder bestätigte diese Zahlen, meinte aber, daß er in den letzten Jahren vor seiner Pensionierung hauptsächlich Traueranzeigen und Visitenkarten im Handsatz hergestellt habe. «Nichts als Gelegenheitsdrucksachen», sagte er, «mehr war nicht mehr drin, leider.»

Zeder hatte die kleine Druckerei von seinem Vater übernommen; schon der Urgroßvater war gelernter Buchbinder gewesen; er hatte zerfledderte Gebetsbücher und Bibeln neu gebunden. «Die Kinder haben, Gott sei Dank, studiert; meine Tochter Biologie, mein Sohn Germanistik. Der Kleinkram in der Druckerei ist ja immer weniger geworden, da hätte keiner mehr davon leben können.» Aus einer kleinen Werkstatt im ersten Bezirk hätte man noch etwas machen können, aber überall sonst fehle die finanzkräftige Laufkundschaft. «Man müßte sich auf alte Stadtstiche konzentrieren, auf Exlibris, Visitenkarten – schauen Sie sich mal die Minidruckerei von Gianni Basso in Venedig an, der verdient sehr gut, hat Kunden aus der ganzen Welt, Touristen, aber was für Touristen, Nobelpreisträger. Von den Venezianern könnte der nicht leben. Joseph Brodsky hat sein Exlibris bei ihm drucken lassen. Kennen Sie Brodsky?»

Irma nickte.

«Angeblich hat er das Motiv selbst gezeichnet, eine liegende Katze, die aus einem Buch liest – unter uns gesagt, ein großer Zeichner war der Brodsky nicht. Basso mußte mit der Skizze eigens nach Treviso fahren, weil er selbst keine Clichés herstellt – es gibt übrigens nur noch wenige, die das machen.» Er nahm einen Schluck von seinem kleinen Braunen, trank Wasser nach. «Ich war mit meinem Sohn da, nachdem meine Frau gestorben war – letztes Jahr», sagte Zeder. «Venedig – eigentlich sollte es ein Geschenk für Emmy sein, aber dann – drei Wochen vor ihrem Achtzigsten –» Zeder schaute zum Fenster, er rieb seinen rechten Zeigefinger an der Tischkante, «Herzinfarkt», sagte er nach einer Weile. «Und Sie, warum waren Sie im Krankenhaus?»

Als Irma nicht sofort antwortete, entschuldigte sich Zeder für seine Frage.

Woher weiß er das, dachte Irma, dann fiel es ihr ein: Sie selbst hatte es ihm geschrieben, weil zwischen der ersten und der zweiten E-Mail das Krankenhaus angerufen hatte; mehr als drei Wochen waren vergangen.

«Ich hab' eine neue Niere bekommen.»

«Wie unser Kreisky damals», sagte Zeder, «ich gratuliere von Herzen.»

Das Café war mittlerweile ziemlich voll; einmal glaubte Irma, Marianne zu sehen, aber sie hatte sich getäuscht. Die Frau war älter und hatte eine gesunde Gesichtsfarbe. Seit der letzten E-Mail war wieder Funkstille zwischen ihnen. Marianne hatte gratuliert, mehr nicht. Und Irma wußte nicht, wie sie reagieren sollte.

Sie hatte Mühe, Zeders Ausführungen über Lettern und Typen, *Zwiebelfische* und *Jungfrauen* zu folgen.

«Waren Buchstaben versehentlich in den falschen Setzkasten zurückgelegt worden, gelangte schon mal eine Letter aus einer anderen Schriftart in den neuen Satz», sagte Zeder. «Heutzutage sind die Texte voll von Zwiebelfischen. Die in einer Schriftart nicht vorkommenden Sonderzeichen werden durch Sonderzeichen aus einer anderen Schriftart ersetzt.»

Irma fiel das Wort *Buchstabentransplantation* ein.

Warum man zu diesen versehentlich in einer anderen Schriftart gesetzten Lettern *Zwiebelfische* sagte, das konnte auch Zeder nicht erklären. Den Fisch gebe es wirklich, sagte er. «Ich glaube, es ist eine Karpfenart. Vielleicht hatte jemand mal beim Anblick der durcheinandergeratenen Schrifttypen an einen Schwarm Zwiebelfische gedacht.»

Sein Vater, erzählte er später, habe ihn zum Lernen nach Innsbruck geschickt. «Man muß weit genug weg, sonst wird das nichts.» Erst nach der Meisterprüfung sei er in den Familienbetrieb zurückgekehrt.

Zeder blickte zur Tortenvitrine, fragte Irma, ob sie nicht einen Kuchen bestellen wolle, dann fuhr er fort: Einmal habe er mit einem Kollegen unter enormem Zeitdruck den Winterfahrplan der Innsbrucker Verkehrsbetriebe erstellen müssen. Das sei eine typische Gesellenarbeit gewesen, bei den etablierten Schriftsetzern wegen der kleinen Zahlen wenig beliebt. «Natürlich war Wochenende», sagte Zeder, «und wir haben uns so kurz vor der Meisterprüfung richtig ins Zeug gelegt, nicht nur um unserem Meister zu imponieren, sondern auch weil wir noch am selben Abend ins Stubaital fahren und am nächsten Tag zu den Gletschern aufsteigen wollten.» Um schneller wegzukommen, hätten sie den Lehrling beauftragt, die beiden Seiten in die Abziehpresse zu stellen. «Es war alles perfekt gewesen, das können Sie mir glauben, ein fehlerloser jungfräulicher Satz», Zeder machte eine kurze Pause. «Aber dann – wir hatten uns schon auf den Weg gemacht – war dieser Lehrling gestolpert. Linien, Zahlen und Ausschußmaterial – der ganze Fahrplan auf dem Boden!» Er lachte, schüttelte den Kopf. Der Meister habe, um den Termin einhalten zu können, das Wochenende in der Setzerei verbringen müssen. Den darauffolgenden Montag werde er sein ganzes Leben nicht vergessen.

Wieder fragte Zeder, ob Irma nicht etwas essen wolle. «Oder dürfen Sie nicht?» Erschreckt schaute er Irma an. «Ich meine, wegen der Krankheit.»

«Ganz im Gegenteil, ich kann jetzt wieder alles essen. Das

ist das Problem.» Was für ein Problem, dachte Irma, kaum geht es einem besser, schon benützt man unhinterfragt die Worte, nimmt ihnen ihr Gewicht. Sie mochte Zeder nicht enttäuschen und bestellte eine Esterházyschnitte. Zuletzt hatte sie eine gegessen, als sie sich mit Greta im Café Diglas getroffen hatte, vor dem großen Streit. Vielleicht will mir Greta einfach keine zweite Chance gönnen, weil sie nicht einmal ihre erste zu nützen weiß, dachte Irma. Sie hatte von ihrer Mutter erfahren, daß Greta eine Wohnung in der Nähe ihres Arbeitsplatzes gekauft habe, so klein, daß für jemand anderen gar kein Platz sei.

«Emmy hat am liebsten Kardinalschnitten gegessen», sagte Zeder und schaute auf seine Hände. Dann fing er wieder an zu erzählen, wie wichtig der Jugendstil für die Typographie gewesen sei; man habe endlich aufgehört, die historischen Stile nachzuahmen, und zu einer harmonischen und zweckmäßigen Form gefunden. «Die großen Reformer waren dann die Bauhaus-Leute gewesen und dieser verrückte Marinetti in Italien. Oder denken Sie nur an Kandinsky und Mondrian, die haben eine ganze Generation von Typographen geprägt. Und die Dada-Bewegung! Verstehen Sie? Endlich hat man sich aus der Verkrampfung gelöst und zu einer elementaren Typographie gefunden.»

Irma nickte. Am Nebentisch unterhielt sich eine junge Frau mit ihrem Freund, sie warf ihm vor, daß er sich zuwenig Zeit für sie nehme.

«Jetzt habe ich Zeit», sagte der Mann, «was willst du noch. Du kannst ja doch nichts damit anfangen.»

Irma versuchte sich auf Zeder zu konzentrieren.

«Wissen Sie übrigens, warum die Setzer von den Pressern Affen genannt wurden?» fragte Zeder.

«Du langweilst mich», sagte die junge Frau am Nebentisch.

«Dann verstehe ich nicht, warum du dich darüber beklagst,

daß wir uns so selten sehen. Oder geilt dich das auf, daß ich dich langweile?»

«Arschloch.»

Jetzt war auch Zeder auf die Streitenden aufmerksam geworden.

«Nein, ich hab's irgendwo mal gelesen und wieder vergessen», sagte Irma.

«Wo waren wir?» Zeder schüttelte den Kopf. «Das wird nichts ohne Respekt.»

«Bei den *Affen*.» Irma hob die Mineralwasserflasche in die Höhe. Der Ober hatte sie bemerkt, er nickte ihr zu.

«Ja, genau. Die Setzer waren die *Affen*, weil sie so eifrig die Lettern aus den Kästchen zusammengesucht haben. Und die Presser waren die *Bären*, weil sie ständig zwischen dem Schwärzetopf und der Presse hin und her gerannt sind.» Zeder schaute der jungen Frau hinterher, die einen Fünfeuroschein auf den Tisch geworfen hatte und jetzt das Café verließ.

«Hin und her, wie die Bären im Käfig», sagte Zeder.

Florian wollte nicht ins Bett, er hing an Irmas Hosenbeinen, da half nichts, kein Vorschlag, kein Versprechen. Sie setzte ihn auf den Boden, wollte ein Kinderbuch holen, er rappelte sich auf, lief hinter ihr her, schlug sie auf den Oberschenkel.

«Jetzt ist Schluß», sagte Irma.

Florian heulte auf, stampfte mit den Füßen. Irma ging in die Küche, ließ ihn schreiend zurück. Sie drehte den Wasserhahn auf, hielt die Hand in den Strahl. Ich muß mehr trinken. Als die Armatur sich beschlug, füllte sie das Glas, leerte es in einem Zug. Zeder fiel ihr ein, seine linkische Art, wie er die verschiedenen Falzarten auf einer Serviette aufgezeichnet hatte. Die DIN-A4-Bögen hatte er noch händisch zusammengetragen und übereinandergelegt, denn die maschinell rotierenden Rundtische waren für solche Formate ungeeignet gewesen.

Keiner der bisherigen Interviewpartner hat sich so viel Mühe gegeben wie Zeder, dachte Irma, und keiner war so nett gewesen.

«Laß das bitte», sagte Irma zu Florian, der jetzt an der Tür des Tiefkühlfachs rüttelte.

Einmal in der Woche fuhr Zeder mit dem Bus auf den Kahlenberg, um von dort in die Weite zu blicken, bei gutem Wetter bis in die Ungarische Tiefebene. Er bräuchte das. Der Schmerz, daß Emmy nicht mehr da sei, würde da oben etwas nachlassen. «Ich stell' mir dann vor, daß da unten in der Stadt ein paar Menschen sind, die mir ähneln; das gibt mir Kraft. Ich atme die Luft ein und aus, in die auch die Luft dieser anderen einmündet, dann geht es mir besser.» Wenn Zeder etwas Privates erzählt hatte, entschuldigte er sich und tat doch nichts lieber, als von seiner Familie zu reden. So erfuhr Irma zwischen Zeders Ausführungen über das Buchbindematerial und die diversen Papiersorten, daß die Tochter mit einem Ausstellungswagen des Naturhistorischen Museums durch die Lande tingelte, während der Sohn aushilfsweise *Deutsch als Fremdsprache* unterrichtete.

«Willst du Wasser?»

Florian nickte. Nachdem er getrunken hatte, wollte er von Irma getragen werden.

«Du weißt doch, daß das nicht geht.» Sie ging in die Hocke, nahm ihn in die Arme, setzte sich mit ihm auf den Küchenboden, die Ladengriffe im Rücken. Die linke Hand hielt sie schützend vor den Unterbauch.

«Was machen wir jetzt», sagte Irma, «soll ich dir eine Geschichte erzählen?»

Florian nickte. Nach dem fünften Satz war er eingeschlafen, und Irma wußte nicht, wie sie ihn nun ins Bett bringen sollte, wo sie doch nichts Schweres heben durfte.

Mitten in der Nacht öffnete Irma die Augen; sie konnte nicht wieder einschlafen; in diesem halbwachen Zustand zoomte sie all das Lächerliche, Alltägliche an sich heran; es wurde bedeutungsschwer und bedrohlich. Sie versuchte sich an den Traum zu erinnern: Davide war bei ihr in der Wohnung gewesen, hatte mit Florian die Modelleisenbahn aufgebaut – aus der Distanz sahen die beiden aus wie Vater und Sohn. Dann fiel ihr ein, daß sie mit Kreisky in der Küche gestanden war, daß sie zusammen darauf gewartet hatten, daß der Kaffee endlich kochte.

Irma schaltete das Licht ein; auf dem Nachttisch lagen ein paar Blätter, da und dort hatte sie Notizen gemacht, wann, das wollte ihr nicht einfallen. Sie hatte Florian ins Bett getragen, war hernach auf dem Sofa eingeschlafen und hatte sich gegen dreiundzwanzig Uhr ins Bett gelegt. War sie noch einmal aufgewacht? Hatte sie da diese Wörter notiert? *Körperliche und biographische Restrukturierungen, die Ausgestaltung des Lebens, ich bin mein Körper, und ich habe einen Körper.* Sie stand auf, ging in die Küche, ertappte sich dabei, wie sie in die Spüle schaute, ob da noch die Tassen standen, aus denen sie und Kreisky Kaffee getrunken hatten.

Ob Zeder wohl schlafen konnte, in seinem Alter? Vor ein paar Tagen hatte Irma eine Dokumentation über Achtzig- bis Neunzigjährige gesehen, lauter Selbstversorger, die sich bester Gesundheit erfreuten, jedoch an Schlaflosigkeit litten. Sie hatte überlegt, den Fernseher abzudrehen, weil ihr diese Bedächtigkeit, diese Philosophie des Rückblicks auf die Nerven gegangen war. Das Interview einer Neunzigjährigen, die aussah, als wäre sie Mitte siebzig, hatte Irma dann doch interessiert. Sie könne den Menschengeruch immer weniger ertragen, hatte die zierliche Frau gesagt, und bleibe deswegen fast nur noch zu Hause. Das Problem sei nur, wohin mit der Zeit? In der Jugend habe man das Leben eingesammelt, Textmaterial angehäuft, im Alter arbeite man nur noch am Kommentar; nun sei dieser schon länger als der Text. Der Interviewer war nicht fähig gewesen, auf die Worte der alten Dame einzugehen, er fragte sie zum Schluß, wie sie es geschafft habe, so alt zu werden und gleichzeitig so jung auszusehen. «Ich bin mit dem Schnitter verabredet gewesen», hatte die alte Dame lachend geantwortet, «aber ich habe die Verabredung nicht eingehalten. Jetzt bin ich allein. Meine Freunde sind längst hingegangen und nicht mehr zurückgekommen.»

Hingehen oder nicht hingehen, als wäre das die Frage, dachte Irma. Sie nahm eine Flasche Mineralwasser aus dem Kühlschrank, trank einen großen Schluck. Die Gesunden können sich nicht vorstellen, daß man in diese Verabredung hineingeboren wird, daß man keine Wahl hat. Eine Weile stand Irma am offenen Fenster. Sie dachte daran, wie schwer es für sie war, ihr bisheriges Leben an das neue Überleben anzupassen. Vielleicht sollte sie sich nicht länger mit dieser unbekannten Vergangenheit beschäftigen, die ständig zu Kollisionen mit der Realität führte. Das Transplantat einer fremden Biographie paßte nicht in den realen Rahmen ihres Lebens, es hatte dessen Chronologie durchbrochen; wie beim Filmen, wo in den seltensten Fällen auf die Zeitenfolge des Drehbuchs Rücksicht genommen wird, weil die Terminpläne der Stars oder gewisse Drehorte dies nicht zulassen, so fühlte sich auch Irma wie aus der Linearität gefallen, als Flickwerk des Schicksals. Statt eines *script supervisors*, der die Szenen kontrolliert und koordiniert, war sie gierig nach Analysen und Befunden, nach einer akribischen Buchführung des Körpers, die Fehler vermeiden half.

Es wehte ein leichtes Lüftchen vom Prater her. Wie schon als Kind war Irma noch immer ein wenig überrascht, daß sich ihr Wohnbezirk nicht mit ihrem Erwachen in Bewegung gesetzt hatte, daß alles in Stille verharrte. Um diese Zeit konnte man sogar die Blätter der Platanen rauschen hören; tagsüber deckte der Verkehrslärm von der Unteren Donaustraße alles zu. Irma hielt die kalte Flasche mit beiden Händen fest, wischte die Feuchtigkeit der Innenhandflächen ins T-Shirt. Ringsum war es dunkel, nur in einer einzigen Wohnung war das Licht eingeschaltet, dort, wo es noch nie ausgeschaltet gewesen war, seit Irma hier wohnte. Sie hatte über das Internet herausgefunden, daß es sich um keine gewöhnliche Wohnung handelte, sondern um Gebetsräume für orthodoxe Juden. Die Helligkeit, die aus den zwei Fenstern strahlte, fand Irma nachts, wenn sie nicht schlafen konnte, beruhigend, als gewönne sie selbst aus der Frömmigkeit jener Menschen ein wenig Zuversicht.

IX

Die innere Uhr ließ sich nicht so schnell wieder auf Normalzeit stellen. Viel Kaffee in den frühen Morgenstunden und der dauernde Druck, dem ich ausgesetzt gewesen war, weil ich die Arbeit einer ganzen Abteilung allein zu bewältigen hatte, steigerten die Nervosität. «Geh an die frische Luft», hatte mir Vittorio einmal geraten, als ich nach einem Nachtdienst, aus dem ich übermüdet nach Hause gekommen war, nicht einschlafen konnte. Seither nützte ich die Zeit nach der nächtlichen Arbeit für Spaziergänge, paßte den falsch synchronisierten Körper dem Rhythmus meiner Schritte an, bis ich ruhiger wurde. Anstatt in den Bus zu steigen und gleich nach Hause zu fahren, ging ich einen Teil der Strecke zu Fuß, oder ich stellte, wenn ich mit Vittorios Auto unterwegs war, den Wagen in unserer Straße ab und schlenderte noch eine Weile durch unser Viertel.

Aus alter Gewohnheit hielt ich beim Gehen nach Starenschwärmen Ausschau, doch heute waren nur ein paar Weißkopfmöwen zu sehen, die über den Dächern der Innenstadtpaläste kreisen; vermutlich hatten sie dort ihre Nistplätze. Möwen, fiel mir ein, belästigen andere Meervögel so lange, bis die ihre Fischbeute erbrechen; die schnabelgerechten Stücke fangen sie im Flug auf.

Ich rief Marta an, um sie zu fragen, ob es ihr besserginge, aber sie hob nicht ab. Auch Vittorio konnte ich nicht erreichen. Vermutlich war er auf dem Weg ins Geschäft, und das Handy steckte im Sakko, das er auf dem Rücksitz ausgebreitet hatte. Selbst wenn es kühl war, pflegte er seine Anzugjacke auszuziehen, damit sie während der Fahrt nicht zerknittert.

Überall standen Gruppen von Menschen, die darauf warteten, daß die Geschäfte aufmachten. Ich beschloß, noch einen Orangensaft zu trinken, bevor ich zur nächsten Haltestelle vorging. Die Bar war überfüllt; vor dem Eingang standen mehrere Männer, die ihre leeren Espressotassen in den Drahtkorb eines Mopeds stellten. Ich nahm die *Repubblica* und zog mich auf die andere Seite der Theke zurück, wo der Lärm der Kaffeemaschine weniger laut war. Ein dunkelhäutiger Mann in ausgetretenen Sandalen bot mir Feuerzeuge an, von denen einige die Form einer Handgranate hatten.

«Aber sie muß es doch merken», sagte eine Stimme hinter mir. «So dumm kann man doch gar nicht sein. Das geht ja schon eine Weile.» Ich sah von der Zeitung auf, drehte mich möglichst unauffällig nach links, um zu sehen, wem die Stimme gehörte. Im Profil glich die Frau einer Kundin von Vittorio. Die gleiche Nase, das gleiche fliehende Kinn. Ich konnte mich sogar erinnern, welche Möbel sie zuletzt gekauft hatte; es waren zwei verchromte Stahlrohrstühle mit schwarzer Lederbespannung. Eigentlich hatte sie nach stapelbaren Belotti-Stühlen gesucht, sich dann aber mit den Mies-van-der-Rohe-Imitationen zufrieden gegeben. In diesem Augenblick fragte der Kellner hinter der Theke nach meiner Bestellung. Ich kriegte kein Wort heraus, schüttelte nur den Kopf, drückte ihm die *Repubblica* in die Hand und schob mich, das Gesicht von der Frau abgewandt, damit sie mich nicht erkennen konnte, durch die Menge ins Freie. Auf dem Weg zur Haltestelle wiederholte ich die Sätze, die ich aufgeschnappt hatte.

Ich wartete zehn Minuten, zwanzig, der Bus kam nicht, dann hielten zwei hintereinander, aber ich stieg nicht ein. Der Feuerzeugverkäufer hatte die Bar ebenfalls verlassen; er zeigte den aussteigenden Fahrgästen die kupferfarbenen Handgranaten und Kobras. Da sich niemand dafür interessierte, zog er phosphoreszierende Haarspangen und Armreifen aus der Tasche. Seine Fersen und Zehen waren schwarz vom Staub der Stadt.

Ich winkte ein Taxi herbei, beschloß, Vittorio in seinem Geschäft aufzusuchen. An der Ampel standen die Moped- und Vespafahrer so dicht am Autofenster, daß ich die Nähte an ihren Hemden und Hosenbeinen erkennen konnte.

Auf der Fahrt nahm ich nichts wahr als meine Müdigkeit. Ich versuchte die Sätze der Kundin zu vergessen. Als ich den Taxifahrer betrachtete, stellte ich mir vor, wie er seine Frau betrog, vielleicht mit einer Taxifahrerin, die für dieselbe Firma arbeitete, oder mit seiner Schwägerin. Erst jetzt bemerkte ich, daß der Fahrer das Taxameter gar nicht eingeschaltet hatte, es war mir egal. Nachdem er vor dem Geschäft angehalten hatte, zahlte ich, was er von mir verlangte.

Im Schaufenster standen dieselben Möbel wie vor einer Woche; Vittorio hantierte mit größeren Papierrollen.

«Was für eine schöne Überraschung.» Er kam mir mit offenen Armen entgegen. «Kaffee?»

Ohne meine Antwort abzuwarten, ging er mit einer Rolle vor die Tür. «Sieh dir das an. Unglaublich, nicht? Weißt du, was das ist? Siebziger Jahre. Emilio Pucci. Sagt dir das was? Sie stehen doch jetzt alle auf diese bunten, verknäuelten Formen.» Er entrollte die Tapete und hielt sie in die Sonne.

«Das reicht ja nicht einmal für eine Badezimmerwand», sagte ich.

«Ich weiß. Ich will sie auch nicht verkaufen.» Er kam zurück ins Geschäft und verschwand im hinteren Zimmer, um Kaffee aufzusetzen. «Wie war's?» hörte ich ihn rufen.

«Anstrengend wie immer.» Ich setzte mich auf einen Sessel, von dem ich annahm, daß er nicht besonders wertvoll war, und schloß die Augen. «Marta ist ausgefallen.»

Er brachte Zucker und Milch, blieb hinter mir stehen und massierte meinen Nacken.

«Woher hast du die Tapeten?»

«Der Tapezierer um die Ecke hat sie im Magazin gefunden. Übrigens –», Vittorio stellte sich vor mich hin. «– die Hose ist eindeutig zu kurz, findest du nicht?»

Ich mußte an Rino denken, an sein ausgewaschenes T-Shirt. «Möglich», sagte ich und schloß wieder die Augen.

«Das Hosenbein müßte mit einem leichten Knick auf dem Schuhspann aufliegen. Ich ärgere mich so.»

Dem alten Battaglia wäre das nicht passiert, dachte ich bei mir. Wahrscheinlich hatte Vittorio seine Mutter gebeten, die Hosenbeine zu kürzen. Ich hatte mich von Anfang an geweigert, Ausbesserungsarbeiten an seiner Kleidung vorzunehmen; man konnte es ihm nicht recht machen. Mal hatte sich Vittorio über den zu dunklen Farbton eines Fadens beklagt, mal waren die Knöpfe zu fest angenäht gewesen.

Ein Kunde betrat das Geschäft, wollte wissen, wieviel der Jacobsen-Sessel kostet. Zweitausendvierhundert Euro waren ihm für das Modell aus dem Jahr 1957 zuviel. Er schaute sich eine Weile um, fragte dann nach dem Billy-Wilder-Sessel. Ich hatte das Gefühl, daß er nicht wirklich an dem Möbel interessiert war.

«Modell 670? – Hab' ich leider nicht», sagte Vittorio.

Es war wohl eine Testfrage. Da sich Vittorio als kompetenter

Händler erwiesen hatte, ließ der Mann nicht mehr von ihm los. Er erzählte von seiner eigenen Sammlung, von einem Stuhl, maßgeschneidert für ihn, der erst erfunden werden müßte. Das rechtwinklige Sitzen sei eine unzumutbare Belastung für die Wirbelsäule. Er sprach von Chorgestühlen, von Kirchen- und Schulbänken, die zu einer Verspannung der Skelettmuskulatur führten und die Bewegung des Zwerchfells behinderten. Die körperlichen Folgen dieser aufoktroyierten Sitzhaltungen seien natürlich intendiert gewesen. «Es ist die Macht, die uns in ein Korsett zwingt, die jede sinnliche Wahrnehmung bewußt einschränkt.»

Die Dichtung der Caffettiera war nicht mehr intakt; ich hörte das Wasser, das aus der Kanne spritzte, auf der Kochplatte zischen. «Ich geh' schon», sagte ich zu Vittorio, und zu dem Mann: «Trinken Sie auch eine Tasse?»

Er winkte ab, wollte nicht gestört werden. Vittorio hing an seinen Lippen, nickte, führte die stählernen Stirnbänder und Brustgurte an, mit denen man vom Tisch aus den Körper auf Distanz gehalten hatte, um den Sitzenden zu einer geraden Haltung zu zwingen. Seine Großmutter habe ihm noch mit einem Besenstiel gezeigt, was richtiges Sitzen sei.

«Wenn man sich hinsetzt, sollte man so bequem sitzen, daß sich die Bewegungsarmut nicht in die Unbeweglichkeit der Gedanken fortsetzt, weil man an Rückenschmerzen leidet», sagte der Kunde. »Früher oder später wissen wir ja nicht mehr, wie wir sitzen sollen, und daher wissen wir auch nicht mehr, was wir denken sollen.»

Carelli kann weder stehen noch richtig sitzen, aber er weiß sehr genau, was er denken soll, dachte ich bei mir.

Zwischen seinen Ausführungen fragte der Mann nach dem Preis einzelner Stühle, fand sogar, daß Vittorio für die Bellini-Modelle ruhig etwas mehr verlangen könne, prüfte die braunen Lederbezüge, die sich durch das Reißverschlußsystem wie eine Haut an den Stuhlrahmen schmiegen, und versprach, in den nächsten Tagen Vittorio in seiner Lagerhalle in Testaccio aufzusuchen.

«Ich habe gute Kontakte in Dänemark», hörte ich den Mann sagen, «da gibt's noch ein paar Entdeckungen. Hier in Rom finden Sie kaum noch einen Kjaerholm oder einen Jacobsen. Der hier», er zeigte wohl auf das Möbel, das ihn von Anfang an interessiert hatte, «ist allerdings ein Juwel. Aber zweitausendvierhundert – tausendfünfhundert?»

Während die beiden verhandelten, sah ich meine Hände plötzlich auf Vittorios kleinem Schreibtisch. Ich hob ein paar Rechnungen auf, las genau die Visitenkarten, warf einen Blick in ein verdächtiges Kuvert. Auch in dem Regal über dem Spülbecken waren nur Tassen, ein Kilo Zucker und zerfledderte Telephonbücher, die längst durch neue ersetzt gehörten. Der Wecker neben der Thermoskanne war um neunzehn Uhr sieben stehengeblieben.

«Bringst du auch Mineralwasser?» rief Vittorio, als ahnte er, daß ich in seinen Sachen stöberte.

Als ich die Wasserflasche aus dem Kühlschrank nahm, fiel mein Blick auf einen herausgerissenen Zeitungsabschnitt. Er steckte zwischen Designkatalogen und älteren Ausgaben der Zeitschrift Domus. Ich zog die Seite heraus, eine Hochglanzphotographie von zwei leicht geöffneten, nackten Frauenbeinen in grazilen Sandaletten, dazwischen lagen behaarte Männerbeine, deren Füße in schwarzen Lederschuhen steckten. Von den Männerschuhen sah man nicht viel mehr als die Sohlen. Was hatte Vittorio an dieser Aufnahme interessiert? Das Bett war nicht sichtbar, nur angedeutet in den weißen Leintüchern, andere Möbel waren nicht zu erkennen. Es lag wohl an meiner Müdigkeit, daß ich das Gefühl hatte, die Beine bewegten sich in einem regelmäßigen Auf und Ab. Ich mußte mich kurz am Kühlschrank festhalten, weil mir schwindelig war, dann nahm ich die Wasserflasche und die Caffettiera, ging hinaus in den Verkaufsraum.

«Du mußt sehr müde sein», sagte Vittorio. Er nahm mir die Flasche aus der Hand. «Willst du nicht nach Hause fahren? Soll ich dir ein Taxi bestellen?»

Ich blickte auf seine Schuhe, Mokassins zum Hineinschlüpfen; er haßte Sandalen, fand staubige Füße unappetitlich. «Ja, bald», antwortete ich, trank meinen Kaffee in einem Zug aus und trug die Tasse nach hinten. Wie unter Zwang fächerte ich ein paar Bücher auf, aber weder in *modern chairs* noch in *Furniture* fand ich Photos oder Zeitungsabschnitte, die mich in meinen Recherchen weitergebracht hätten. Ich notierte in aller Eile ein paar Telephonnummern, die neben dem Faxgerät auf einem Block standen und weiblichen Vornamen zugeordnet waren, wußte aber nicht so recht, was ich damit anfangen sollte. Jede einzelne Frau anrufen und fragen, ob sie mit Vittorio geschlafen habe?

«Zweitausend ist mein letztes Angebot», hörte ich Vittorio sagen.

«Wie plump diese Bellini-Stühle doch sind, wenn man sie mit Kjaerholms Modell PK22 vergleicht», lenkte der Kunde ab, «und dabei sind die Bellinis gute zwanzig Jahre älter.»

Ich öffnete vorsichtig eine Schreibtischlade und tastete mich durch Papierstöße und Kuvertvorräte. In der zweiten Lade wurde ich fündig: Unter Meterbändern, Stiften und Schnüren vergraben lag ein samtenes Etui mit einem Schlüssel. Auf dem Plastikanhänger stand: SL Volsci. Da im Geschäft nicht mehr gesprochen wurde, machte ich einen Schritt zur Tür hin und warf einen Blick nach draußen. Der Kunde umrundete den Jacobsen-Sessel und meinte nun, er werde sich das Angebot noch einmal durch den Kopf gehen lassen. «Wir sehen uns in Testaccio, ich rufe Sie an.»

Ich steckte den Schlüssel in meinen BH, schob die Lade zu

und ging zur Spüle, um meine Tasse auszuwaschen; das schmutzige Geschirr der Vortage ließ ich stehen. Mit noch nassen Händen stellte ich mich zu Vittorio in den Geschäftseingang.

«Ein Wahnsinniger», sagte er kopfschüttelnd, nachdem der Mann die Straße überquert hatte und in eine Seitengasse eingebogen war.

«Er hat dich beeindruckt.»

«Ja. Ich fürchte, die Modellnummern und Jahreszahlen stimmen, die er genannt hat. Ich muß noch besser werden.» Vittorio drehte sich um, faßte mich am Handgelenk.

«Du siehst erschöpft aus und doch – so anziehend.» Er zog mich ins Geschäft, schnappte mit seinen Lippen nach meinem Ohrläppchen. «Komm», sagte er. Seine Stimme klang sonderbar, beinahe heiser.

Er schob mich ins hintere Zimmer, legte seine Stirn an meinen Hinterkopf. Ich gab seinem Druck nach, beugte mich leicht nach vorne. Vittorio machte sich an Kleid und Slip zu schaffen. Ich spürte seine Hand an meinem Hintern, mit der anderen umfaßte er meine linke Brust. *Fattura* las ich. Vor mir lag eine Rechnung über einen Sessel, den er gestern verkauft hatte; oben links hatte er das Lieferungsdatum und die Adresse des Kunden notiert. Ich spürte in regelmäßigen Abständen den harten Tisch an meinen Oberschenkeln. Dachte an den Schlüssel, der auf der rechten Seite im BH steckte. «Ja», sagte ich, «ja.» Ich stöhnte ein bißchen, streckte meinen Rücken durch. Dann kam er, fast unmerklich, nach ein paar schnellen Bewegungen.

«Ich liebe dich», sagte Vittorio und knöpfte seine Hose zu. Er sah glücklich aus, und ich war erleichtert, daß es passiert war. «Ich liebe dich», sagte er noch einmal, «du bist mein ein und alles.» Immer wieder strich er über meine Wange, meine Schulter. «Ich ruf' dir jetzt ein Taxi.»

Als ich aufwachte, waren die Vorhänge zugezogen, meine Ohren mit Wachs verschlossen. Ich schaute zum Fenster, um mich zu orientieren. Der Farbe des Vorhangstoffes nach zu schließen, war es etwa achtzehn Uhr. Die linke Schulter brannte; möglicherweise war ich in unbequemer Haltung eingeschlafen, oder ich hatte Carelli ungeschickt in Sitzposition gebracht, mich verhoben. Immer öfter blieben die Kraftanstrengungen als wiederkehrender Schmerz im Körper. Ich versuchte mich zu erinnern, bei welchen Handreichungen ich den Rücken gespürt hatte, aber ich vermochte die Nachtbilder nicht abzurufen. Ich griff mit der Hand zwischen die Beine, beschnupperte meine Finger, roch Vittorio. Er war in mich zurückgekehrt, nach Monaten das erste Mal. Was hatte ihn erregt? Mein überfallsartiger Besuch? Meine Abgeschlagenheit?

Auf dem Fenstersims landete ein Vogel. Ich sah seinen Schatten auf dem Vorhangstoff, den gefächerten Schwanz, mit dem er abbremste.

Es war bewölkt; das Licht kam und ging. Lange Zeit blieb ich ruhig liegen, zerknüllte nur das Kissen und stopfte es unter den Nacken, damit ich den Vorhangstoff besser im Auge hatte, die Umrisse des Vogels. Für eine Dohle war das Tier zu dick, außerdem verirrte sich selten eine in diese Wohngegend. Dohlen nisteten vor allem im Kolosseum, waren aber in den letzten Jahren auch dort mehr und mehr von den Krähen vertrieben worden.

Ich hatte nicht die Kraft aufzustehen, schaute weiter zum Fenster. Die Luft roch verbraucht, Schlafluft am hellichten Tage. *Aber sie muß es doch merken. So dumm kann man gar nicht sein.* Der Satz der Frau in der Bar schaltete sich wieder ein, wie der Radiowecker. Vielleicht hatte Vittorio in der Nacht bei einer fremden Frau gelegen und mich ein paar Stunden später nur geliebt, um sein schlechtes Gewissen wegzuficken; vielleicht war er in Gedanken bei der anderen gewesen, während ich mich über den Schreibtisch gebeugt hatte. Ich kaute am Nagelbett, riß die Haut mit den Zähnen ab, bis ich am Daumen blutete. Mir fielen die brüchigen, spröden Löffelnägel der Alten ein, die Eindellungen, die vergrößerten, nach außen gewölbten Zehennägel Carellis, die von Teerablagerungen verfärbten Fingerspitzen Mancinis. Manche Nägel waren derart verbogen, daß sie aussahen wie Hornschnäbel oder Krallen.

Ich hob meine Tasche vom Boden auf, vergewisserte mich des Schlüssels, den ich aus Vittorios Schreibtisch entwendet hatte. Um ihn nicht zu verlieren, legte ich ihn zu den Münzen ins Portemonnaie.

Als ich wieder einschlief, hörte ich die Stimme von Vittorios Kundin. Sie tuschelte mit ihrer Freundin, tippte dem Feuerzeugverkäufer auf die Schulter und zeigte mit dem Finger auf mich. Die kupferfarbenen Handgranaten lagen vor ihren Füßen und sahen aus wie Vogeleier.

X

Irma hantierte in der Küche und zuckte zusammen, als es klingelte, aber es klingelte weder an der Tür noch in ihrer Tasche. Obwohl sich die Klingeltöne im Radio anders anhörten, bezog Irma jedes Läuten zuerst einmal auf sich. Sie brauchte ein paar Sekunden, um zu begreifen, daß sie bereits angerufen worden war und seit eineinhalb Monaten mit einer Spenderniere lebte. «Unsereins kann nie vergessen», hatte Marianne einmal gesagt, «man müßte den Gedanken ans Vergessen vergessen können, und das gelingt uns nicht. Wie soll man dann jemals etwas aus dem Gedächtnis verlieren, wenn die Narben der Finderlohn sind?»

Diese Klingeltöne sind akustische Narben, dachte Irma, sie

brechen mit jedem Anruf wieder auf. Wie schön wäre es, einfach nur zu telephonieren, einem Liebhaber zu antworten, ohne Angst, ohne Erinnerung. In den alten Filmen, fiel Irma ein, waren es stets wunderschöne blonde Frauen, die in den Hörer lauschten. Sie ließen die hochgelagerten Beine sprechen, verbogen ihren Körper zu einem Fragezeichen, indem sie die Beine in einem Sessel oder auf einer Couch anwinkelten. In Spionagefilmen und Thrillern hielten sie sich mit beiden Händen am Telephon fest, während die entsprechenden Männer hinter breiten Schreibtischen saßen oder in ihren Wohnzimmern auf und ab gingen.

Sorgfältig trocknete Irma sich die Hände ab, legte das Geschirrtuch beiseite. Sie mußte los. Zeder hatte ihr einen Phototermin in der Werkstatt angeboten. «Nützen Sie das schöne Wetter», waren seine Worte gewesen, «außerdem kann mir mein Sohn heute helfen. Ich schaff' es nicht allein, die alte Presse rauszuziehen.»

Der Eigengeruch der U-Bahn aus elektrischen Anlagen, Gummi und den Ausdünstungen der Leute machte Irma zu schaffen. Manchmal kam durch die gelegentlichen Funkenüberschläge an der Oberleitung auch noch der Geruch nach Verbranntem dazu. Die schwarzen Fahnen an den Wänden der Tunnel zeugten davon. Irma war froh, als sie wieder oberhalb der Erde angekommen war. Der Herbst hatte sich noch nicht angekündigt, nur die kranken Kastanienbäume waren ihrer Zeit voraus. Irritiert von den Lauten eines Singvogels, hob Irma den Kopf. Waren es Handytöne? Oder imitierte ein Vogel die Klingeltöne eines Mobiltelephons, eine Fähigkeit, die man bei Dohlen, Staren und Eichelhähern in freier Wildbahn bereits nachgewiesen hatte?

Da war nichts, kein Singvogel zu entdecken, auch kein Mensch, der nach seinem Handy gegriffen hätte. Auf der anderen Straßenseite warteten mehrere Menschen auf den Bus, sahen einem Hund zu, der ein Bein hob und gegen ein geparktes Auto pinkelte. Erst beim zweiten Mal Hinschauen entdeckte Irma unter den Wartenden Marianne. Sie trug eine Sonnenbrille, die das halbe Gesicht verdeckte. Wahrscheinlich sind ihre Lider geschwollen, dachte Irma. Ihr fiel in diesem Augenblick die Hundegeschichte ein, die ihr Marianne einmal erzählt hatte. Ein etwas korpulenter Freund hatte sich bei einem Fest nach dem Tanzen erschöpft auf das Sofa der Gastgeberin fallenlassen und nicht bemerkt, daß er sich dabei auf deren Chihuahua gesetzt hatte. Das Tier war auf der Stelle tot gewesen und mußte heimlich entsorgt werden. Wenn Marianne guter Laune gewesen war, hatte sie die halbe Dialysestation mit ihren skurrilen Geschichten unterhalten; manche davon waren so absurd gewesen, daß Irma an deren Wahrheitsgehalt zweifelte. Wie soll ich ihr gegenübertreten, dachte Irma jetzt. Sie wünschte den Bus herbei, damit er sich zwischen sie beide schöbe und sie unentdeckt bliebe. Ich bin schon so spät dran; ich muß zu Zeder, sagte sie sich. Aber Marianne hatte Irma schon gesehen, sie winkte, setzte einen Fuß auf die Straße, um Irma zu signalisieren, daß sie gleich rüberkommen werde.

Sie umarmten sich. «Wie geht's deinem Shunt», fragte Irma, und Marianne bemerkte beinahe gleichzeitig: «Gut siehst du aus.» Sie standen neben dem Eingang zur U-Bahn, behinderten die Passanten. Marianne schob Irma zur Seite. «Es ist also alles gut verlaufen», sagte sie, «toll. Keine Abstoßungsreaktionen. Und wie verträgst du die Medikamente?»

«Bis jetzt ganz gut, außer daß mein Gesicht aussieht, als hätte ich zehn Kilo Übergewicht. Es ist mehr – ich –», Irma sah zu Boden, «ich halt' es nicht aus, nicht zu wissen, wer der Tote war.»

«Ach, Irma.» Marianne strich ein paarmal über Irmas Arm. «Vielleicht war es eine Tote? Denk dir: Es ist nur ein Stück

Fleisch, das man vor den Würmern gerettet hat oder vor dem Feuer, wie auch immer. Mach dich nicht verrückt. Du hast doch nicht etwa deine Kusine getroffen?»

«Nein», Irma sah auf die Uhr. «Greta rührt sich bestimmt nicht mehr.» Daß das Organ auch von einer Frau sein könnte, daran hatte Irma noch gar nicht gedacht. Das beruhigte sie.

«Die mit ihrem gottgegebenen Leben! Die will ja keine Verantwortung für sich übernehmen», sagte Marianne. «Es ist schon sonderbar, mit welcher Vehemenz Leute wie deine gesunde Greta glauben, bestimmen zu können, welche menschlichen Mängel behoben werden dürfen und welche nicht.» Sie schüttelte den Kopf. «Ich hab' übrigens wieder in einem dieser Bücher gelesen, die uns weismachen wollen, daß wir uns in Ruhe auf den eigenen Tod vorbereiten sollen, statt mit dem Schicksal zu hadern und voll innerer Spannung auf ein Organ zu warten.» Marianne lachte. Die Worte *voll innerer Spannung* hatte sie so laut deklamiert, daß sich eine Frau umdrehte.

Ich muß Zeder anrufen, sagte sich Irma.

«Und dann kommt mir dieser Arsch auch noch mit einem Holocaust-Vergleich – es ist nicht zu glauben», sagte Marianne, «wir würden diesen Blick haben, der Menschen in Dinge verwandelt, diesen Doktor-Pannwitz-Blick. Der Autor – ich hab' den Namen vergessen – schämt sich auch nicht, Levi zu zitieren, Primo Levi! Aber Levi hatte die Lagerinsassen gemeint, lebende Menschen, die dieser Nazichemiker Pannwitz als verwertbare Objekte mißbrauchte, während doch die Organspender tot sind, verdammt noch mal, mausetot.»

Marianne sammelte alles, was an *gegnerischem Material* – wie sie es nannte – auf den Markt kam. Irma genügte Greta. Einmal hatte Marianne von einem Buch erzählt, in dem den Transplantationsmedizinern vorgeworfen wurde, daß sie zusätzlich die Lebenserwartung der Menschen steigern und damit die Probleme in der Altersversorgung verstärken würden.

«Dieser Irre fragt doch tatsächlich, warum wir dem Tod noch einen Sinn abtrotzen wollen.» Marianne nahm kurz ihre Brille ab. «Entschuldige, aber ich bin erst vor zwei Tagen auf dieses Buch gestoßen –»

«Ich muß leider los. Sehen wir uns demnächst?» Irma bedauerte, das Gespräch abbrechen zu müssen.

«Aber ja», sagte Marianne, «sag nicht, daß du schon wieder arbeitest.»

Irma nickte.

«Du bist unverbesserlich. Und Florian?»

«Alles okay», sagte Irma.

«Ich ruf' dich an.»

Irma überquerte den Gürtel, bog in die nächste Straße ein. Hatte sie sich alles nur eingebildet? Warum hatte sich Marianne dann nicht früher gemeldet? War für sie wirklich alles so normal, so selbstverständlich? *Dem Tod noch einen Sinn abtrotzen.* Irma fiel das Wort *Sinnverlagerung* ein. Sie nahm sich vor, es nicht zu vergessen. Jetzt hat Sterben wieder Sinn! Jetzt ist Sterben wieder Gewinn! Irma lachte über ihren Einfall. Was für ein Werbespot. Wir füllen die Sinn-Leerstellen, dachte sie. Das durch die Säkularisierung entstandene Loch kriegt endlich eine neue Füllung.

Nach ein paar hundert Metern stand Irma vor Zeders Haus. Es war ein Bau aus den zwanziger Jahren; Alois Zeder wohnte im ersten Stock, in der Belle Étage, in der die Räume über vier Meter hoch waren. «Schwer zu heizen», hatte er Irma erzählt.

Das Haustor war offen; auf einem Schild überflog Irma die Öffnungszeiten einer Arztpraxis. Sie hatte vergessen, ob Zeder auf Stiege I oder Stiege II zu Hause war. Als sie nach dem Handy suchte, stand plötzlich eine etwa vierzigjährige stämmige Frau mit Gummihandschuhen vor ihr. «Zum Arzt?»

Irma vermutete, daß es die Hausmeisterin war, eine vom alten Schlag, die nicht nur putzte, sondern über alles und jeden wachte.

«Ich möchte zu Herrn Zeder.»

«Der ist vor einem halben Jahr ausgezogen», sagte die Frau.

«Ausgezogen? Aber – ich bin mit ihm hier verabredet – der Schriftsetzer, der Herr Zeder – ?»

«Ach, den Alten meinen Sie.» Die Frau deutete mit einem Kopfnicken Richtung Treppenhaus, dann bückte sie sich, um einen Zigarettenstummel aufzuheben.

«Mein Vater ist drüben in der Werkstatt», sagte Friedrich Zeder, «aber kommen Sie herein.»

Die Wohnung war aufgeräumt; im Vorzimmer standen zwei Ikearegale mit Büchern, die meisten davon Billigausgaben der Buchgemeinschaft Donauland. Auf dem Parkett lagen Perserteppichimitationen. Als Irma ihre Sandalen auszog, überflog sie einige Buchtitel. Arthur Koestlers *Sonnenfinsternis* stand neben Manès Sperbers Roman *Wie eine Träne im Ozean*, daneben entdeckte sie mehrere Bücher von Solschenizyn und einen Band mit Druckgraphiken und Zeichnungen von Käthe Kollwitz. In einer Kartonschachtel auf dem Schuhkasten wurde das Altpapier geschichtet. Friedrich Zeder, der in die Küche vorausgegangen war, drehte sich im Türrahmen um. «Das ist doch nicht nötig», sagte er und schaute auf Irmas Füße.

Er sieht aus wie ein zu klein geratener Ulrich Tukur, dachte Irma, der gleiche Mund, die gleichen Augen.

Friedrich Zeder starrte noch immer auf Irmas Füße.

«Neununddreißigeinhalb», sagte Irma, «und Sie?»

«Entschuldigung», er drehte sich um, ging zur Spüle, nahm zwei Tassen vom Abtropfständer. Irma erkannte, daß es sich um Lilienthal-Porzellan aus der Augarten-Kollektion handelte. Hier waren die rosa und hellblauen Tassen einfach Geschirr und nicht Handwerksavantgarde dieser neureichen Designkunden, dachte Irma, die glaubten, mit ein paar Dingen aus der guten alten Zeit ein bißchen Dauer erworben zu haben.

«Kaffee?»

«Nein danke. Ein Glas Wasser.» Irma setzte sich auf den Stuhl, dessen Rückenlehne stellenweise die Farbe verloren hatte. Die Einrichtung erinnerte sie an die Küche der Eltern im Waldviertel, da wie dort klebte der Jahreskalender der Feuerwehr am Kühlschrank, waren Rechnungen und Ansichtskarten auf der Pinnwand über der Eckbank befestigt. Daß hier ein Mann allein lebte, war trotz aller Mühe, die sich Zeder und Zeders Kinder zu geben schienen, sofort zu erkennen: Die Vorhänge hatten einen Grauton, in der Obstschüssel lagen verschiedene Schlüssel und Schrauben, nirgendwo Pflanzen.

Es war still in der Küche, keiner sagte etwas. Friedrich Zeder stellte das Glas mit dem Wasser auf den Tisch, seine Finger zitterten leicht.

«Wie läuft der Unterricht», fragte Irma.

«Es sind noch Ferien, leider. Wir kriegen im Sommer kein Geld. Und du?» Er setzte sich auf die Bank, schaute Irma an.

«Ich –», Irma schob das Wasserglas langsam hin und her, wich dem Blick aus, «ich versuche mein Projekt über die aussterbenden Berufe zu Ende zu bringen, was nicht leicht ist, weil ich ein Kind habe.» Sie hörte das Ticken der alten Standuhr aus dem Nebenzimmer.

«Wie alt?»

Unter der Obstschüssel lag ein garngeklöppeltes Deckchen, wahrscheinlich eine Handarbeit von Emmy.

«Bald drei», sagte Irma. «Sie haben –, du hast einen sympathischen Vater.»

«Mama war auch so.» Er drehte seinen Oberkörper zum Fenster hin, sah kurz hinaus. «Es ist für uns alle schwer ohne sie. Und du? Ich darf doch du sagen? Leben deine Eltern noch?»

«Sie führen eine Kurzwarenhandlung in Gmünd. Allerdings

reichen die paar Knöpfe nicht mehr zum Leben. Zum Glück hat Mama ein Grundstück geerbt, das sie gut verkaufen konnte.»

«Man kann die Uhr nach den Nachbarn richten», sagte Friedrich, «immer um diese Zeit ziehen die ihre Vorhänge zu.» Er schüttelte den Kopf.

«Die meisten ziehen sie nur samstags zu», sagte Irma.

«Ach», überrascht schaute Friedrich Irma an, «aber die da drüben – die sehen nur fern.» Friedrich erhob sich, deutete zur Türe. «Sollen wir?» Er drückte Irma ein Buch in die Hand, *Die Meisterprüfung im Druckgewerbe.*

«Papa hat gesagt, ich soll es dir geben.»

Die Werkstatt befand sich zwei Häuser weiter; ein Teil der Räumlichkeiten diente einem Essiggurkenproduzenten als Lagerstätte für die Einweckgläser. Vater und Sohn hatten zwar die alte Presse aus dem hintersten Winkel rausgezogen und entstaubt, aber überall war Gerümpel. Alte Fahrräder standen neben Langlaufskiern und Blumentöpfen, so daß Irma aus Höflichkeit ein paar Photos schoß. Alois Zeder erklärte an seinem kleinen Schriftkasten die Unterteilungen in ganze, halbe und viertel Fächer. Warum die Frakturkästen mehr Fächer hatten als die Antiquakästen, dachte Irma, kann ich auch zu Hause nachlesen. Sie verglich die beiden Männer und versuchte sich Emmy Zeder vorzustellen, von der sie in der Wohnung kein Bild gesehen hatte; Friedrich war wohl nach der Mutter geraten. Irma betrachtete ihn eine Weile. Er stand etwas abseits hinter seinem Vater und fragte nach dem Fassungsvermögen der großen Kästen, als wäre er der Interviewer. Dabei schaute er sie lange an. Zerstreutheit lag in seinem Blick, als dächte er über etwas ganz anderes nach. Sie mußte an die zugezogenen Vorhänge denken, daran, daß sie sich manchmal nackt filmte und dabei das Stativ so einstellte, daß nur der Körper aufgenommen wurde, nicht der Kopf. Wenn sie hinterher auf dem kleinen Display ihrer Kamera den Film abspielte, erregte sie die Vorstellung, daß dieser Körper nicht ihr, sondern einer x-beliebigen Frau gehörte.

«Ich muß los», sagte Irma plötzlich, «vielen Dank für alles.» Das Kind sei abzuholen. Sie habe noch einen Termin. Im Türrahmen stehend bedankte sie sich ein zweites und drittes Mal, versprach dem verdutzten Alois Zeder, daß sie das Buch so bald als möglich zurückgeben werde, daß sie sich erlaube anzurufen, wenn etwas unklar sei, ging noch einmal zurück, um seine Hand zu schütteln, nickte Friedrich zu.

Der sagte kein Wort. Alois Zeder hob die Hand zum Gruß, wünschte Irma alles Gute. Er winkte wie in alten Filmen, wenn die Begleiter auf dem Bahnsteig zurückbleiben und dem Zug hinterherschauen.

Als Irma die Tür hinter sich zuziehen wollte, wurde sie kurz von der Schlaufe der Tasche zurückgehalten, die sich an der Klinke eingehakt hatte.

Die oberen Äste der Bäume bewegten sich ein wenig; Irma sah die Wiesen und Felder im Waldviertel vor sich, sehnte sich nach langen Spaziergängen. Die Menschen, die ihr entgegenkamen, schauten fast alle zu Boden, sie trugen schwer an den Einkaufstaschen, waren übergewichtig, wirkten kraftlos. Die Frau vor ihr hatte blondiertes Haar, keine Zeit oder kein Geld, um es regelmäßig nachzufärben, der Haaransatz war schwarz und fettig.

Irma dachte daran, wie schön es wäre, jetzt mit Florian zu verreisen, nach Venedig zum Beispiel, wo sie zuletzt vor fünf Jahren gewesen war. Richard hatte sie damals eingeladen, weil sie wieder einmal keinen Job gehabt hatte. Sie waren sogar nach Murano und auf der Rückfahrt zur Friedhofsinsel San Michele gefahren, hatten sich über die vielen kleinen Büsten von Papst Johannes XXIII. gewundert, die auf dem blankgeputzten Marmorplatten neben den Weihwasserbehältern befestigt waren. Auf einem der Gräber hatten sie vergoldete Ballettschuhe und Rosen entdeckt. Beim Blick auf das Todesdatum des Mädchens war Richard stutzig geworden. Es hatte am selben Tag sein Leben verloren wie Onkel Alfred. Irma dachte daran, daß sie von nun an Friedhöfe mit anderen Augen betrachten, immerzu nach den Sterbedaten Ausschau halten würde. Und die Vorstellung, daß sie einmal auf einen Verstorbenen treffen könnte, dessen Lebensende auf ihr Operationsdatum fiele, ließ sie zusammenzucken.

Dieses Mal suchte Irma nach einem U-Bahn-Waggon mit gekippten Fenstern; von der Zugluft tränten die Augen. Sie schaltete die Kamera ein, betrachtete die Bilder, den alten Zeder vor seiner Presse, im Hintergrund leuchtete das Rot der Langlaufskier Marke Fischer; auf einem anderen Photo fand sie Friedrich neben Alois. Seine Augen waren geschlossen, eine Hand befühlte den Adamsapfel, die andere steckte in der Seitentasche der Hose. Sie zoomte das Gesicht herbei, konnte kaum etwas erkennen. Je länger sie es betrachtete, desto weniger gelang es ihr, sich an Friedrich zu erinnern. Das Gedächtnis, dachte Irma, ist stur, es behält am Ende nur diese wenigen, lächerlichen Aufnahmen. Die jetzt die Tote betrauerten, der sie ihr Weiterleben verdankte, klammerten sich vermutlich an die papierenen und digitalen Andenken, und je mehr sie sich daran festhielten, desto schneller verloren sie den geliebten Menschen, den sie in diesen Bildern wiederzufinden hofften. Irma hätte jetzt viel darum gegeben, mit den Hinterbliebenen einen Blick in die Alben ihrer Spenderin zu werfen. Sie betrachtete die Fahrgäste, den dicken Geschäftsmann, der in seinem Anzug schwitzte, die zwei Punks beim Ausgang, deren T-Shirts zerrissen waren, die ältere Frau, deren Mund aussah wie ein gerupfter Hühnerpopo – sie alle hätten es sein können, und die, mit der es zu Ende gegangen war, würde sich nicht von denen hier unterscheiden. Irma trug etwas von all diesen Leuten, die sie nichts angingen, mit sich herum. «Ich kann nicht anders», hatte Marianne einmal während der Dialyse erzählt, «als mir in einzelnen Gesichtern irgendwo auf der Straße, in Konzerten, in den Kaffeehäusern mein Weiterleben vorzustellen. Und jedesmal schäme ich mich für meine Hoffnungen, jedesmal denke ich, was für ein furchtbares Glück, wenn es einen von ihnen trifft. Und ich kann gar nichts dafür, sie sterben auch ohne mich.»

Irma hatte noch eine Stunde Zeit, bevor sie Florian abholen mußte. Sie stieg zwei Stationen früher aus, spazierte durch den Volksgarten, setzte sich auf eine Parkbank in die Sonne. «Jetzt gehen wir nach Hause», sagte eine ältere Frau zu ihrem Hund, «dann mach' ich uns etwas zu essen. Und wenn du willst, gehen wir dann noch zu Klara.» Der Hund blieb stehen. «Willst du nicht zu Klara?» Er schnupperte an ihren Beinen. «Dann eben nicht.»

Vom Westen zogen dunkle Wolken auf; Irma hielt die Hände hinter dem Kopf verschränkt. In zwei Tagen mußte sie wieder zur Kontrolle ins Krankenhaus. Davide hatte sich angeboten, Florian in den Kindergarten zu bringen. Am Wochenende würden ihn wieder die Eltern übernehmen. Rino fiel ihr ein, die Nächte in seiner Wohnung, wie oft sie miteinander geschlafen hatten. Nie mehr seit damals war sie so benommen, so ausgelaugt, mit unsicheren Beinen in der Küche gestanden und hatte mit einem Mann gefrühstückt.

Mit den beiden Daumen massierte sie jetzt ihren Nacken, spürte die Wärme der Nachmittagssonne auf ihrem Körper.

Friedrich, dachte sie.

Am nächsten Morgen kroch Florian um sechs Uhr zu Irma ins Bett; er knetete ihre Nase, spielte mit ihren Haaren. «Komm, schlaf noch ein bißchen.» Sie drehte sich auf die andere Seite, stieß gegen *Die Meisterprüfung im Druckgewerbe*. Das Buch fiel zu Boden; Irma hob es auf, blätterte kurz darin, schaute in das Gesicht von Gutenberg.

«Mama, erzählen», sagte Florian.

«Dann hol eines deiner Bücher.»

Er rutschte vom Bett, lachte, als er mit dem Hintern auf das Parkett knallte, tappte raus in sein Zimmer. Eine Weile war es ruhig, vielleicht hatte er seinen roten Bagger entdeckt. Von draußen waren Motorengeräusche zu hören, der Boden vibrierte. Um diese Zeit luden die Lastwägen ihre Waren am Hintereingang des nahen Supermarkts ab.

Irma preßte ihr Gesicht ins Kissen. Sie fühlte sich müde, spürte ein Ziehen im Unterbauch. Hoffentlich hatte sie sich nicht verhoben. Nierenarterie und Vene des Transplantats waren an die entsprechenden eigenen Gefäße in der Leiste angeschlossen worden; Irma konnte das Organ von außen tasten. Die Ärztin hatte ihr von einem Patienten erzählt, der mehrere Wochen lang unfähig gewesen war, die Stelle zu berühren, ein anderer hatte es nicht geschafft, die großen Kapseln gegen die Abstoßung zu schlucken; er mußte sie zerkleinern und mit etwas Brei löffelweise einnehmen.

Du mein bestes Stück, dachte Irma.

Florian war mit mehreren Kinderbüchern zurückgekommen und zeigte auf einen einsamen Hund, der auf der Suche nach Freunden war. Er traf auf verschiedene Tiere, verwandelte sich ihnen an. Grunzend, gackernd und bellend kuschelte sich Florian an Irma. Er wollte die immergleiche Stelle erzählt bekommen, liebte die kräftigen Esel, welche schwere Säcke den Berg hinauftrugen. Der Hund hingegen schwitzte, weil er es nicht gewohnt war, so hart zu arbeiten.

Sobald Irma die Augen schloß, um ein paar Sekunden für sich zu sein, ein wenig zu dösen, hörte sie ihn schon: «Mama, weitererzählen.»

Ich muß Marianne anrufen, dachte Irma beim Frühstück. Warum hatte sie nach der Operation nur eine E-Mail geschickt und darauf gewartet, daß sie einander zufällig trafen? *Ich hab' einfach kein Glück*, hatte Marianne noch vor Irmas Transplantation geschrieben, *es sterben jeden Tag so viele, warum stirbt keiner für mich?* In derselben E-Mail war sie über ein Buch hergezogen, in dem sich eine Frau über die zerschnittene Leiche ihres Sohnes aufregte. Man habe ihm die Augen herausgenommen. *Wovor fürchtet sie sich denn? Daß ihr Sohn die Würmer nicht sieht, die ihn auffressen? Diese bigotten Gutmenschen glauben, daß Leiden sinnvoll ist und im Jenseits belohnt wird, daß es ein Zeichen für die Unvollkommenheit der sündhaften menschlichen Natur ist.*

Wie wohl Friedrich dazu steht, fragte sich Irma. Sie rührte Kakao in Florians Milch. «Mehr, mehr, mehr», rief dieser und bohrte seinen Finger so lange in eine Scheibe Brot, bis er durch das Loch sehen konnte.

Alois Zeder hatte sich als Sozialdemokrat zu erkennen gegeben, der die Nierentransplantation des Altbundeskanzlers Bruno Kreisky gutgeheißen hatte.

«Nicht spielen, iß bitte.»

Was geht mich dieser Friedrich an, dachte Irma.

Als sie das Geschirr abräumte und Florian damit beschäftigt war, die Hose, die sie ihm vor zehn Minuten angezogen hatte, wieder auszuziehen, klingelte das Telephon. Mama, Davide, Richard, Marianne, zählte Irma auf, zuletzt fiel ihr auch noch Rino ein, aber um diese Zeit?

Es war Alois Zeder, der sich, noch bevor er den ersten Satz formulierte, entschuldigte. Sie habe ihr kleines Diktaphon in der Werkstatt liegenlassen. Wenn es Irma recht sei, werde er es heute im Café Prückel für sie hinterlegen.

XI

Während ich Lucchi duschte, zogen in meinem Gedächtnis die letzten Tage vorbei; immer wieder hörte ich die Worte der Frau in der Bar, Rinos Hämmern gegen die Glastür.

Lucchi beklagte sich über die Wassertemperatur. Als ich ihm helfen wollte, die Dusche zu verlassen, schüttelte er meine Hand ab. Ich dachte an Vittorio, sah mich mit breiten Beinen am Schreibtisch stehen. Wir hatten nicht mehr darüber gesprochen. Es genügte mir seine Zuvorkommenheit, die Liebenswürdigkeit, mit der er sich am selben Abend um mich gekümmert hatte. *Was soll ich für dich kochen? Möchtest du etwas trinken?*

Von draußen drang kaum Lärm ins Innere des Hauses; die Stadt war fast ohne Menschen. Die meisten Betriebe hatten Ferien.

Ich trocknete Lucchi ab.

«Lassen Sie mich.» Er schwankte, als er in seine Unterhose stieg.

«Sie werden sich das Genick brechen.» Ich warf die schmutzige Wäsche Richtung Wäschesack, traf aber nicht. Das Hemd blieb auf dem Badewannenlifter hängen. Lucchi drehte sich zur Wanne und lächelte.

«Rino hat nach Ihnen gefragt.» Er schaute mich nicht an, war mit dem Aufknöpfen des frischen Hemdes beschäftigt. «Ich muß Sie vor ihm warnen.»

«Ich kann selbst auf mich aufpassen.»

«Er ist zweimal geschieden.»

«Immerhin», sagte ich, «klare Verhältnisse.» Ich nahm das alte Hemd vom mechanisch absenkbaren Stuhl über der

Wanne, sammelte die nassen Handtücher auf und brachte alles zum Wäschesack. «Das spricht für ihn.»

«Drei Kinder von zwei Frauen? Er kommt mich regelmäßig besuchen, weil ich seine erste Frau finanziell unterstütze.» Lucchi zog sich das Hemd über und tastete mit der Linken nach dem untersten Knopfloch.

«Vielleicht mag er Sie auch.»

Er lachte auf. «Mich mag man nicht.»

«Und was haben Sie Rino von mir erzählt?» Ich reichte Lucchi die Hose; eine Zweieuromünze fiel aus der Gesäßtasche.

«Ich kenne Sie nicht. Was kann ich schon von Ihnen wissen. Daß Sie schöne Beine haben.» Wieder geriet Lucchi aus der Balance, hielt sich im letzten Moment an mir fest. Er atmete tief durch, als vergewisserte er sich, daß er genug Luft kriegte.

«Am liebsten würde ich mich am Bettgalgen erhängen», sagte er. Lucchi blickte zum Fenster und deutete auf zwei Gitter, die zum Desinfizieren in die Ecke gestellt worden waren. «Überall diese Halterungen, Bügel und Stangen, einfach lächerlich. Man kann nicht ausweichen, verstehen Sie? Das ist weit schlimmer als Hausarrest. Das ist Seelenarrest. Danke.» Er nahm seine Armbanduhr entgegen.

Es war das erste Mal, daß er sich mit mir unterhielt, freundlich war. Ich begleitete ihn auf sein Zimmer, fragte, ob ich noch etwas für ihn tun könne.

«Rino kommt um zwanzig Uhr. Er bittet Sie, auf ihn zu warten. Aber fahren Sie lieber nach Hause.»

«Ich weiß schon, was ich mache», sagte ich, «außerdem bin ich verheiratet.» Ich sah in sein wächsernes Gesicht, betrachtete die mit Flecken übersäte Haut. Lucchi setzte sich auf das Bett, strich das Kissen glatt.

«Deswegen hält er sich doch nicht zurück.»

War er eifersüchtig? Oder versuchte er, durch Fürsorge seine Dankbarkeit zu zeigen? Das Wenige, das ich über ihn wußte, hatte ich von Giorgio erfahren, einem Pfleger, der schon seit zwei Jahren nicht mehr bei uns arbeitete. Lucchi war als junger Mann von zu Hause davongelaufen, das *rote Gold* hatte ihn nie interessiert. Sein Vater war Besitzer von mehreren Tomatenfeldern gewesen, die er bald, nachdem der einzige Sohn verschwunden war, verkauft hatte. Inzwischen werden in dieser Gegend südlich von Foggia Immigranten aus Polen, Bulgarien und Afrika wie Sklaven gehalten. Sie arbeiten von sechs bis zweiundzwanzig Uhr für drei Euro die Stunde. Die meisten von ihnen sind ohne Aufenthaltsgenehmigung, haben nicht genügend Geld für eine menschenwürdige Unterkunft. Wer weg will, weil er die Zustände nicht mehr erträgt, den verfolgen die Aufseher.

«Schlafen Sie gut», sagte ich zu Lucchi und berührte ihn kurz an der Schulter.

Während ich von Lucchi weiter zu Carelli ging, dachte ich an die Hitze auf den apulischen Feldern, daran, daß die Erntearbeiter heimlich ungewaschene Tomaten essen, weil man ihnen nicht genügend zum Trinken gibt. Giorgio hatte erzählt, daß die Pelati voll von Pestiziden seien und die Arbeiter wohl deshalb wochenlang von keiner einzigen Mücke gestochen würden.

Obwohl es bereits Abend war, hatte sich Carelli noch nicht rasiert. Im Badezimmer war es derart schwül gewesen, daß meine Haut von einem feuchten Film überzogen war. Ich ließ die Tür zum Gang offen, holte den Rasierapparat aus der Lade und steckte ihn an. Carelli sog die Lippen ein und streckte sein Kinn heraus, bevor er zur Rasur ansetzte.

«Na endlich», mummelte er, «es reicht, daß ich behindert bin. Ich will nicht auch noch zum Penner werden.»

Die Knopflöcher seines Hemdes waren schon etwas ausgefranst, die oberen Knöpfe aufgegangen. Ich betrachtete sein Brusthaar, konnte meinen Blick nicht abwenden. Wäre

Carelli nicht hier in diesem Bett, er könnte mir gefallen, dachte ich.

«Ist das Schimmel?» fragte er und deutete mit der Hand Richtung Plafond.

«Das kann ich mir nicht vorstellen.»

«Ich kann mir sehr vieles vorstellen. Schließlich gibt es hier auch Kakerlaken.»

Ohne anzuklopfen, betrat Marta das Zimmer. Sie nahm die Decke vom Bett, schüttelte sie, legte sie neu gefaltet über Carellis Beine.

«Machen Sie das noch einmal.»

«Wie bitte?»

«Schütteln Sie.»

«Ich lass' mich von Ihnen nicht schikanieren», sagte Marta.

«Das ist doch keine Schikane. Ich bitte Sie darum. Sie müssen nur die Decke schütteln.»

«Aber wozu? Wir haben auch so genug zu tun.» Erst zögerte sie, dann nahm sie die Decke und kam Carellis Wunsch nach.

«Und jetzt Sie.»

«Wenn Ihnen das so wichtig ist», sagte ich.

Carelli lächelte zufrieden. «Ihr Fleisch ist noch fest. Aber bei Marta – », er verzog das Gesicht, als ekelte er sich, «bei ihr sieht der Oberarm aus wie eine Hauthülle auf einem Kleiderbügel. Zwischen Achselhöhle und Ellbogen ist alles wabbelig.» Er grinste.

Marta packte die Decke und warf sie Carelli ins Gesicht. «Sie sind einfach widerlich», sagte sie und ging.

«Vermeiden Sie ärmellose Kleiderschürzen», rief er ihr hinterher.

Ich hatte das Haus durch den Hintereingang verlassen, um Rino nicht zu begegnen, lief aber, als ich in die Nebenstraße einbog, in seine Arme.

«Sie haben nicht auf mich gewartet.»

«Ich bin zum Essen eingeladen», sagte ich, «von meinem eigenen Mann.»

«Dann führen Sie entweder eine gute Ehe, oder er hat ein schlechtes Gewissen.»

«Was geht Sie das an.»

Die Blumen sah ich erst jetzt, Rino hielt sie hinter dem Rücken versteckt. «Ich hab' erwartet, daß Sie den hinteren Ausgang nehmen werden. Sie gehen mir aus dem Weg, stimmt's?» Er machte einen Schritt zurück und lehnte sich gegen ein geparktes Auto, legte die Rosen auf die Kühlerhaube. Eine Hand steckte er in die Hosentasche, mit der anderen stützte er sich ab.

«Was wollen Sie überhaupt?»

«Das, was Sie auch wollen.» Rino faßte nach den Blumen, zupfte am Papier. Die Sicherheit, die er in seine Worte legte, stimmte nicht mit seinen Bewegungen überein. Er wußte nicht, was er mit dem Strauß anfangen sollte, nachdem er erfahren hatte, daß ich mit Vittorio zu Abend essen würde.

«Ihrem Onkel geht es besser», sagte ich. Eine Frau mit einem Zwillingskinderwagen beanspruchte die gesamte Breite des Gehsteigs, so daß ich auf die Straße trat, zwischen die geparkten Autos. Rino war nun zum Greifen nahe. Er nutzte die Gelegenheit und berührte meinen Oberarm.

«Wann sehe ich Sie wieder?»

«Gar nicht.»

«Ich weiß, daß ich Ihnen nicht gleichgültig bin», sagte er. Er hatte viel Zeit auf seine Haare und seine Kleidung verwendet, es war alles ordentlich an ihm, nicht wie die anderen Male.

«Lassen Sie mich.»

«Wenn es Ihr Wunsch ist.»

«Ihre Überheblichkeit widert mich an.» Ich wandte mich

zum Gehen, stieß unabsichtlich gegen einen vorbeikommenden älteren Herrn, entschuldigte mich. Rino lachte. Der Mann drehte sich irritiert nach uns um.

«Ich stell' sie zu meinem Onkel ins Zimmer. Aber sie sind für Sie», sagte Rino, nahm die Blumen und verschwand um die Ecke, grußlos, wie er gekommen war.

Vittorio wartete vor dem Restaurant, hoffte auf einen Platz draußen, doch es wurde kein Tisch frei. Nach zehn Minuten, die ich damit verbracht hatte, die Auslage neben dem Lokal zu betrachten, setzten wir uns hinein. Drinnen waren wir die einzigen Gäste; später kam ein junges, verliebt wirkendes Paar hinzu. Es nahm jedoch den Tisch am anderen Ende des Saales. Während Vittorio seinen Prosecco trank, erzählte er von dem jungen Amerikaner, der die Möbel seines Onkels verhökerte, und kam dann auf das Inventar seines Geschäfts zu sprechen. Es waren Lamenti über Platzmangel und sinkende Verkaufszahlen.

«Du wirst dich eben von ein paar Liebhaberstücken trennen müssen.» Ich wußte, daß er an dem einen oder anderen Möbel hing, es nicht verkaufte, selbst wenn Nachfrage bestand. Vittorio wollte das Gespräch auf ein anderes Thema lenken, um den Abend nicht zu gefährden, aber mein fordernder Ton hatte schon genügt, um die Stimmung zu zerstören. Er erwähnte, daß er eine neue Dichtung für die Caffettiera besorgt habe, daß uns seine Mutter am Wochenende zum Essen einladen würde. Wir sahen den Kellnern hinterher, die ihre vollen Tabletts ins Freie trugen. Zwischen dem Trubel draußen und der Stille hier ließen wir den Blick umherschweifen, betrachteten Stühle, Tische und Boden. Mir fiel auf, daß Vittorio öfter als einmal zum kleinen Tisch vor dem Fenster blickte, es schließlich vermied hinzuschauen, nachdem er bemerkt hatte, daß er von mir dabei beobachtet worden war.

«Kennst du sie?» fragte ich ihn.

Überrascht hob er die Augenbrauen. «Wen meinst du? Die Frau dort?»

«Ja. Die gefällt dir doch.» Ich zerschnitt die letzte getrocknete Tomate und legte das Messer an den Tellerrand.

«Sie ist Lesbe», sagte Vittorio.

«Deshalb kann sie dir ja trotzdem gefallen», sagte ich.

«Ja.»

«Macht dich das an – die Vorstellung, daß sie es mit Frauen treibt? Ist es das? Sag schon.»

«Das ist nicht dein Ernst», sagte Vittorio, «daß du mir deswegen jetzt eine Szene machst.» Er schenkte sich Wein nach, vergaß mein Glas zu füllen, entschuldigte sich, als er es bemerkte. «Ich finde sie attraktiv, das ist alles. Ich finde auch meine Mutter attraktiv.» Er machte Platz für die Hauptspeise, stellte das Brotkörbchen zur Seite, damit der Kellner den Barsch auftragen konnte.

«Woher kennst du sie?»

Vittorio kratzte die Kruste vom Fisch, seufzte. «Sie war mal im Geschäft. Mit ihrer Freundin. Sie haben Stühle für das Eßzimmer gesucht, aber nichts gefunden.»

Ich beobachtete, wie er den Barsch zerlegte; es blieb fast nichts mehr davon übrig, weil er alles entfernte, was nach Fett aussah. Es machte mich nervös, wie er die kleinen weißen Fleischstückchen herauslöste und nach Gräten untersuchte, als würde er ein Kleinkind füttern.

«Du hättest besser einen gekochten Fisch bestellt», sagte ich.

Vittorio schaute auf. «Kannst du mich in Ruhe essen lassen?»

«Du hast mich gefickt, als wäre ich eine Hure, nachdem du mich monatelang nicht angerührt hast.» Ich schaute erst auf meinen Teller, dann zu Vittorio. Er richtete sich steif auf, legte das Besteck ab, hielt den Kopf dorthin gedreht, wo niemand war.

«Tut mir leid», sagte ich, «tut mir leid.» Ich konnte sein Gesicht nicht sehen, nicht einmal im Profil. Ich stützte die Ellbogen auf den Tisch, faltete die Hände, drückte die Stirn gegen die Fingerspitzen.

«Es hätte ein Anfang sein können», sagte er und wandte sich mir erst zu, als er den Satz ausgesprochen hatte. Vittorio aß noch ein paar Gabeln vom Fisch, trank den Wein aus und schob dann Teller und Glas von sich weg.

«Warum fängst du ausgerechnet jetzt damit an?» fragte er.

Ich zuckte mit den Achseln. «Es hat sich so vieles verändert, und ich kann es mir nicht erklären. Hast du eine andere?»

«Aber ich bitte dich! Ich hab' nicht mal die Zeit dazu.» Er schüttelte den Kopf. «Das ist doch lächerlich.»

«Der Alltag, die Wochenenden – alles läuft mechanisch ab.»

«Wir haben beide viel zu tun. Das ist normal. Ach Mira, komm.» Er legte seine Rechte offen auf den Tisch.

Ich betrachtete den Ärmel, dachte an sein Hemd, das nicht nach ihm gerochen hatte. Ich war nahe daran gewesen, seine Mutter anzurufen und zu fragen, ob sie es wirklich gewaschen hatte, fürchtete aber, daß sie meine Eifersucht durchschauen und ihn decken würde.

Vittorio zog seine Hand wieder zurück. Er sah müde aus. «Laß uns gehen», sagte er.

«Ich hab' noch nicht gegessen.» Vor mir lag das Kalbsschnitzel in Zitronensoße.

Als habe er meine Worte nicht gehört, nahm Vittorio sein Portemonnaie aus dem Sakko und rief den Kellner herbei.

«Rechnen Sie alles zusammen, ich muß weg. Die Dame bleibt noch.»

Er gibt es nicht zu, er läuft davon, dachte ich. Mir fehlte die Kraft, ihn zurückzuhalten.

Nachdem er gegangen war und der Frau am Fenster freundlich zugenickt hatte, trank ich die restliche Flasche leer. Die Rothaarige schaute immer wieder zu mir herüber. Ich merkte, wie mir das Blut in den Kopf stieg, bestellte noch einen Grappa und einen Espresso, zog Rinos Visitenkarte aus dem Seitenfach meiner Tasche und überlegte, ihn anzurufen, ließ es dann aber bleiben. Die Straße, in der Rino wohnte, lag in der Nähe der Via dei Volsci, von der ich annahm, daß sie etwas mit Vittorios Schlüssel zu tun hatte. «Natürlich», sagte ich halblaut. SL waren nicht Initialen eines Namens, sondern die Buchstaben standen für San Lorenzo, das Viertel, in dem sich die Straße befand. Ich trank den Schnaps und den Kaffee aus, zahlte und fuhr hin.

Als ich in der Via dello Scalo San Lorenzo ausstieg, verließ mich der Mut. Was wollte ich hier? P. SCIARRA las ich wenig später, 1926 *specchi cristalli e vetri*. Wahrscheinlich hatte Vittorio ein zusätzliches Lager in einer der aufgelassenen Fabriken angemietet.

Auf dem Largo degli Osci streunten Katzen, suchten nach Essensresten. Neben den Müllcontainern standen Gemüsekisten, in denen Artischocken- und Salatblätter verfaulten. Man hatte den Markt renoviert; an den Außenwänden der Stände hingen jetzt Reproduktionen von alten Schwarzweißphotos, eines zeigte San Lorenzo nach den Bombardierungen von 1943, auf einem anderen waren Schuhmacher zu sehen, die sich zu einer Versammlung eingefunden hatten. Überall waren Spuren von Verwüstungen: Liebespaare hatten ihre Initialen in Herzen gemalt, Sprayer ihre Erkennungszeichen hinterlassen.

Ich lief die Via dei Volsci entlang. Wo den Schlüssel hineinstecken? Ein Haustor reihte sich an das andere. Und überall waren Menschen, Jugendliche auf ihren Mopeds, umringt von jungen Frauen, die ihre Bäuche zeigten, ältere Männer, die an

Autos und Hausmauern gelehnt rauchten und redeten. «Guten Abend, Signora.» Ich nickte, ging schneller, wie ertappt.

Unter der Pergola der Bar Marani war es voll. Unschlüssig blieb ich stehen, tat, als wartete ich auf jemanden, betrat dann die Bar und bestellte ein Glas Rotwein an der Theke. Mit dem Rücken zu mir stand ein Mann, der eine Geschichte nach der anderen erzählte, als versuchte er, aus seiner Begleiterin die letzten Reste Interesse, die sie noch an ihm hatte, herauszureden. Ich schaute in ihr gelangweiltes Gesicht, bis sie meine Blicke bemerkte.

Die Frau an der Kasse zeigte jemandem Photos von ihren Kindern und lachte; alles an ihr war orange, selbst die Haare. Ich fing an, die unter der Pergola sitzenden Frauen zu betrachten; eine stand in diesem Moment auf und verabschiedete sich von ihren Freunden. Sie ging nicht, sie schritt davon, setzte den Fuß so, daß man glauben mochte, sie versuchte dem Boden aus dem Weg zu gehen. Ich stellte sie mir mit Vittorio im Bett vor, doch je länger ich unter den anwesenden Frauen nach einer möglichen Liebhaberin suchte, desto weniger wahrscheinlich schien es mir, daß Vittorio fremdging. Ein Liebesnest in der Via dei Volsci?

Nach dem dritten Glas suchte ich nach einem Platz zum Sitzen, es war aber nichts frei. Der Mann neben mir redete noch immer. Er zog jetzt über seinen Bruder her, den er einen Geizhals nannte. «Er hortet und hortet, wozu? Ständig verschiebt er sein Leben auf später, das es möglicherweise gar nicht geben wird.» Schon erzählte er von seinem Freund, der mit dreiundvierzig Jahren an Hodenkrebs verstorben sei, und von der Freundin seiner Schwester, die mit fünfunddreißig einen Schlaganfall erlitten habe. Auf die Krankheiten folgten Unfälle und Mißgeschicke anderer Art, sogar ein Mordfall, der sich unweit des Friedhofs Campo Verano zugetragen haben soll. Seine Begleiterin versuchte gelegentlich, selber etwas zu erzählen, aber der Mann fand in dem, was sie sagte, nur das Stichwort für eine neue Geschichte.

Meine Beine schmerzten, das Herz klopfte schneller. Nachtdienste versetzten mich in den Zustand eines nicht enden wollenden Jetlags.

Ich fürchtete die Begegnung mit Vittorio und zögerte, nach Hause zu gehen. Erst als mich ein Betrunkener anredete und mir nicht von der Seite wich, beschloß ich heimzufahren.

Ich hielt Vittorios Schlüssel griffbereit, wagte es aber nicht, ihn auszuprobieren, obwohl sich inzwischen deutlich weniger Leute auf der Straße befanden. Die Mopedfahrer und ihre jungen Frauen waren in den umliegenden Pubs und Discos verschwunden. Ich schwankte. Zweimal blieb ich vor einem Hauseingang stehen, blickte mich um, doch jedesmal glaubte ich, daß mir jemand vom Fenster des gegenüberliegenden Hauses zuschauen würde. Ich wußte nicht, was größer war: die Angst davor, etwas Ungehöriges zu erfahren, oder dabei entdeckt zu werden, wie ich an einem fremden Schloß hantierte.

Nachdem ich abgebogen war, um einen Blick in Rinos Straße zu werfen, fand ich mich in einer unbekannten Gegend wieder. Es roch nach Katzenkot und Pisse. Ich ging bis zur nächsten Querstraße vor, konnte aber keine Anhaltspunkte finden. Daß meine Erinnerungen nicht stimmten, beunruhigte mich. Ich sah mich hilfesuchend um, aber da war niemand. Der Mann, der vor wenigen Minuten an mir vorbeigegangen war, hatte sich auf seine Vespa gesetzt und war losgefahren.

Erst als es unter einem abgestellten Kleinlastwagen raschelte und ich erschrocken zur Seite sprang, kam ich auf die Idee, den gleichen Weg zurückzugehen.

Vittorio saß in der Küche, grüßte nicht, als ich nach Hause kam. Er schwieg auch noch, als er sich zu mir legte. Daß er mir keine Gelegenheit gab zu widersprechen, machte mich wütend.

«Vittorio», sagte ich nach einer Weile. «Bist du noch wach?»
Schweigen.

Ich stand noch einmal auf, tappte im Dunkeln in die Küche, öffnete den Kühlschrank, wich vor seinem grellen Licht zurück. Das Mineralwasser war ausgegangen, keiner hatte daran gedacht, es nachzukaufen. Das Schnappgeräusch der zufallenden Kühlschranktür machte mich hellhörig: In einem der Nachbarhäuser fand ein Fest statt; es wurde gelacht, Musik ertönte in unregelmäßigen Intervallen.

Ich tastete nach der Obstschüssel, aber meine Hand traf den Toaster. Vittorio hatte ihn schon lange nicht mehr benützt. Ich verharrte eine Weile an der Anrichte, setzte mich schließlich auf den Hocker. Trotz der Schwüle, die in der Wohnung hing, fühlte er sich kühl an.

Dann glaubte ich, eine Hand auf meiner Schulter zu spüren, die sich zärtlich über den Nacken ins Haar schob. «Mach weiter», sagte ich leise, «hör nicht auf.» Er war immer nachgekommen, irgendwann. All die Jahre war er mir in die Küche gefolgt. Seine Hände hatten die Sätze weggewischt, hatten so lange gespielt, bis wir beide lachen mußten.

Langsam rutschte ich vom Hocker, ging rüber zum Fenster. Die Wäscheleinen reihten sich aneinander wie unbeschriftete Zeilen. Ich mußte daran denken, wie viele Menschen sich in diesem Augenblick liebten, wie viele aus dem Leben schieden, zufällig oder in letzter Konsequenz. Irgendwo, fiel mir ein, lag noch ungebügelte Wäsche. Ich bewegte mich auf Zehenspitzen ins Wohnzimmer, zog ein Leintuch aus dem Stoß, breitete es auf dem Sofa aus, bettete mich so gut ich konnte auf dem zerknitterten Stoff, den ich über mir zusammenschlug.

So schlief ich ein.

XII

Irma hatte Schuhe gekauft und fragte sich zum ersten Mal
nicht, wie viele Schritte sie damit noch gehen würde. Sie hatte
sogar ein halbes Glas Weißwein getrunken, obwohl der Kon-
sum von Alkohol im ersten halben Jahr nach der Transplantation untersagt war, weil er den Medikamentenspiegel ver-
fälschte. Diese Unbeschwertheit war neu. Das Sterben auf
Raten hatte sich in Leben auf Raten verwandelt. Sie lief herum
wie die anderen auch, geschäftig, ohne genau zu wissen, was
sie suchte, wühlte in den Körben vor den Geschäften, roch an
Seifen, blätterte in billigen Taschenbüchern. Sah sie einen Passanten, der ihr gefiel, stellte sie ihn sich unbekleidet vor.

Eine Weile beobachtete sie einen jungen Mann vor dem Stephansdom, der für ein Konzert warb; er hatte dunkle, große
Augen, ein Gesicht, von dem sie annahm, daß es auch während des Orgasmus schön blieb. Sie ging in die nahegelegene
Konditorei auf die Toilette, weil sie Lust verspürte, sich zu berühren. Auf dem Heimweg, als sie wieder am Stephansdom
vorbeikam, wollte ihr der junge Mann einen Werbefolder in die
Hand drücken. Er mochte vielleicht zwanzig sein; Irma fiel der
Bericht eines Neurologen über einen Achtzehnjährigen ein,
der beim Volleyballspielen so schwer gestürzt war, daß er eine
Hirnblutung bekommen hatte. Alle Hirnkammern, wo sonst
nur Liquor zirkuliert, waren in kurzer Zeit mit Blut gefüllt gewesen; man hatte den Mann mit Infusionen und einem Rot-
lichtwärmegerät auf Körpertemperatur gehalten, um ihm wenig später Herz, Leber, Bauchspeicheldrüse und Nieren zu
entnehmen.

Die Kutscher standen in einer Gruppe zusammen und

rauchten; Irma beschleunigte ihre Schritte, um nicht wieder als Touristin angesprochen zu werden. In fremden Städten hastete sie manchmal durch die Straßen, damit keiner mutmaßte, sie wäre nicht von hier. Als hätte sie einen Termin einzuhalten. Aus diesem Grund war sie schon in dunklen, menschenleeren Nebenstraßen gelandet. Einmal hatte sie sich in Rom in ein heruntergekommenes Viertel verirrt, in dem sie auf aggressive Jugendliche getroffen war. Immer wieder wurde sie zum Opfer ihrer Vorstellungen, malte an ihren eigenen Unglücksbildern, die in den nächtlichen Träumen zurückkehrten. Auch wenn sich diese vorgestellten Schreckensszenarien nicht verwirklichten, hingen sie doch in ihrer Gedächtnisgalerie: Bilder, in denen sie bedrängt wurde, ausgeraubt, vergewaltigt. Wenn sie Richard davon erzählte, schüttelte er den Kopf.

Am Ende der Straße blieb Irma vor einer Auslage stehen; sie hatte Seitenstechen wie als Kind, wenn sie auf den sonntäglichen Wanderungen hinter den Eltern hergelaufen war.

Im Eingang zum Geschäft stand ein Ständer mit Sonnenbrillen. Sie setzte eine schwarze Brille auf, betrachtete sich in dem viel zu kleinen Spiegel, der zwischen den Halterungen angebracht war. Die anderen Brillen, so schien es ihr, schauten zurück. Irma sah nur noch die Augen hinter den getönten Gläsern und die Menschen hinter diesen Augen, die soviel Leben vor sich hatten, soviel Zeit in der Sonne. Obwohl sie von dem Modell, das sie auf der Nase hatte, nicht überzeugt war, ging sie ins Geschäft und kaufte es.

Im Kaffeehaus fiel Irma rechtzeitig ein, daß sie das letzte Geld ausgegeben hatte; sie fragte den Ober nach dem Paket, das Zeder für sie hinterlassen hatte, prüfte, ob sich in dem luftgepolsterten Kuvert tatsächlich das Diktaphon befand, war ein wenig enttäuscht, daß es keinerlei Nachrichten enthielt, weder von Alois noch von Friedrich Zeder, und machte sich auf den Weg in die Leopoldstadt.

Zu Hause setzte sie sich an den Schreibtisch und transkribierte das Interview. Die Arbeit langweilte sie. Das meiste war Irma bereits im Zuge der Vorbereitungen aus Büchern bekannt. Wenn da die Photos nicht wären, würde sie auf die realen Begegnungen verzichten. Auf der Basis des Recherchematerials ließen sich die meisten Interviews leicht erfinden. Das wäre eine Möglichkeit, dachte Irma und blickte aus dem Fenster. Sie könnte beispielsweise vorgeben, den Waldviertler Bandelkrämer kurz vor seinem Tod getroffen zu haben. Das ganze Projekt war viel zu unwichtig, als daß jemand Nachforschungen anstellen könnte. Wen interessierten untergegangene Berufe; höchstens die, dessen Tätigkeiten selbst dem Untergang geweiht waren. War der Handwerker nicht mehr am Leben, bestand auch nicht die Gefahr, daß ihn jemand aus Nostalgie zu kontaktieren versuchte.

Eine Weile beobachtete Irma das Wiegen der Platanenzweige, dann drückte sie wieder auf die Play-Taste und hörte ihrer eigenen Stimme zu. Immer noch war sie verblüfft, wie anders die Stimme aus den kleinen Lautsprechern klang, um so vieles dunkler als aus sich selbst heraus, während Zeders Stimme unverändert schien. «Den fertigen Satz habe ich mit einem starken Bindfaden umwickelt, damit ja keine Type herausfallen konnte, und dann auf das Setzbrett gehoben.» Lieber würde Irma sich auf ein paar Vorlieben und Neigungen Zeders konzentrieren, sich auf ihre imaginäre Gedächtniskunst verlassen, als die beruflichen Fertigkeiten zu beschreiben. Aber der Projektleiter der Arbeiterkammer hatte sie mehrfach gebeten, sich mehr mit dem Handwerklichen auseinanderzusetzen. So konnte sie nur da und dort ein paar zerstreute Erinnerungssplitter einfügen. Alle verbeißen sich in diese Normen von Einheit und Kontinuum, in diese pseudohafte Lückenlosigkeit, dachte Irma. Sie war gezwungen, die einzelnen Menschen mit ihren Berufen chronologisch zu präsentieren.

Es verging etwas Zeit, ohne daß Irma Zeders Ausführungen folgte. Sie war in Gedanken schon bei den künftigen Interviewpartnern. Als nächstes wollte sie sich mit einem pensionierten Friseur treffen, der einen Perückenmacher gekannt hatte. Irmas Friseurin in der Leopoldstadt hatte sich auf das Waschen und Frisieren von Perücken spezialisiert, nachdem immer mehr orthodoxe Jüdinnen zu ihr gekommen waren. Die meisten trugen Perücken, die in China oder Singapur hergestellt wurden; war das schwarze Haar einmal gebleicht und neu eingefärbt worden, konnte man es nicht mehr weiterbehandeln, da es sehr schnell seine Konsistenz veränderte und struppig wurde. Die doppelt so teuren europäischen Perücken hingegen eigneten sich aufgrund des weicheren, verwandlungsfähigeren Haars für die unterschiedlichsten Färbungen und Tönungen. Irma dachte an die kahlköpfigen Büsten, die im Salon Eleonore herumstanden. Manchmal übte das Lehrmädchen an einer alten Perücke das Glattfönen. Trocknete das Haar vorzeitig, weil das Mädchen in der Zwischenzeit den Haarabfall auf dem Boden hatte zusammenkehren müssen, hielt es die Büste mit dem barbiepuppenhaften Gesicht einfach kurz unter den Wasserhahn, damit es wieder etwas zu tun gab. Vor zweihundert Jahren hatte man das Perückenhaar noch auf Buchsbaumkräuselhölzern aufgerollt, in Brotteig eingeschlagen und anschließend mehrere Stunden im Backofen gebacken – fertig war die Dauerwelle gewesen.

Das Band schien nun zu Ende; Irma wollte die Stop-Taste drücken, als sie plötzlich Friedrichs Stimme vernahm. Sie bewegte sich im Schreibtischsessel, drehte sich beinahe um die eigene Achse.

«Hoffentlich hörst du diese Nachricht», sagte Friedrich. Er sprach leise. Irma griff nach dem Diktaphon, spulte zurück. «...ma. Hoffentlich hörst du diese Nachricht.» Sie spulte weiter zurück. «...schuldige, daß ich dich überfalle, liebe Irma.

Hoffentlich hörst du diese Nachricht. Ich geh' morgen nachmittag ins Stadionbad, aber am Abend hätt' ich –», er machte eine kurze Pause, «ich hätte dich gerne wiedergesehen.»

Irma schaute auf die Uhr. Sie griff nach dem Telephon, rief Davide an, fragte, ob er Florian vom Kindergarten abholen könne, sauste ins Schlafzimmer. Keiner der Badeanzüge gefiel ihr; der einzige, den sie mochte, war schon etwas aus der Form, so oft hatte sie ihn getragen.

Zehn Minuten später war sie auf der Prater Hauptallee, fester als sonst umklammerte sie die Lenkstange. Der Himmel über ihr sah aus wie eine blaue Straße, die links und rechts von Kastanienblättern eingefaßt war. Unter den Bäumen ritten zwei junge Frauen ihre Pferde aus. Ein warmes Lüftchen wehte, bewegte die Kastanienblätter, die an manchen Stellen aussahen wie sonst im November. Die braune Farbe erinnerte Irma an das Trümmergestein ihrer Wüstenbilder. Erst jetzt bemerkte sie, daß sie nichts getrunken hatte. Sie träumte von einem gekühlten Mineralwasser, von Eiswürfeln, die langsam schmolzen und dabei immer runder wurden. Einen Augenblick dachte sie daran umzukehren; Friedrich war vielleicht in Begleitung, oder er empfand ihr Auftauchen als unpassend und aufdringlich. Dann trat sie wieder mit voller Kraft in die Pedale. Ein Kleinkind kam ihr auf seinem Dreirad entgegen, es fuhr quer über die Allee, versuchte ständig den Kurs zu korrigieren, die Mutter rannte hinterher und schrie.

Mit diesem Kortisonmondgesicht kann ich Friedrich doch gar nicht gefallen, dachte Irma. Die Narben fielen ihr ein, die der Badeanzug verdeckte, der von der Dialyse zerstörte Unterarm. Daß dieser Sterbensrest einer Unbekannten soviel Lebensgier hergab, machte ihr angst. Wenn sie nur wüßte, wer die war, welche jetzt ihr Leben mitgestaltete. Heute morgen war in den Nachrichten von einem DDR-Schriftsteller die Rede gewesen, dessen Stasiakten nun geöffnet wurden. Irma war die Idee gekommen, daß sie vielleicht mit der Spenderniere einer Ostdeutschen lebte. Wenn sich herausfinden ließe, wer sie war, könnte sie sich das Archivmaterial heraussuchen lassen. Vielleicht gäbe es Mitschnitte von Telephonaten, existierten protokollierte Gespräche, Alltagsaufzeichnungen. Bei dem Gedanken, daß sie auf diese Weise zu einem Detailwissen gelangte, das ihr verboten war, wurde sie übermütig. Aber was würde sie dann schon wissen; auch dieses Material war bereits interpretiert und manipuliert von den Leuten, die es erstellt hatten, und sein Wahrheitsgehalt fragwürdig.

Vor den Kassenschaltern waren kaum Leute; gegen Ende des Sommers wurden die Menschen bademüde, so hatte man bei schönstem Wetter das Fünfzigmeterbecken fast für sich allein.

Irma sperrte das Fahrrad ab, sah sich um. Es wäre ihr unangenehm gewesen, Friedrich hier draußen zu treffen. Sie wollte in Ruhe nach einem Platz suchen, wo sie einen Überblick hatte.

Die Kabine roch nach Schweiß. Während sich Irma umzog, hielt sie die Luft an. Die Wände waren beschmiert; in der Ecke über der Sitzbank stand eine Telephonnummer, darüber der Satz *Melanie fickt dich, ruf an.* Nachts, wenn Irma nicht schlafen konnte und durch die Programme zappte, sah sie sich die Werbesendung an, in der Frauen für Telephonsex warben. «Echt heiße Girls machen's dir am Telephon.» Manchmal rieb sie sich dabei. Als sie die Kabine verließ, echote es in ihrem Kopf: «Diana ganz privat. Fünf eins eins sechs eins eins. Ruf an, ruf an, ruf an.» Sie stieg zur Frauenterrasse hoch; die Liegen auf der Sonnenseite waren fast alle besetzt. Die meisten Frauen waren über fünfzig und übergewichtig. Es waren seit Jahren dieselben, die hierher kamen. Sie ließen keinen Sonnentag aus. Wenn im Mai das Bad öffnete, begrüßten sie einander, alte Bekannte, die sich in den FKK-Bereich zurückzogen und die Schwimmbecken scheuten. Neben den Liegen standen kleine Sprühflaschen, mit denen sie das Wasser aus der Dusche auf ihren Körpern zerstäubten.

Irma war früher öfters hier gewesen, sie hatte sich aus dem Trubel des Bades auf die Terrasse zurückgezogen, war aber auch hier oben meistens nicht zum Lesen gekommen, weil sich die Frauen laut über ihre Männer und Schwiegertöchter unterhalten hatten; häufig waren Zeitungsartikel aus der *Krone* Gesprächsthema gewesen, oder die Damen warteten darauf, daß sich die ersten Sonnenanbeterinnen verabschiedeten, um dann über deren Körpergewicht und Bräunungsgrad zu reden.

Am unteren Ende der Terrasse schob Irma eine Liege an die blaue Blechwand; sie legte sich kurz in die Sonne, um sich zu beruhigen. «Nach der Transplantation wirst du wieder ein normales Leben führen können», hatte Richard einmal zu ihr gesagt. «Wetten, daß du dich dann gleich verliebst?» Ein normales Leben, dachte Irma. Sie hatte keine Ahnung mehr, wie das war. Sie schloß die Augen, genoß die Wärme auf ihrem nackten Körper. Die Narbe hielt sie mit ihrem T-Shirt bedeckt. Sie dachte an ein Liebespaar, das sich – es war schon ein paar Jahre her – am FKK-Strand der Donau innig geküßt hatte. Die beiden waren sich im Schneidersitz gegenüber gesessen, so daß Irma, wenn sie von ihrer Zeitung aufgeschaut hatte, zwischen die sonnenbeschienenen Beine der Frau blicken konnte. An dieses Glitzern an den Schamlippen mußte sie oft denken.

Über die Lautsprecher wurde für die Kasperltheateraufführung geworben, die in zehn Minuten beginnen sollte. Irma erhob sich, stieg auf die Liege und blickte über die Blechwand runter auf die Schwimmanlage. Auf dem Weg, der von den Kassen zu den Becken und Liegewiesen führte, schob eine Frau ihren Kinderwagen auf und ab. Zwei Familien waren soeben angekommen; die Väter trugen die Kühltaschen, die Mütter waren vollgepackt mit Schwimmreifen, Decken und Badetüchern; eine war am Arm tätowiert, ein seltsamer Vogel mit ausgebreiteten Flügeln. Drei Mädchen, jünger als zehn, liefen voraus zum Kiosk und zeigten auf die Eistafel. Die Becken waren zu weit entfernt; Irma konnte nur erkennen, daß die künstliche Brandung ausgeschaltet war und der Bademeister mit seinen weißen Boxershorts den Zugang zum Sprungturm kontrollierte. Auch die zwei Männer unter den Duschen waren zu weit weg. Sie packte ihre Sachen in die Tasche, schlüpfte in den Badeanzug und verließ die Terrasse.

Unten angekommen, war sie wieder nahe daran aufzugeben, dem Ausgang zuzustreben. Was soll das, dachte sie. In meinem Alter. Sie fühlte sich angeschaut, weil sie selbst nervös und aufgeregt in alle Richtungen blickte. Vor der Bar saßen drei dickbäuchige Männer und spielten Karten. Keiner sah aus wie Friedrich. Mit der neuen Sonnenbrille auf der Nase, das Badetuch um die Taille geschlungen, begab sich Irma zu den Sportbecken. Sie setzte sich unweit des Fünfmetersprungbretts auf die Betonstufe und sah den Jugendlichen zu, wie sie kopfüber ins Wasser tauchten; nach einer Weile setzten sie ihre Arschbomben bewußt nahe an den Beckenrand, um die zuschauenden Mädchen naßzuspritzen; diese sprangen erst kreischend zur Seite, um sich dann gleich wieder am Rand des Schwimmbeckens aufzustellen. Einer sprang so nahe an den Beckenrand, daß sogar Irma ein paar Spritzer abbekam. Der Bademeister pfiff und machte eine verneinende Handbewegung. Die Mädchen drehten ihm den Rücken zu und kicherten mit erhobenen Schultern.

Nach einer Weile ging Irma rüber zum Fünfzigmeterbecken und setzte sich auf einen Startblock. Hinter ihr saß ein Kind auf dem Betonboden und tunkte Pommes ins Ketchup. Unter den Schwimmern, die pausenlos die Bahnen rauf- und runterkraulten, waren zwei Männer, die Irma nicht aus den Augen ließ; sie wendeten drei und vier Startblöcke weiter, schwammen parallel, als trügen sie einen geheimen Wettkampf aus. Da die beiden eine Schwimmbrille aufhatten, blieb Irma nichts anderes übrig, als darauf zu warten, daß sie endlich aus dem Wasser stiegen.

«Irma?» Eine kühle Hand berührte kurz ihren Rücken. «Ich war mir nicht sicher.» Friedrichs Haare waren naß; er stellte die Sporttasche ab, setzte sich auf den Startblock nebenan, betrachtete Irma eingehend, daß sie am liebsten ins Wasser gesprungen wäre.

«Ich wollte gerade nach Hause. Du hast meine Nachricht also – »

Irma nickte. «Ich wollte auch gerade –, ich muß Florian vom Kindergarten abholen.» Was erzähl' ich ihm da. Hoffentlich weiß er nicht, daß der Kindergarten längst geschlossen hat.

«Du warst gar nicht im Wasser», sagte Friedrich.

«Ich war auf der Terrasse. Ich darf nicht ins Wasser. Bin frisch operiert.»

«Papa hat davon erzählt», sagte Friedrich.

Hoffentlich fragt er mich jetzt nicht über meine Krankheit aus, dachte Irma.

Sie standen gleichzeitig auf, gingen schweigend Richtung Kabinen. Einmal zog Friedrich Irma zur Seite, sonst wäre sie auf einen senfverschmierten Pappteller getreten. Auf der Wiese gegenüber dem Wellenbecken hatte jemand seinen Ghettoblaster in voller Lautstärke eingeschaltet. Irma hätte nichts dagegen gehabt, wenn er noch lauter aufgedreht gewesen wäre.

«Bist du oft hier?»

«Ja», sagte Friedrich. Er sah sie an, und sie schaute hinüber zum Spielbach, wo Kleinkinder mit Schwimmflügeln auf den Steinen auf und ab gingen.

«Ich hab' gehofft, dich zu sehen.» Friedrich faßte nach Irmas Arm. «Wollen wir noch einen Kaffee trinken?»

«Ich komm’ gleich», sagte Irma und machte ein paar Schritte zur Seite. Sie wühlte in der Tasche nach dem Handy, rief Davide an, fragte ihn, ob er so nett sei, noch zwei Stunden auf Florian aufzupassen.

«Nun sag schon», flüsterte Davide, «wie ist er? Läuft was?»

Irma blickte Friedrich hinterher. Er hatte einen leicht hüpfenden Gang, als würde er die Füße zuerst an den Ballen abrollen.

«Sei nicht so neugierig», sagte Irma. Sie gab Davide noch ein paar Anweisungen; im Kühlschrank befänden sich Fruchtzwerge, auch Käse und Schinken wären da. Davide bräuchte nicht zu kochen, falls es später würde.

Friedrich zeigte auf einen Tisch und schaute zu Irma herüber. Er stellte die Sporttasche auf den Boden, schob sie mit der Fußspitze unter einen Stuhl, verschwand im Inneren des Restaurants.

Als Irma endlich nachkam und sich hinsetzte, fühlte sie sich wie ausgestellt. Zuviel Licht, dachte sie. Im Dämmerlicht einer Bar glänzten die Narben am Unterarm wie Schleimspuren einer Schnecke; hier, in der Nachmittagssonne, wirkten sie hart. Irma erinnerte sich an eine Busfahrt in der Innenstadt; ein schwarz angezogener Mann hatte die ganze Zeit ihren Unterarm angestarrt und sie schließlich gefragt, ob sie einen Selbstmordversuch begangen habe. Sie war von der Frage so überrascht gewesen, daß sie dem Mann eine ehrliche Antwort gegeben hatte.

Friedrich brachte zwei kleine Braune und Mineralwasser. «Oder möchtest du lieber etwas anderes?» fragte er.

Halb zu Irma gewandt, zündete er sich eine Zigarette an. Ein heller Lichtfleck, der wohl von einem spiegelnden Gegenstand herrührte, fiel auf sein Haar. Er komme zweimal die Woche ins Bad, erzählte er, schwimme fünfzig Längen im Fünfzigmeterbecken, weil er jedes Jahr an der Atterseeüberquerung teilnähme. Der Vater sei in seiner Jugend Juniorenmeister gewesen, dazu habe es bei ihm nicht gereicht. «Ich bin zu klein», sagte er und lachte, «ich habe die Figur von meiner Mutter. Und Florian», er stand kurz auf, holte sich einen Aschenbecher vom Nebentisch, «sieht er so aus wie du?»

«Er hat die dunklen Haare von seinem Vater, vielleicht auch die Nase», sagte Irma. «Ich hab' leider keine Photos. Rino lebt in Rom, oder sonstwo. Keine Ahnung. Ich hab' monatelang versucht, Kontakt aufzunehmen.» Vielleicht war es sogar die Wohnung eines Freundes gewesen, in die mich Rino damals eingeladen hat, dachte Irma.

Einer der dickbäuchigen Männer hatte eine Runde Bier besorgt, das Kartenspiel wurde fortgesetzt.

Friedrich fragte nicht weiter. Er sah Irma nur an. Sie mußte daran denken, wie er sie in der stillgelegten Druckerei seines Vaters angeschaut hatte, wie sie davongelaufen war. Einen Augenblick lang war sie sich sicher, daß Friedrich sie heute zum Abschied küssen und seine Zunge einen bitteren Geschmack von Kaffee und Tabak in ihrem Mund zurücklassen würde.

Es ist aussichtslos, sagte sich Irma dann wieder und dachte an Florian. Sie trank das Mineralwasser in einem Zug aus. Friedrich schenkte sofort nach. Er erzählte von seinem Unterricht, daß er eine Weile Alphabetisierungskurse gehalten habe, unter den Teilnehmern auch Österreicher gewesen seien, die nie ausreichend Lesen und Schreiben gelernt hätten. In der Zwischenzeit bringe er ausländischen Frauen, die in ihrem Herkunftsland als Sekretärinnen tätig gewesen seien, Deutsch bei. Die Arbeitssituation sei katastrophal, wer wolle schon eine Türkin mit zwei kleinen Kindern in seinem Büro beschäftigen.

Sie redeten und redeten; es war eine Mischung aus Vorsicht und Zwanglosigkeit. Irma berichtete von ihren Interviews, sprach über Richard und seine Arbeit bei der Sicherheitskontrolle am Flughafen. Das Innenministerium habe erst vor kurzem wieder einen Tester geschickt, um zu prüfen, ob es Sicherheitsmängel gebe. Bis jetzt sei immer alles gut gelaufen, sagte Irma. Sie würde diese immense Verantwortung nicht aushalten.

Die Handsonde, mit der man beispielsweise nach Metallgegenständen abgesucht werde, könne keine Keramikmesser aufspüren. Manchmal fänden sich im Handgepäck auch skurrile Dinge. Einmal sei es einem Mann gelungen, einen lebenden Falken nach Italien mitzunehmen. Das Skelett des Vogels habe sich nicht genügend abgezeichnet, das Tier sei auf dem Monitor nicht als solches erkennbar gewesen. Bei einem anderen Fluggast habe man eine Vakuumpumpe im Aktenkoffer gefunden. «Richards Arbeitskollegin hat keine Ahnung gehabt, wozu man so etwas verwendet», erzählte Irma, «und hat dann noch unbedingt von dem Mann wissen wollen, was man damit macht.»

«Und was macht man damit?» fragte Friedrich.

«Fragen Sie Frau Beate Uhse», sagte Irma lachend.

«Die kann man nicht mehr fragen. Hast du gewußt, daß sie im Zweiten Weltkrieg Militärflugzeuge an die Front überführt hatte?»

Irma schüttelte den Kopf.

Sie fühlte sich wohl, dennoch gelang es ihr nicht, sich in diesem Glücksgefühl einzurichten. Friedrich hat sicher eine Freundin, dachte sie, oder: Er wird meinen zerschnittenen Körper nicht mögen. Den Unterarm mit den Narben hatte sie in ihren Schoß gelegt, die Hand ruhte auf dem Oberschenkel. Sie sahen sich eine Weile an, sprachen nicht. In einem Anflug von Schüchternheit drängte Irma zum Aufbruch. Sie könne Florian nicht so lange allein lassen.

«Ich begleite dich ein Stück», sagte Friedrich.

Als Irma wenig später zu den Damenkabinen abbog, ging Friedrich ohne zu zögern weiter neben ihr her.

«Treffen wir uns beim Ausgang», sagte Irma und schubste die Kabinentür auf. Die Tür schwang wieder zurück, so daß Friedrich sie mit der flachen Hand stoppte. Mit der anderen hielt er Irma an der Schulter zurück. Sie drehte sich, stand mit dem Rücken zur Kabine.

«Du bist doch nicht wegen der Terrasse gekommen.»

Irma sah ihn an, wich aber sofort seinem Blick aus. Der Boden war übersät von alten Kaugummiflecken. Er berührte ihre Wange, strich mit dem Zeigefinger über ihre Lippen, öffnete ihren Mund. Sie küßten sich. Irgendwo wurde ein Kästchen aufgeschlossen, man hörte das helle Klirren eines zu Boden fallenden Kleiderbügels.

Friedrich drängte Irma in die Kabine, holte noch schnell die Sporttasche von draußen herein und gab ihr einen kleinen Tritt, so daß sie unter der Holzbank landete.

«Komm», sagte er, «steig auf die Bank.»

Sie schwankte, lachte über ihren unsicheren Stand.

Er ging in die Hocke und streifte ihr die Sandalen ab. Dann küßte er ihre Zehen, nahm eine nach der anderen in seinen Mund, leckte ihre Kniekehlen.

«Hör nicht auf», sagte Irma leise.

XIII

Marta hockte, den Rücken an den Metallschrank gelehnt, die Hände auf den Knien, im Umkleideraum und blickte zum Plafond. «Ehrlich gesagt ist mir erst in der Früh aufgefallen, daß er tot ist.» Sie kämmte mit den Fingerspitzen ihre Stirnfransen. Ich hatte mich schon oft gefragt, warum sie ihre gleichmäßigen Gesichtszüge hinter den Haaren versteckte.

«Aber du wirst doch die Totenflecken –»

«Ich war nicht mehr in seinem Zimmer», unterbrach sie mich, «und Mancini hat geschlafen.» Marta sah blaß aus, abgemagert.

Rossis Sohn war bei der Direktorin gewesen und hatte sich beschwert, daß man seinen Vater weder gewaschen noch frisch angezogen habe.

Ich dachte an Lelli, den Mechaniker aus Campobasso, der vor vier Monaten gestorben war. Eine halbe Stunde nachdem ich den Atemstillstand bemerkt und den Arzt gerufen hatte, waren die rötlichen Flecken aufgetreten. Zu diesem Zeitpunkt war er höchstens zwanzig Minuten tot gewesen. Aber viereinhalb Stunden? Ich verstand Marta nicht. Sie hatte Rossi weder die Zahnprotese eingesetzt noch seinen Mund mit einer Zellstoffrolle geschlossen – das waren Handgriffe, die sich in Sekunden erledigen ließen.

«Ich bin eingeschlafen», sagte Marta, «ich habe zwei Stunden gepennt. Das ist doch normal, daß man während des Nachtdienstes mal pennt. Nicht normal ist, daß wir alleine den Dienst schieben, weil sie keine neuen Leute anstellen wollen.» Sie erhob sich, indem sie sich mit einer Hand vom Boden abstützte. «Und jetzt die Kinder», seufzte sie, «meine Mutter ist nach Bologna gefahren.»

Ich mußte an Rossi denken, an den Schaum in seinen Mundwinkeln. Sein Sohn hatte mir einmal erzählt, wie er nach Rom gekommen war, die wenigen Habseligkeiten in einer Kartonschachtel verstaut. Er war in einer kleinen Pension in der Via del Viminale abgestiegen, die nur aus Hinterhofzimmern bestanden hatte.

«Hast du ihn eigentlich besser gekannt», sagte ich.

«Rossi? Was willst du über Rossi wissen, er hat ja nicht geredet.» Sie nahm ihre Tasche, verschloß die Schranktür. «War er nicht Tischler? Nein – wart mal, er war Schuhmacher.» Marta zuckte mit den Schultern und wandte sich dem Ausgang zu.

Sie hatte schon den Türgriff in der Hand, da drehte sie sich noch einmal um: «Sag mal, wart ihr gestern noch spazieren? Ich bilde mir ein, euer Auto gesehen zu haben.»

«Ich war zu Hause, und Vittorio –»

«Gegenüber der Galleria d'Arte Moderna. Aber vielleicht habe ich mich getäuscht.» Weg war sie.

Woher kennt Marta unser Auto, fragte ich mich, dann fiel mir ein, daß ich sie einige Male nach Hause gefahren hatte.

Auf dem Gang kam mir die Aushilfskraft aus der Frauenabteilung entgegen.

«Ich bin Mariella», sagte die Studentin. Die Direktorin habe sie geschickt, da im oberen Stock ausreichend Arbeitskräfte vorhanden seien.

«Mira.»

«Ich weiß.» Sie machte eine kurze Pause. «Ich bin noch nie in der Männerabteilung gewesen.»

«Es ist leichter.»

Sie sah mich an, folgte mir in die Schwesternküche.

Ich mußte an meine ersten Arbeitswochen denken, wie schwer ich mich damals zurechtgefunden hatte. Nach fast einem Monat Frühdienst auf der Männerabteilung fiel der erste Nachtdienst an. Ich hatte große Angst, jemand könnte sterben und ich wäre aufgrund der nächtlichen Personalreduktion gezwungen, ohne jede Hilfe den Leichnam zu waschen und anzuziehen. Es war niemand gestorben, aber ich wurde das erste Mal mit alten Frauenkörpern konfrontiert. Als ich nach der Schicht mit dem weißen Moped, das ich von Vicenza nach Rom mitgenommen hatte, nach Hause gefahren war, hatte ich weinen müssen.

«Sie betreffen uns nicht», sagte ich zu Mariella und schloß die Tür zur Schwesternküche auf, «das macht es leichter, mit alten Männerkörpern umzugehen.»

Ich schickte sie in Mancinis Zimmer, um Rossis Bett abzuziehen. Sie könne Rossis Nachttisch und Schrank reinigen, danach würde ich weitersehen.

Mancini, fiel mir auf, war nicht gekommen, um seine Tagesration Zigaretten abzuholen, auch auf dem Gang war er nicht zu sehen gewesen. Ich räumte die Küche auf; Marta hatte ein ziemliches Chaos hinterlassen: In der Spüle stand ungewaschenes Geschirr, die Medikamente waren durcheinander, auf der Eckbank lag ein Hemd, dem vermutlich ein Knopf fehlte. Da es in der Waschküche ebenfalls an Personal mangelte, hatte man die Nachtdienstschwestern gebeten, in den ruhigeren Stunden Ausbesserungsarbeiten an den Kleidungsstücken vorzunehmen. Die Schwestern aus der Frauenabteilung weigerten sich beharrlich und schickten die Teile ungeflickt mit der Schmutzwäsche zurück. In anderen Heimen hatte man längst Firmen mit der Reinigung und Pflege der Wäsche betraut, auch das Essen wurde aus Vorortgroßküchen angeliefert.

Nachdem ich die Medikamente verteilt hatte, steckte ich eine Packung MS in die Seitentasche meiner Schürze und schaute nach Mancini; er saß mit gebeugtem Oberkörper, den Rücken zur Tür gewandt, auf einem Leibstuhl im Bad. Ich strich ein paarmal über seinen Rücken, hielt ihm die Zigarettenpackung hin, er nahm sie nicht.

«Ich will niemanden mehr im Zimmer», sagte Mancini, «alle sterben in diesem Bett. Ihr müßt ein neues Bett reinschieben.» Er kratzte mit dem Zeigefinger an seiner Hose, als versuchte er, einen Fleck zu entfernen. Nach einer kurzen Pause fuhr er fort: «Ich habe nicht gezählt. Und Sie? Haben Sie heute morgen die Schwärme gesehen?»

Draußen klingelte es gleich mehrere Male hintereinander; auf Mariella konnte ich mich nicht verlassen.

Mancini, der mich bis jetzt nicht angeschaut hatte, warf nun einen Blick auf meine Hand, wohl um sich zu vergewissern, daß die Zigaretten noch da waren. Ich legte die Schachtel auf den Badewannenrand, ging zur Tür.

«Rundlich waren sie», sagte Mancini, «bauchige Wolken.»

«Das ist so, weil jeder in die Mitte will», sagte ich, «keiner der Stare will am Rand bleiben. Wegen der Habichte, die ihnen nachstellen.»

«Deswegen müßt ihr das Bett in die Mitte stellen, das ist es. In die Mitte. Dann kommt er nicht ran», rief er mir hinterher.

«Es gibt Frühstück, Herr Mancini. Kommen Sie.»

Vor dem Kaffeeautomaten traf ich auf Carelli; seine Schwester hatte ihn auf den Gang hinausgeschoben und war dann zur Arbeit gefahren; sie kam einmal pro Woche, meistens früh am Morgen, brachte ihm die frischgebügelte Wäsche und eine Süßspeise, die sie am Wochenende zubereitet hatte. Carelli schenkte die Kuchen- und Tortenschnitten an das Pflegepersonal weiter, auch an Marta.

Er grüßte freundlich und bat mich, die Nulldrei zu drücken, nachdem er einen Euro eingeworfen hatte; sitzend schaffte er es nicht, die oberen Wähltasten zu erreichen.

«Der ist für Sie», sagte er, reichte mir den Plastikbecher und warf den nächsten Euro ein.

Ich bedankte mich und fragte ihn, ob er auch einen Espresso wolle. «Ich kann Ihnen jetzt aber nicht Gesellschaft leisten», sagte ich.

«Das habe ich nicht erwartet.»

Ich betrachtete ihn von der Seite; Carelli war frisch rasiert und trug ein hellblaues Jeanshemd. Es ist ungerecht, daß er nur dieses eine Leben hat, dachte ich.

Martas Bemerkung fiel mir ein, sie habe unser Auto gegenüber der Galleria d'Arte Moderna gesehen.

Ich blickte hinaus auf die Straße; der Morgenverkehr hatte eingesetzt. Der Himmel darüber war blau und sehr nah. Zwischen zwei Kaminen blinkte ein Flugzeug; es verschwand langsam hinter dem Dach eines Hauses. Carelli sah mich an, als hätte ich etwas gesagt. Erst allmählich merkte ich, daß er mich angesprochen hatte und auf eine Antwort wartete.

«Ich komme später zu Ihnen», entschuldigte ich mich und lief den Gang hinunter.

«Stellen Sie das Bett tiefer», sagte ich zu Mariella, «so, daß der Patient beim Sitzen an der Bettkante seine Füße auf den Boden aufsetzen kann.»

«Patient», äffte mich Lucchi nach. Ich hatte nicht bemerkt, daß er im Bad war.

«Ich weiß, alles andere als das: die Ungeduld in Person.»

Lucchi schob den Kopf hinter der Tür hervor: «Sie sind ja gebildet.» Es dauerte nicht lange, und er kam, reichlich mit Rasierwasser besprengt, zu uns ins Zimmer. «Waren Sie schon auf der Toilette? Ich meine die draußen, neben dem Kaffeeautomaten. Es tut mir leid, daß ausgerechnet Sie heute Dienst haben.»

«Was ist mit der Toilette?» fragte Mariella.

«Na, gehen Sie raus, schauen Sie sich das Ganze an. Und werfen Sie die Blumen weg, die waren nicht für mich.»

«Es scheint Ihnen wieder besserzugehen», sagte ich.

Lucchi stand in der Tür zum Bad und verfolgte meine Handgriffe. «Warum machen Sie das? Haben Sie nichts Besseres gelernt, als die Scheiße der anderen wegzuputzen? Haben Sie das wirklich nötig?»

«Es ist ein Beruf wie jeder andere auch.» Ich straffte das Leintuch, es war noch warm.

«Diesen eingefallenen Mäulern Energie zuführen? Energie, die sich nur noch in bewegungslose Masse verwandelt?» Er lachte auf, hielt sich am Handlauf fest, der sich links von der Badezimmertür bis zum Bett erstreckte. «Wissen Sie, warum ich auf diesem Zimmer bestanden habe? Ich kann keine Straße sehen. Und wissen Sie warum? Weil die Straße mit jedem Tag länger wird, wenn der Atem kürzer wird. Überhaupt kann mir jede Landschaft gestohlen bleiben.»

Ich schüttelte das Kissen auf. «Gibt es irgend etwas, das Sie freut?»

«Ja, diesem Trubel da zuzusehen», er zeigte auf den ausgeschalteten Fernseher, «diesen selbstvergessenen, dummen Geschöpfen. Die fühlen nichts. Und die wissen nicht, daß sie nur dann, wenn sie nichts fühlen, im Vollbesitz ihrer Kräfte sind.» Lucchi hatte sich langsam bis zum Bett vorgearbeitet; er stand jetzt neben mir.

«Brauchen Sie frische Handtücher?» fragte ich ihn.

«Danke.» Er setzte sich. «Sie sind ihm entkommen, nicht wahr?»

«Sie meinen Rino? Warum liegt Ihnen so viel daran, daß ich ihn nicht kennenlerne?»

«Er hat einen miesen Charakter.»

«Aber Sie rufen nach ihm, wenn es Ihnen schlecht geht», sagte ich.

«Scheren Sie sich zum Teufel.»

Mariella hockte hinter der Toilettentür, das Gesicht bleich, die Augen geschlossen. «Ich kann nicht», sagte sie, «ich habe es versucht, aber ich muß mich übergeben.»

Obwohl das Fenster zum Garten offenstand, war der Gestank unerträglich. Ich stellte das Putzmittel zur Seite und blickte in die Kabinen: In der einen war nichts Auffälliges zu bemerken, wie immer lag Toilettenpapier auf dem Boden; in der anderen waren die Kacheln rundum mit Kot beschmiert. Das Hotel in der Via Nomentana fiel mir ein, in dem ich einmal Zimmermädchen gewesen war. Damals hatte ein Gast sein Geschäft nicht in, sondern neben der Toilette verrichtet; er war aber nicht alt, vergeßlich oder verwirrt gewesen, sondern ein dreißigjähriger Anwalt aus Mailand.

«Warum wollen Sie hier arbeiten», sagte ich unwirsch, «wenn Sie es nicht schaffen?»

«Ich werde mich schon daran gewöhnen.» Mariella stand auf, nahm den Lappen, doch kaum betrat sie die Kabine, hörte ich, wie der Ekel sie würgte.

«Gehen Sie, schieben Sie Carelli in sein Zimmer, und wischen Sie den Gang, ich mach' das schon.»

Jemand schien an hartnäckiger Verstopfung zu leiden; es war nicht das erste Mal, daß einer der Patienten mit dem bloßen Finger die Darmperistaltik anzuregen versuchte, aber noch nie hatte jemand, was am Finger hängengeblieben war, mit derartiger Besessenheit an die Wand gestrichen. Der Kot war schon hart; der Vorfall mußte sich in der Nacht ereignet haben. Ich rieb und rieb an den Fliesen; zwischendurch stellte ich mich ans Fenster und holte tief Luft. Im Garten wurde die Wäsche abgenommen. Ich dachte an das ungebügelte Leintuch, auf dem ich eingeschlafen war. Vittorio hatte sich auch am Morgen nicht gerührt. Es war ihm auch nicht in den Sinn gekommen, einen Zettel in die Küche zu legen. Mehrmals hatte ich mich heute früh dabei ertappt, wie ich nach einer Nachricht suchte, hatte mich sogar einmal umgedreht, weil ich ihn hinter mir zu spüren glaubte.

Es waren noch etwa zwei Quadratmeter Fliesen zu reinigen; in immer kürzeren Abständen ging ich zum Fenster, sog die Gartenluft ein. Am Rahmen, auf der Höhe der mittleren Scharniere, war Lack abgeblättert; die dunkle Stelle hatte die Form einer Bohne, ich konnte mich nicht daran sattsehen. Gedankenverloren strich ich mir das Haar aus der Stirn, bemerkte erst, als es zu spät war, daß ich noch die schmutzigen Gummihandschuhe trug. Als ich mir das Gesicht waschen wollte, war der Seifenbehälter über dem Waschbecken leer.

Lucchi war mir gefolgt; er stand jetzt in der Tür.

«Was wollen Sie? Grad haben Sie mich noch aus Ihrem Zimmer gejagt.» Ich ließ heißes Wasser über meine Hände laufen, drehte den Kaltwasserhahn auf, als der Schmerz unerträglich wurde.

Er trat zwei Schritte vor und zog die Tür hinter sich zu. «Na, hab' ich Ihnen zuviel versprochen? Man müßte mal die Besucher hierherführen, damit sie sehen, wozu die netten alten Herren im Ohrensessel fähig sind.» Er lachte.

Ich warf einen Blick auf Lucchis Hände. Die Nägel waren gefeilt, sauber.

«Verdächtigen Sie mich?»

«Nein. Sie ekeln sich zu sehr vor sich selber, Herr Lucchi. Aber vielleicht haben Sie einen Verdacht?» fragte ich.

«Der Tatort ist zu weit von meinem Zimmer entfernt. Ich kann Ihnen leider keine nützlichen Hinweise geben. Psychologisch ist der Fall natürlich interessant.» Lucchi stützte sich mit der flachen Hand an der Mauer ab. Er hatte das Putzmittel übersehen, es mit seinem Fuß umgestoßen.

«Merken Sie eigentlich nicht, daß Sie hier im Weg sind? Ich bin noch nicht fertig.»

«Schon gut, ich geh' gleich wieder.» Er drehte sich um, fuchtelte mit seiner Rechten: «Sie wollen mich draußen haben? Bitte schön.» Die angedeutete Verbeugung kostete ihn beinahe das Gleichgewicht; ich mußte Lucchi kurz stützen, dabei hinterließen meine nassen Hände Flecken auf seinem Hemd.

«Tut mir leid», sagte ich.

XIV

«Ich habe einen Mann gefunden, der mir die Füße küßt, und ausgerechnet jetzt soll ich mit dir nach Rom fahren?» Irma saß mit angezogenen Beinen auf dem Sofa, sie legte ihr Kinn in das V zwischen die Knie.

«Er hat ein Recht darauf zu erfahren, wer sein Vater ist», sagte Davide am anderen Ende der Leitung.

Florian hatte im Kindergarten vor seinem Freund behauptet, Davide sei sein Papa. Wie erklärte man einem Dreijährigen die Folgen einer kurzen Affäre? Irma besaß nichts von Rino, sie wußte nicht einmal sein Geburtsdatum. Auf seiner Nummer hatte sich nie wer gemeldet; die Briefe und E-Mails waren unbeantwortet geblieben.

Der Zufall, diese Lebensmacht, diese Todesmacht. Irma nahm den Bleistift zur Hand, notierte das letzte Wort auf dem Schmierzettel. Sie wollte sich Rino nicht einmal mehr vorstellen, denn solange sie sich ihn vorstellte, gab sie dem Zufall eine weitere Chance.

Davide wechselte das Thema, er bestand darauf, alles über Friedrich zu erfahren. «Hat er einen guten Arsch? Habt ihr gefickt? Nun sag schon. Du schickst mich mit Florian auf den Spielplatz, da wirst du doch die Zeit genützt haben?»

Irma schwieg.

«Verstehe. Du hast nicht. Du bist ja auch nicht dein Bruder, der mit verheirateten Männern rumvögelt.»

«Richard? Mit verheirateten Männern?» Irma setzte sich gerade hin.

«Das weißt du doch», sagte Davide.

«Du hältst das aus?»

«Was bleibt mir anderes übrig.»

Florian drehte den Kassettenrekorder lauter, er wippte mit den Beinen, suchte Irmas Blick, lachte. Sie brauchte nur nach dem Telephon zu greifen, schon tat er alles, um sie zu stören.

«Wir sollten heiraten, dann kann ich Florian adoptieren. Was sagst du dazu?»

«Eine glänzende Idee», sagte Irma. «Zur Not kannst du mir dann auch in ein paar Jahren mit einer neuen Niere aushelfen, unter Partnern sind Lebendspenden ja erlaubt.»

Davide schwieg. Alles, was mit Blut und Operationen zu tun hatte, machte ihm angst. Er war kein einziges Mal im Krankenhaus gewesen, weil er fürchtete, ohnmächtig zu werden.

«Die geht nicht kaputt», sagte er nach einer Weile. «Komm, laß uns eine Art Wohngemeinschaft gründen. Ich kümmere mich um Florian und koche, und du kannst in Ruhe an deinen Projekten arbeiten.»

«Ich glaube, die Schlümpfe können auch ein bißchen leiser singen», sagte Irma zu Florian. Sie strich ihm übers Haar, er entwand sich ihr, schüttelte den Kopf, hüpfte im Kreis.

«Du brauchst nur ja zu sagen, dann suche ich nach einer größeren Wohnung. Ich will hier raus. Richard ist zu feige, mich vor die Tür zu setzen.»

«Das hat doch keinen Sinn. – Florian – bitte! Nur zwei Minuten, dann spielen wir Memory.»

«Ich besorge die Tickets», sagte Davide.

«Welche Tickets?» fragte Irma.

«Nach Rom, meine Liebe.»

Florian war in Irmas Bett eingeschlafen, er hielt sich am eingerollten Leintuch fest, als wolle er sich irgendwo abseilen. Tagsüber träumte er immer öfter von Piraten, Räubern, Feuerwehrmännern, sprach andauernd von seinem Großvater oder von Davide. Die Kindergartenbetreuerin hatte Irma nahegelegt,

Kontakt mit dem Vater aufzunehmen. Es gehe sie ja nichts an, aber mit der Wahrheit könne das Kind besser umgehen als mit einem Phantom.

Als hätte Irma das nicht schon versucht.

In der Küche stapelte sich das Geschirr; sie ließ alles stehen, setzte sich auf die Anrichte, blätterte in der Zeitung. Davide hatte erzählt, daß die Frau seines Cousins eine Freundin habe, die im Meldeamt arbeitete. «Die Dialyse hindert dich jedenfalls nicht mehr daran, mit mir nach Rom zu fahren», hatte er hinzugefügt.

Die Dialyse nicht, dachte Irma, aber vielleicht Friedrich. Er hatte schon zweimal angerufen, wollte mit ihr den Abend verbringen. Im Radio spielten sie Maurice Ravels *Miroirs – Oiseaux tristes*.

Irma vergaß, was sie las. Vielleicht würde sie Rino nicht mehr erkennen. Das erste Mal waren sie sich vor der Markthalle in der Via Alessandria begegnet; auf einem großen Tisch lagen Hemden und T-Shirts zu sieben Euro das Stück; sie hatten beide im Stoffberg gewühlt und dann am selben dunkelblauen Hemd gezogen. Er wollte es ihr überlassen, Irma hingegen war sich nicht sicher, ob sie es überhaupt wollte, und gab es ihm wieder zurück. Da bestand er darauf, sie auf einen Kaffee einzuladen. Aus dem Kaffee wurde ein Spaziergang in die Innenstadt, ein gemeinsames Abendessen. Tags darauf hatten sie sich in einer Pizzeria in San Lorenzo getroffen, danach war sie ihm in diese Wohnung gefolgt, an die sie all die Jahre hatte denken müssen, die Räume ersetzten nach und nach sein Gesicht, seine Gestalt.

Wie viele sinnlose Anrufe, die im Nichts geendet hatten, dieses Knacken und Rauschen in der Leitung – Irma atmete durch, sie rutschte von der Anrichte, legte die Zeitung zusammen. Wenn sie damals gewußt hätte, daß sie von Rino schwanger würde, hätte sie des Kindes wegen ein, zwei Photos geschossen, ein paar private Dinge mitgenommen, vielleicht das dunkelblaue Hemd, das im Licht jenes römischen Mittags geschimmert hatte wie das Meer in hellen Nächten.

Irma sah nach Florian; er hatte sich im Schlaf mehrfach gedreht, das Kissen lag halb unter seinem Bauch, ein Fuß hing aus dem Bett. Sie zog Florian vorsichtig nach oben, deckte ihn mit dem Leintuch zu, küßte seine Stirn, bevor sie ins Wohnzimmer ging. Auf dem Display war die vierte Nachricht von Friedrich eingegangen. Das anfängliche Herzklopfen hatte nachgelassen; Irma verspürte Lust, das Handy auszuschalten und den Hörer des Festnetztelephons neben den Apparat zu legen. So viel Aufmerksamkeit war sie nicht gewohnt. Ich will mir nicht die Finger verbrennen, dachte sie. Obwohl es ruhig war, schien es Irma, als hörte sie ein leises Klingeln.

Sie zog eine Biographie aus dem Regal, las ein paar Seiten. Manche Lebensbeschreibungen erschienen ihr wie der Versuch einer Distanzüberwindung, doch die unertappten Lügen, von denen solche Bücher nur so strotzten, vermochten keine wirkliche Nähe herzustellen.

In der linken Leistengegend stach es; deswegen strich sich Irma mehrmals mit der Hand über den kleinen Hügel, unter dem sich das Transplantat befand. Sie blickte nach dem Diktaphon, konnte es aber nirgendwo entdecken, also memorierte sie den Satz, der ihr gerade eingefallen war, so lange, bis sie Papier und Bleistift zur Hand hatte. *Wie nehme ich mich heraus aus diesem anderen Leben, das doch in mich hineingepflanzt worden ist?* Irma war es unheimlich, daß es in ihr dachte, ohne daß sie selbst entscheiden konnte, was sie nun denken wollte und was nicht.

Sie griff wieder nach der Biographie, mochte aber diesen veredelnden Tonfall nicht. Man müßte über denselben Menschen ständig neue Biographien schreiben, dachte Irma, um irgendwann im Querschnitt aller Biographien ein wenig Wahrheit anzutreffen. Es sind ja doch die unwichtigen Details, die glaubhaft versichern können, daß sich etwas tatsächlich zugetragen hat.

Florian schluchzte auf. Als Irma das Schlafzimmer betrat, schlief er ruhig. Eine Weile blieb sie am Fenster stehen und wartete, ob er sich nochmals rührte.

Ich kann jetzt nicht weg, schrieb Irma an Friedrich, *das weißt du doch*. Ich will auch gar nicht weg, dachte sie.

das mußt du nicht, ich bin schon da, simste Friedrich zurück.

Irma erschrak; sie ging sofort zur Wohnungstür, blickte durch den Spion ins Treppenhaus; erleichtert stellte sie fest, daß niemand vor der Tür stand. Dann betrat sie das Schlafzimmer, zog vorsichtig den Vorhang zur Seite, öffnete im Dunkeln das Fenster. Sie drehte sich um, fürchtete, Florian könnte aufwachen. Als er sich kurz bewegte, verharrte sie in ihrer Position, die Hand noch hinten, in der Nähe des Fenstergriffs, den Oberkörper bereits der Tür zugewandt. Greta fiel ihr jetzt ein, wie sie damals als Kinder im Schulhof Figurenwerfen gespielt hatten. Sie hatten sich erst um die eigene Achse gedreht, schnell, bis ihnen davon fast schon schwindelig geworden war, dann hatte die sogenannte Figurenwerferin die tanzenden Mädchen durch einen kräftigen Schubs aus ihrer Bahn werfen müssen. Auf ein Zeichen hin mußten sie mitten in der Bewegung erstarren. Wer sich am schönsten verrenkt hatte und sich in dieser unbequemen Stellung ruhig halten konnte, war die Siegerin und nächste Figurenwerferin gewesen.

Irma entdeckte Friedrich auf der Holzbank hinter der Platane, er tippte in seine Handytastatur. Sekunden später erreichte Irma die nächste Nachricht: *ich muß dich sehen, bitte. ich warte vor deinem haus. f.*

«Ich war schon zu oft zur rechten Zeit am falschen Ort», hatte Friedrich vor einer Stunde am Telephon gesagt. Jetzt bist du zur falschen Zeit am rechten Ort, dachte Irma und schloß das Fenster. Sie wollte nicht, daß Florian Friedrich kennen-lernte. Noch nicht.

Doch wenig später klopfte es an der Wohnungstür. Irma war in der Küche, schenkte sich ein Glas Mineralwasser ein. Wieder blieb sie bewegungslos stehen, in der einen Hand die Flasche, in der anderen den Griff der Kühlschranktür. Der Deckel des Suppentopfs reflektierte das Licht der Deckenspots. Irma kniff die Augen zusammen, stellte sachte die Flasche ab, tappte zur Tür.

«Irma!» Friedrichs Stimme hörte sich an, als käme sie aus dem Vorraum. Er hielt seinen Mund an den dünnen Spalt zwischen Rahmen und Wohnungstür gedrückt.

«Wie bist du ins Haus reingekommen?» Zwischen Irmas und Friedrichs Gesicht war jetzt die Vorhängekette.

«Ich hab' den Hausmeister bestochen. Komm, mach auf.» Er kniete sich auf den borstigen Fußabstreifer, faltete die Hände. «Bitte!»

Irma holte zwei Bier aus dem Kühlschrank und setzte sich zu Friedrich ins Wohnzimmer. Er öffnete die Flaschen, hielt beim Einschenken das jeweilige Glas schief, damit sich nicht so viel Schaum bildete. Irma mochte die bedächtige Art, mit der er sich alltäglichen Dingen näherte. Ihr fiel der Satz des alten Zeder ein: *Das wird nichts ohne Respekt.* Die Achtung vor den anderen schien auch Gegenstände mit einzuschließen. Friedrich hatte zwei Kinderbücher ans untere Ende des Fernsehtisches geschoben, nachdem er bemerkt hatte, daß sein frischgespültes Glas einen Wasserring auf der Tischplatte hinterlassen hatte.

Er griff nach Irmas Hand, streichelte sie. «Ich habe es nicht ausgehalten, dich nicht zu sehen,» sagte er, «ich will dich. Alles an dir.»

Irma schwieg. Ich hab' ein Kind, dachte sie.

«Ich will auch das Kind», sagte er.

Sie sah ihn an, erstaunt, küßte seine Fingerspitzen, war froh, daß er da war, gleichzeitig glaubte sie, einen Fehler begangen, zu schnell nachgegeben zu haben. Sie wollte endlich etwas Festes, etwas, das dauert. *Ein Leben mit mehr Bestand*, hatte Irma letzte Nacht in ihr Notizbuch geschrieben, *keine Tage, die vor einem umfallen, keine Stunden, die zittern*. Ihr war das Wort *Gleichmut* eingefallen. Mitten in der Nacht hatte sie über dessen Bedeutung nachgedacht, hatte sich gewünscht, daß sie diesen Zustand der inneren Gelassenheit erreichen, nicht immer zwischen Lust und Schmerz hin und her pendeln möge.

Friedrich fragte Irma nach ihrer Familie aus, erzählte von seiner eigenen. «Mama hatte aus gutbürgerlichen Verhältnissen in die ärmliche Schriftsetzerbude geheiratet. Sich nach untenhin anzupassen ist nicht eben leicht. Aber sie entwickelte so etwas wie eine eigene Ästhetik.» Alles habe gestrahlt: ihre schneeweißen Schürzen, die Vorhänge, die selbstgehäkelte Decke auf dem Kanapee. «Sie brauchte keinen Zierat, keine Rüschen.» Friedrich blickte sich kurz um. «Ihr hättet euch gut verstanden.» Nachdem sie gestorben war, sei er vorübergehend zu seinem Vater gezogen, aus Angst, er würde ihr folgen. Die Eltern hätten sich nur ein einziges Mal heftig gestritten, als Alois Zeder feierlich erklärt hatte, er werde seinen toten Körper der Anatomie überantworten.

«Mama», sagte Friedrich und trank in einem Zug das restliche Bier aus, «hat an die Auferstehung geglaubt. *Ich will nicht, daß du am jüngsten Tag deine Arme und Beine zusammensuchen mußt*, waren damals ihre Worte gewesen. Ich weiß bis heute nicht, ob das ernst gemeint war.»

Irma stand auf, sah kurz nach Florian; dieses Mal hing ein Arm zu Boden. Sie hob den Schlafenden in die Mitte der Matratze, dann holte sie noch zwei Bier aus der Küche.

«Ich frage mich, was Mama zur Gesichtstransplantation gesagt hätte.» Friedrich nahm Irma die Flaschen ab. «Du hast sicher darüber gelesen.»

«Ja, es war in allen Zeitungen. Die Empörung ist groß», sagte Irma. Sie wartete ab, wie Friedrich reagierte, aber er war damit beschäftigt, die Gläser zu füllen. Hoffentlich vermag er sich vorzustellen, wie es sich mit einem Gesicht lebt, das ein gefräßiger Tumor zerstört hat, dachte Irma, was aggressive Kampfhunde für Spuren hinterlassen können. Er hat doch mit Literatur zu tun.

«Es ist noch nicht klar, ob die Frau das gespendete Gesicht behält», sagte Friedrich, «eine furchtbare Situation.»

Erleichtert nahm Irma einen Schluck von dem frischen Bier.

Friedrich strich mit dem Zeigefinger über ihre Oberlippe, leckte dann den Schaum von seinem Finger, lächelte. «Einmal lächeln, und schon geraten achtzig Muskeln in Bewegung – hast du das gewußt? Meinst du, man kann auch mit dreißig, vierzig Muskeln lächeln? Oder erstarrt dann alles zur Maske?»

Irma zuckte mit den Achseln. «Die Frau wird so oder so lächeln, wenn sie das transplantierte Gesicht nicht abstößt.»

«Jedenfalls wird sie mit dem neuen Gesicht dem Toten aus dem Gesicht geschnitten sein», sagte Friedrich.

«Das glaub' ich gerade nicht», sagte Irma und legte ihren Kopf an seine Schulter, «weil nämlich die Knochen und Muskeln der Frau aus dem zweiten Gesicht ein drittes Gesicht machen.»

Friedrich wandte sich Irma zu, küßte ihre Stirn, kämmte mit den Fingern ihre Haare nach hinten. «Erstes Gesicht, zweites Gesicht, drittes Gesicht – ich jedenfalls mag dein erstes sehr. Du bist so schön.»

Florian schrie auf. Irma erhob sich etwas zu schnell, stieß mit ihrem Knie die Bierflasche um, aber Friedrich kriegte sie im letzten Moment zu fassen. «Es ist immer so», sagte Irma leise, «auch wenn ich fernsehe: Florian meldet sich bei der spannendsten Szene.»

Friedrich folgte Irma bis zum Türrahmen, blickte in das Halbdunkel des Zimmers.

Es war sofort wieder ruhig; Florian schlief weiter. Er hatte sich neulich im Schlaf gedreht, ein Fuß lag auf dem Kissen.

Wahrscheinlich denkt er daran, wie es wäre, wenn wir jetzt das Zimmer für uns – weiter kam Irma nicht. Friedrich schob Irma aus dem Schlafzimmer, drückte sie gegen die Wohnzimmerwand.

«Die Tür», sagte Irma leise.

«Pst!» Er legte den Zeigefinger auf ihre Lippen. «Sag, was du willst. Sag, was ich tun soll. Ich mache alles für dich.»

Sie zogen einander langsam aus, aber Irma mußte die ganze Zeit an Rino denken; je mehr sie sich diese Gedanken verbot, desto hartnäckiger kehrten sie wieder. Vielleicht war Davides Einladung, nach Rom zu fahren, schuld an Rinos plötzlicher Präsenz. Während Irma Friedrichs blonden Kopf in den Händen hielt, hatte sie Rinos melierte Haare vor Augen und dessen Shampoogeruch in der Nase. Auch die Haut fühlte sich ähnlich an, die Schultern waren unbehaart, da und dort tastete sie kleine Narben von früheren Unreinheiten, die längst abgeheilt waren. Friedrich erschien ihr plötzlich wie eine blonde Neuerfindung Rinos, und das eigentlich Greifbare an ihm verwandelte sich mehr und mehr in einen Körper, den sie von früher zu kennen glaubte. Irma fürchtete, daß Friedrich dahinterkommen könnte; sie war so sehr damit beschäftigt, nicht den Namen Rino auszusprechen, daß ihr das Wort halblaut von den Lippen zu rollen drohte. «Rin – rie – du riechst so gut», hörte sich Irma sagen. Friedrich ging in die Hocke, küßte ihre Beine, ihre Scham, sah zu ihr hoch. Sie entwand sich ihm, ging selbst kurz in die Hocke, knabberte an seinem Ohr. «Ich komme gleich.»

Als sie das Zimmer wieder betrat, hatte er das Licht runter-
gedreht und eine Kerze angezündet. Er suchte jetzt nach einem Radiosender. Sie breitete eine Decke auf dem Boden aus,
holte die Kissen vom Sofa. Dann umfing sie ihn von hinten
und machte sich gleichzeitig am Lautstärkeregler zu schaffen.
Daß nur Florian nicht aufwacht.

Irma träumte, die Erde sei eine Scheibe; vor ihr läge eine Stein-
wüste, die sich nach und nach in eine Sandwüste verwandelte.
Sie sah sich auf den Rand zulaufen; der feine Sand fiel in einer
gewaltigen Staubwolke über die Kante ins Nichts hinab; rund-
herum blinkte grelles Licht, als träfen mehrere Sonnen auf
Glas. Die Staubkörner drangen in ihre Kehle. Irma hechelte.
Als sie schweißgebadet aufwachte, fiel ihr das Wort *Sanduhr*
ein.

XV

Der Regen hielt sich. Nach Monaten, in denen alle unter der
Hitze gestöhnt hatten, blieben die Wolken am Himmel; sie kamen nicht, erledigten ihre Arbeit und verschwanden wieder,
sondern blieben über der Stadt, und die kleinen Aufhellungen
dazwischen schienen nur die Illusion nähren zu wollen, das
Wetter ändere sich. In die blauen Wolkenfenster schoben sich
immer wieder schwarze Ungetüme, die sich sturzflutartig über
einzelne Stadtteile ergossen. Die Gullis, von Laub und Abfäl-
len verstopft, vermochten die Wassermassen nicht mehr zu
schlucken, Keller und Garagen standen unter Wasser, und der
Tiber schwoll bedenklich an, so daß die Immigranten und Obdachlosen, die an seinen Ufern ihre Zelte aufgeschlagen hatten, evakuiert werden mußten.

Obwohl Sonntag war, fuhr Vittorio nach Testaccio, um nachzusehen, ob das Wasser auch in die Lagerhalle eingedrungen war; wir wollten uns gegen Mittag in der Nähe seines Geschäfts treffen und zusammen mit seiner Mutter essen gehen. Einige Möbel standen auf nassem Untergrund, und Vittorio mußte das gemeinsame Mittagessen absagen. Da ich bereits in der Innenstadt war, kaufte ich mir eine Zeitung und begab mich ins nächste Café.

Für einen Regentag waren wenig Leute da; ich setzte mich an einen Ecktisch gegenüber dem Eingang, legte den Schirm auf den Boden und sah mich erst um, als ich meine Jacke abgelegt hatte.

Rino saß in der gegenüberliegenden Ecke und hatte die *Repubblica* vor sich ausgebreitet. Ich konnte nicht erkennen, welchen Teil er gerade las. Er ließ sich nicht ablenken, blickte auch nicht auf, als neue Gäste hereinkamen und die Tür offenblieb, so daß unangenehm feuchte Luft ins Café drang.

Dann nahm er ohne erkennbaren Anlaß den Zeigefinger der linken Hand, umschloß ihn mit der zur Faust geballten Rechten und bog ihn nach hinten. Gleich darauf drückte er alle anderen Finger einzeln nach hinten, ohne den Blick von der Zeitung zu wenden. Ich dachte, als er mit den Fingern der einen Hand durch war, jetzt würde die andere drankommen, doch statt dessen spreizte er die Finger beider Hände und preßte sie gegeneinander, daß die noch nicht nach hinten gebogenen Finger alle auf einmal knacksten. Ich konnte es bis zu meinem Tisch hören. Unbeeindruckt von den Geräuschen, die er erzeugte, las er weiter. Wahrscheinlich wäre es mir zu diesem Zeitpunkt noch möglich gewesen, das Café zu verlassen, ohne von ihm entdeckt zu werden, aber die Art, wie er selbstvergessen mit seinen Händen spielte, während er in einen Artikel vertieft schien, faszinierte mich; sie stimmte mich milde. Ich bestellte einen Cappuccino und war gespannt, wie lange es dauern würde, bis er mich bemerkte. Erst als der Kellner seinen Aschenbecher wechselte, sah er auf, warf einen Blick in den Raum, blätterte die Zeitung um, wollte weiterlesen, doch dann stutzte er, sah noch einmal auf, jetzt in meine Richtung. Er erkannte mich, nickte kurz und vertiefte sich wieder ins Geschriebene.

Ich war enttäuscht, nahm aber meinerseits die Zeitung, um mich dahinter zu verstecken. Die neuen Gäste waren zwei Männer mittleren Alters; sie saßen links von mir, so daß ich sie trotz vorgehaltener Zeitung beobachten konnte. Der ältere trug einen gepflegten Schnurrbart, wohl um seinen vorstehenden Unterkiefer zu verbergen, der jüngere hatte Ansätze zu einem Mausprofil, war aber bartlos, obwohl ihm ein wenig Kinnbehaarung nicht geschadet hätte. Ich mußte an Vittorio denken, der mir einmal erklärt hatte, daß Bärte nur dazu da seien, um unglückliche Kieferverhältnisse zu korrigieren. Ich war überzeugt, daß die beiden Männer vor den quengelnden Kindern und den aufwendigen Essensvorbereitungen ins Café geflüchtet waren und erst in ihre Wohnungen zurückkehren würden, wenn Eltern oder Schwiegereltern eintrafen und es darum ging, den richtigen Wein auszusuchen.

Mit meiner Konzentration war es nun vorbei; ich blätterte in der Zeitung, warf einen Blick auf die Tagestemperaturen und wartete insgeheim darauf, daß Rino an meinen Tisch kam, aber es verging eine Viertelstunde; nichts geschah. Die beiden Männer am Nebentisch betrachteten gemeinsam Photos; aus den Kommentaren, die sie dazu abgaben, wurde mir klar, daß sie erst vor wenigen Tagen gemeinsam aus Paris zurückgekehrt waren.

Ich zahlte. Draußen war das leise Nieseln wieder in laut prasselnden Regen übergegangen. Rino sah auf den kleinen Platz hinaus, um sich anschließend wieder seiner Zeitung zu widmen, ohne mich eines Blickes zu würdigen.

Aufgrund der Enge des Raumes war ich gezwungen, den Männern neben mir zuzuhören; sie verbreiteten über *die Franzosen* nichts als Stereotype.

Der Mann neben mir trug ein schwarzes Hemd, mit dem er sein Übergewicht zu kaschieren versuchte.

Unter dem Schirm hatte sich eine kleine Lache gebildet. Ich war froh, daß ich ihn nicht in den Schirmständer gesteckt hatte, der in der Nähe von Rinos Tisch stand. So konnte ich das Café unverzüglich verlassen. Doch als ich nach der Türklinke fassen wollte, sagte Rino: «Bei dem Regen wollen Sie raus? Bleiben Sie doch wenigstens fünf Minuten. Bitte —», er zeigte auf den Stuhl ihm gegenüber. Erst zögerte ich, dann nahm ich Platz. «Ich dachte, Sie erwarten jemanden.» Rino legte die Zeitung beiseite, winkte den Kellner herbei, einen Indonesier, der seit neun Jahren in Rom lebt. Vittorio hatte ihn einmal angesprochen.

«Prosecco?»

Ich nickte. Für kurze Zeit schwiegen wir beide, als suchte jeder für sich nach einem Gesprächsstoff, der uns auf harmlose Weise von uns ablenken würde. Ich schaute auf den Platz hinaus, um Rinos Blicken auszuweichen. Eine einbeinige junge Bettlerin versuchte sich unter dem Türrahmen eines Hauseingangs vor dem Regen zu schützen.

«Was hat er Ihnen alles erzählt, mein Onkel?»

«Er hat mich gewarnt», sagte ich.

«Typisch.»

Ich nahm von den Erdnüssen, die der Kellner auf den Tisch gestellt hatte.

«Wahrscheinlich hat er Ihnen erzählt, daß ich geschieden bin. Er hat es nicht einmal zu einer Scheidung gebracht. Aber ich will ihn nicht schlecht machen», Rino schaute zu Boden, «eigentlich war er immer gut zu mir.» Er faltete die Zeitung und legte sie auf den Nachbartisch. «Nur einmal war er richtig sauer, als ich mit einer Keffijeh bei ihm aufgetaucht bin. Was ich mit diesem Beduinentuch wolle, hat er mich angebrüllt, ich sei schließlich kein Bauer aus dem Nahen Osten. Ob ich denn nicht wisse, daß auch die konservativen Monarchen der arabischen Welt damit herumlaufen.» Rino schüttelte den Kopf. «Wir wollten natürlich unsere antiimperialistische, revolutionäre Gesinnung ausdrücken – lachhaft, wenn ich heute daran denke. Entschuldigung, ich langweile Sie.»

«Sie haben studiert?»

«Architektur. Aber nach zwei Semestern habe ich alles hingeschmissen. Eine Weile ist es mir noch gelungen, ihn zu täuschen; ich habe Zeugnisse gefälscht, wegen der Raten, die er mir monatlich überwiesen hat. Dann bin ich denunziert worden. Freunden sollte man nicht trauen.»

Rino hielt den Prosecco in der Hand, stieß mit mir an. «Auf unser Wiedersehen», sagte er und schob das Schüsselchen mit den Erdnüssen in meine Richtung. «Tja – und dann kam das erste Kind. Marisa und ich trennten uns, als sie im siebten Monat war. Man hat mich natürlich aus Rache verpfiffen, weil ich die beiden im Stich gelassen habe. Tatsache war, daß mein Onkel das Geld nicht mehr auf mein Konto, sondern auf Marisas Konto überwiesen hat; das wußte ich aber nicht. Er hat es hinter meinem Rücken getan, wie so vieles. Und Sie», fragte Rino, «aus welcher Gegend kommen Sie?»

«Aus Vicenza. Aber ich bin nach der Schule mit meiner Mutter nach Bozen gezogen, allerdings nicht sehr lange, ich hab's dort nicht ausgehalten.»

«Ich war nie in dieser Region. Ich hab' mal einen kennengelernt, der behauptet hat, er sei Italiener. Er kann vielleicht in Deutschland italienisch sein, aber bei uns, mit dieser Aussprache? – Sie verstehen, was ich meine.» Rino trank das Glas in zwei Zügen leer und wollte schon die nächste Runde bestellen – ich winkte ab.

«Und warum wollten Sie nicht bleiben?» fragte er.

«Ich kann kaum Deutsch. Und ohne Zweisprachigkeitsprüfung kann man jede öffentliche Stelle vergessen. Was hätte ich tun sollen. Und dann war da noch mein neuer Stiefvater, er war Postsortierer, Mama war er nicht gut genug.»

«Ich kenn' das», sagte Rino, «wenn das nötige Kleingeld fehlt, wird das Klima schnell unerträglich.»

«Mama hält es nicht aus, allein zu sein, deswegen ist sie dem Erstbesten hinterhergezogen. Ich glaube, sie war damals eifersüchtig auf mich; sie hatte Angst, ich könnte ihr den Mann ausspannen. Auf der Straße haben die Leute uns für Schwestern gehalten.» Ich verschluckte mich an den Erdnüssen, Rino klopfte mir auf den Rücken. Der Indonesier brachte sofort ein Glas Wasser an den Tisch.

«Ich bin zurück nach Vicenza. Mein Vater war schon drei Jahre tot. Krebs. Eine Zeitlang habe ich bei meinem Onkel gewohnt, kam aber mit seiner Frau nicht zurecht. Sie sah mich als Eindringling. Ich war überall unerwünscht. Als meine beste Freundin nach Rom übersiedelte, hab' ich die Gelegenheit genützt und bin weg.»

Ich trank den Prosecco in kleinen Schlucken, während Rino von seiner Kindheit in Ostuni erzählte, von den Oliven- und Tomatenernten, die er gehaßt hatte, von Onkel Lucchi, der ihn in Rom aufgenommen und sich um ihn gekümmert hatte, damit einmal etwas Besseres aus ihm würde, von seiner Mutter, die alle paar Monate unangekündigt zu Besuch gekommen war, um im Haushalt des Bruders nach dem Rechten zu sehen, von seiner großen Liebe für das Kino. «Ich habe immer davon geträumt, Kinosäle zu bauen», sagte Rino, «richtige Hallen. Kennen Sie das *Airone*? Es ist großartig, man hat das Gefühl, im Rachen eines Walfisches zu sitzen. Die Scheinwerfer sind so angeordnet, daß sie aussehen wie die Zähne, und die Zuschauer sind dann die verschluckte Beute. Leider ist es

Anfang der siebziger Jahre restauriert worden, und jetzt ist es zu.»

Die beiden Männer, die neben mir gesessen hatten, standen nun auf und verließen das Café. Rino blickte ihnen nach.

Ich mußte daran denken, daß Vittorio nach Geschäftsschluß öfter in dieses Café geht; vielleicht waren er und Rino einander schon begegnet.

«Wollen wir?» Rino deutete mit dem Zeigefinger nach draußen.

Es hatte aufgehört zu regnen, tropfte aber noch von den Dächern. Die meisten Passanten liefen mit geöffneten Regenschirmen an uns vorbei; sie trauten dem Wetter wohl nicht, weil aus der Ferne noch immer ein leises Grollen zu hören war.

Ich sollte mich bei Vittorio melden, dachte ich, doch als ich Rino zum Abschied die Hand geben wollte, stemmte er lachend die Arme in die Hüften und sah mich mit schiefem Kopf an: «Ein Glas noch? Ein einziges?»

Wir gingen ins nahegelegene Kloster Bramante; ich war Jahre nicht mehr dort gewesen, obwohl in Vittorios Freundeskreis immer wieder über die neue Bar gesprochen worden war. Vittorios Mutter hatte unlängst die Ausstellungsräumlichkeiten erwähnt; sie habe sich dort mit einer Bekannten die Bilder De Nittis angesehen.

Über einen unscheinbaren, engen Korridor erreichten wir den Kreuzgang. Der Innenhof war menschenleer; aus den Boxen über den Säulen klang Opernmusik. Es war der Triumphmarsch der *Aida*, der Schlachtengesang, der auch von den Tifosi in den Fußballstadien angestimmt wird.

«*Nabucco* wäre mir lieber», sagte Rino, «*Va, pensiero*, unsere heimliche Hymne.» Er stieg die Treppen hoch in den ersten Stock, zeigte auf den blauen Himmel. «Man muß nur warten können», sagte er und nahm mich bei der Hand, um mich hinter einer Säule nahe an sich heranzuziehen. «Mira», sagte er.

Ich entwand mich ihm, ging zur nächsten Säule vor. Aus dem Museumsshop waren Stimmen zu hören, ich fürchtete, sie gehörten Bekannten, sah mich um: in der Bar erblickte ich eine langhaarige Frau um die vierzig, sie blätterte in einem Katalog, machte Notizen in ein schwarzes Heft. Der Kellner hinter ihr trocknete Sektflöten, hielt ein Glas nach dem anderen gegen das Licht.

Ich mußte einen Weg finden, Vittorio anzurufen.

Rino stand hinter mir; ich spürte seine Fingerspitzen an meiner Wirbelsäule.

«Mira, meine Schöne.»

«Wo warst du? Mutter hat dich gesucht, sie wollte mit dir Kaffee trinken, wenn wir schon das Mittagessen absagen mußten.» Vittorio kam aus der Küche, als ich die Tür aufsperrte. Ohne meine Antwort abzuwarten, verschwand er im Wohnzimmer. Es roch nach Nikotin, vielleicht hatte er Besuch, Mauro, der ihm beim Aufräumen im Lager geholfen hatte, aber ich hörte niemanden, nur Vittorios Schritte; er trat auf, daß der Boden vibrierte.

«Wie sieht es aus», fragte ich.

«Noch mehr Regen darf nicht kommen. Ich brauch' dringend einen neuen Entfeuchter.» Er hockte da, sprach, ohne mich anzusehen. «Wir müssen zu meiner Mutter, es geht nicht anders.»

«Du meinst jetzt gleich?»

Er nickte, griff sich an die Brusttasche, prüfte, ob der Autoschlüssel noch da war.

Ich nahm meine Tasche, wartete an der Tür.

Im Aufzug sprachen wir kein Wort. Wir standen nebeneinander und betrachteten die Schaltknöpfe. Ein paar Sekunds

lang überlegte ich, den roten Stop-Hebel nach oben zu drük-
ken und Vittorio hier zur Rede zu stellen, doch dann waren wir
schon im Parterre angekommen, gingen zum Auto.

Kaum hatten wir unsere Straße verlassen, standen wir im
Stau.

«Das hätte ich dir gleich sagen können.»

Vittorio schaute nach vorn. Er ließ die Hände vom Lenkrad
auf seinen Schoß fallen und zuckte mit den Achseln. «Es läßt
sich jetzt nicht ändern.»

Der Himmel war noch hell, während Bäume und Häuser
ihre Farbe verloren hatten. Ich mußte daran denken, daß manche Vögel ihr Gefieder auf einmal mausern und daher für eine
gewisse Zeit flugunfähig sind. Schwäne können sieben Wochen lang nicht fliegen. Wir schlagen selbst die Schwäne,
sagte ich mir.

Vittorio hatte mehrmals das Fenster geöffnet und wieder geschlossen, er schaute immer noch nach vorn, obwohl sich
nichts bewegte. Ein entgegenkommender Lastwagen blieb so
stehen, daß sein Scheinwerferpaar unsere Gesichter an-
strahlte.

«Ruf sie an, daß es später wird», sagte Vittorio.

«Es ist deine Mutter.»

Er drehte den Kopf. Ich wich seinem Blick aus, schaute zum
Fenster hinaus. «Wir kommen ohnehin nicht weiter, also
kannst du sie auch selber anrufen.»

Vittorio fuhr dicht an das vor uns stehende Auto heran, er
versuchte den Scheinwerfern auszuweichen. Ich betrachtete
seine Hand, die im Licht des Armaturenbrettes alt aussah.

Ein paar Meter vom Auto entfernt flatterten zwei Tauben
auf; der Hund eines Obdachlosen jagte bellend hinter ihnen
her, kehrte aber gleich wieder zu seinem Herrn und den Wel-
pen zurück. Die Stadt war voll von Männern und Frauen, die
mit ihren Tieren auf Gehsteigen und Plätzen bettelten.

«Sie hebt nicht ab.» Vittorio klappte das Handy zu.

«Sie hört schlechter», sagte ich, während ich einer Nonne in schwarzem Habit zusah, wie sie an der Bushaltestelle eine Haarsträhne unter die Haube steckte.

«Hoffentlich ist sie zu Hause.»

«Soll das ein Scherz sein? Wir fahren auf gut Glück zu deiner Mutter?»

«Nein», sagte Vittorio ruhig, «ich habe vor drei Stunden mit ihr telephoniert. Vielleicht hat sie unsere Verabredung einfach vergessen.»

Vittorios Mutter erzählte gerne von früher, von ihrer Arbeit als Kosmetikerin in den Nobelhotels von Rom. Sie hatte ein Faible für die Schlager aus den sechziger und siebziger Jahren, für Gino Paoli, Little Tony und Gianni Morandi, die sie wie ein Teenager verehrte. Entsprechend laut und häufig hörte sie deren Musik.

Vittorio konnte im Schrittempo weiterfahren. Jedesmal wenn die Kolonne stehenblieb, bremste er ruckartig. Überall entdeckte ich zugenagelte Eingänge, grüne Planen, die über Fassaden hingen, von Gerüsten zugestellte Sehenswürdigkeiten.

«Du fährst wie ein Anfänger», sagte ich.

«Suchst du Streit?»

«Den muß ich nicht erst suchen.» Ich konnte mich nicht mehr zurückhalten, zog den Schlüssel aus dem Portemonnaie, den ich in Vittorios Geschäft hatte mitgehen lassen. «Und was ist damit?»

Vittorio konzentrierte sich auf die Straße, die jetzt vierspurig war, warf aber immer wieder einen Blick auf den Schlüssel, griff sogar einmal nach dem Anhänger, um zu sehen, was darauf stand. Er war nicht erschrocken, nicht überrascht. «Der liegt seit Monaten in meiner Lade. Irgendein Kunde hat ihn bei mir liegenlassen, ich hab' aber keine Ahnung, wer es war.»

XVI

Es war kühler geworden; im Garten vor den Fenstern der Bibliothek schimmerte es schon gelb in den Bäumen. Irma hatte Teile des Interviews mit Alois Zeder in ihren Text eingearbeitet; müde vom Formulieren, suchte sie nach neuem Material. Vor ihr saß ein Student mit dichtem, schwarzen Haar; er trug es kurz. Der großzügige Halsausschnitt des T-Shirts erlaubte einen Blick auf den Ansatz des Rückens. Da und dort sprossen vereinzelte Härchen, als wären sie vom Kopf auf die Schulter gefallen und wüchsen dort weiter.

Eine Weile vermochte sich Irma auf das Buch zu konzentrieren – die meisten Perücken, las sie, würden aus indischem Echthaar produziert, weil sich gläubige Hindus mehrmals im Leben den Kopf kahlrasierten –, dann dachte sie wieder an Friedrich. Er hatte noch in der Nacht die Wohnung verlassen, weil Irma es so wollte. Der Morgen gehörte Florian, da kam er zu ihr ins Bett und schmiegte sich an sie, spielte mit ihren Ohren, hielt sich an ihrem Hals fest.

Das Tippen der Frau in der hinteren Reihe hörte sich an wie das Fallen dicker Regentropfen vor einem heftigen Gewitter. Draußen war es hell, nichts deutete auf einen Wetterwechsel.

Wenn Hindus ihre Haare rasierten, las Irma weiter, handelte es sich um einen religiösen Akt, aus diesem Grunde hätten israelische Rabbiner den Frauen verboten, indische Perücken zu tragen. Für die finanziell schwächeren, kinderreichen Jüdinnen in Bnei Brak und Mea Schearim war das halachische Urteil zunächst ein Problem gewesen; die billigen Kunsthaarperücken waren unangenehm zu tragen, europäische Perücken unerschwinglich. Deswegen hatten die Perückenmacher schließlich auf chinesisches Haar zurückgreifen müssen.

Der Student kratzte sich am Nacken, auf der Haut waren rote Streifen zu sehen. In der Pause war er neben dem Kaffeeautomaten gesessen und hatte eine Wurstsemmel gegessen, die in einer Papierserviette eingewickelt gewesen war. Irma hatte ein paar Seiten kopiert und ihm dabei zugesehen, wie er einzelne Brösel von der Hose gewischt hatte. Alles an ihm schien aufgeräumt, aber nicht von ihm selbst in Ordnung gebracht, sondern von einer Freundin oder Mutter. Er streckte kurz die Arme aus, dann beugte er sich wieder über sein Buch. Irma saß so nahe hinter ihm, daß sie sogar die blasseren Leberflecken zählen konnte. Was er wohl für Vorlieben haben mochte. Rino hatte es geliebt, wenn sie ihn mit ihren damals noch langen Fingernägeln am Rücken gekratzt hatte, und Friedrich hatte sie gebeten, sie möge sich auf sein Gesicht setzen. «Deck mich zu, deck mich zu.» Schon vor dem Frühstück war die erste Nachricht auf dem Handy eingegangen: *hat es dir gefallen? magst du mich? irma, irma, irma.* Friedrich, Friedrich, hatte Irma zurückgeschrieben. Der ironische Ton dieser einfachen Wiederholung war ihm verborgen geblieben, oder er hatte bewußt nicht darauf reagiert. Er war nicht zu bremsen. *ich sehne mich nach deinen kleinen zehen,* hatte er geschrieben.

Sie versuchte sich wieder auf das Buch zu konzentrieren, überblätterte mehrere Kapitel, in denen auf der Grundlage der *Encyclopédie perruquière* die unterschiedlichsten Perückenmodelle beschrieben waren. Noch vor hundert Jahren knüpfte man Perücken aus dem Haar von Gefängnisinsassen oder von Menschen aus Kriegsgegenden. Irma dachte an die hingerichteten chinesischen Gefangenen, denen Organe entnommen worden waren. Beides empörte sie, hier wurden

Lebende geschändet, dort Menschen willentlich getötet. Solche Verbrechen nutzten wiederum die Medien, um gegen die Transplantationsmedizin zu argumentieren. Die Hirntod-Debatte zwang einen zur moralischen Auseinandersetzung mit dem eigenen Sterben, dagegen verwehrten sich die meisten. Sie rächten sich dafür, daß man sie auf ihre Vergänglichkeit ansprach. Was würde Greta machen, wenn ihre eigenen Nieren versagten und sich keiner in der näheren Verwandtschaft als Spender anböte? Was, wenn sie ein Kind mit einem Leberschaden zur Welt brächte? Zusehen, wie es stirbt? Oder vielleicht doch erlauben, daß aus der Bauchhöhle eines Toten ein hellbrauner Batzen Fleisch herausgehoben wird?

In Österreich galt die Widerspruchslösung; alle waren Spender, nur wer Widerspruch anmeldete, sich schriftlich dagegen verwahrte, dem wurden keine Organe entnommen. «Man sollte die Verweigerer an die letzte Listenstelle setzen», hatte Marianne gesagt, «im Bedarfsfalle würde diesen Menschen endlich klar: Leid ist kein Wert, es zerstört nur Werte.»

Die Frau hinter Irma hatte aufgehört, in den Laptop zu tippen, der Bibliothekar war nach draußen gegangen.

Die Jahre der Qual sind vorbei, dachte Irma, man hat mir eine Verschnaufpause gegönnt. Sie konnte es noch immer nicht glauben, wieviel Zeit ihr plötzlich zur Verfügung stand; es entfielen nicht nur die zwölf Stunden Dialyse pro Woche, auch die Müdigkeit vor und nach der Blutwäsche, die sie sehr viel Zeit gekostet hatte, war weniger geworden.

Wer einmal zugrunde gegangen ist, wer den dunklen Boden berührt hat, dem leuchtet selbst das dumpfeste Grau, kritzelte Irma auf den Notizblock. Links davon stand mit dem Bleistift notiert: *Binet, Leibfriseur Ludwigs XVI., Erfinder der Allongeperücke.*

Die Kassierin im Supermarkt, erinnerte sich Irma, hatte bis vor wenigen Wochen eine billige schwarze Perücke getragen, deren Stirnfransen den unnatürlichen Haaransatz, den sie verdecken sollten, erst recht verrieten. Die Frau war immer dünner geworden, so daß Irma Angst gehabt hatte, die künstlichen Haare könnten, wenn sich die Kassierin über das Band beugte, um zu sehen, ob der Einkaufswagen tatsächlich leer war, verrutschen oder gar in den Wagen fallen. Erst waren nur die Haare ersetzt worden, dann – Irma war von der Operation nach Hause entlassen worden und zum ersten Mal einkaufen gegangen – hatte sie eine andere Frau an der Kasse gesehen. Vor wenigen Wochen noch hatte Irma den Supermarkt nur betreten, wenn kaum Leute da waren; sie hatte Menschenansammlungen vermieden, war nicht mit öffentlichen Verkehrsmitteln gefahren und Veranstaltungen ferngeblieben, da sie sich vor bakteriellen Infekten und Viren schützen sollte; inzwischen versuchte sie ein normales Leben zu führen. Hustete oder nieste wer in ihrer Nähe, war ihr noch immer unbehaglich. Sie wechselte den U-Bahn-Waggon, wenn sich jemand mit einer wunden Nase neben sie stellte, oder sie hielt im Kaffeehaus nach einem anderen Tisch Ausschau, wenn sie bemerkte, daß die Person neben ihr erkältet war. Davide hatte Irmas Immunabwehr vorsorglich mit dem homöopathischen Mittel Echinacea stärken wollen, dies ausgerechnet nach der Transplantation, wo Irma mit teuren Medikamenten die körpereigene Abwehr niedrig halten mußte, damit sie keine Antikörper gegen das neue Organ entwickelte. Von medizinischen Dingen verstand Davide nichts, tat aber alles, um Irma das Leben zu erleichtern. Er hatte sich sogar einen Mund- und Nasenschutz besorgt, als sie von der Operation nach Hause gekommen war. Nur Greta hatte sich nie mehr gemeldet. Keine Glückwünsche, kein Anruf.

«Kann man mit einem Transplantat überhaupt noch sein eigener Körper sein», hatte Greta damals gefragt.

Und all die Prothesen, Implantate, Toupets? All die Zähne,

die Hüftgelenke, Hautteile? Irma starrte den Hinterkopf des Studenten an. Der Mann räusperte sich, drehte sich halb nach Irma um.

Der Körper sei längst ein Investitionsobjekt, eine Gestaltungsmöglichkeit – dagegen hatte Greta nichts einzuwenden, wohl aber gegen das Verpflanzen von Organen.

Irma blickte auf ihre Hände, sie zitterten leicht, fühlten sich feucht an. Sie krümmte den Rücken und bewegte ein paar Mal ihre Schulterblätter. War es Wut, die sich in ihr ausbreitete? Es muß doch herauszukriegen sein, es muß doch – ruckartig stand Irma auf, sah dem Studenten ins Gesicht, der sich nach ihr umgedreht hatte. «Entschuldigung», sagte sie leise, stapelte die Bücher und das Notizheft aufeinander, ging damit raus zum Schalter. Der Bibliothekar saß vor dem Bildschirm, er bemerkte Irma erst nach einer Weile. Sie hatte gleich mehrere Bestellscheine ausgefüllt, schob sie ihm hin.

«Alle?» Der Bibliothekar hielt die Zettel gebündelt in der Hand, zählte sie durch wie ein Bankbeamter die Geldscheine.

«Bitte!»

Er blickte nach rechts und links, als vergewisserte er sich, daß keine weiteren Bestellungen anstanden. «Ich werd' sehen, was sich machen läßt.» Dann verschwand er.

Und Irma mußte sich setzen. Sie spürte eine starke Beklemmung, die sich in ihr festzusaugen schien, eine schmerzhafte Höhlung oberhalb des Nabels. Zu Hause hätte sie sich jetzt auf dem Bett eingerollt, hier aber lehnte sie sich zurück und schloß die Augen, als ruhte sie sich aus. Kleine orangefarbene Blitze schossen durch die Lider; sie war sich nicht sicher, ob diese Impulse von draußen kamen, oder ob sie die grellen Leuchtpunkte selbst produzierte. Das plötzliche Ziehen im Rücken zwang sie, ihre Sitzhaltung zu ändern. Öffnete sie die Augen und schloß sie sie wieder, verdichteten sich die Punkte zu grellen Wolken. Sie vergrub ihr Gesicht in den Händen und rieb es heftig, bis die Haut brannte. Eine Übelkeit stieg in ihr hoch, verschwand aber wieder, als sie tief ein- und ausatmete. Warum war sie nicht schon früher darauf gekommen? Warum hatte sie nicht schon eher die Zeitungen bestellt?

Der Student stand am Schalter und wartete darauf, die Bücher zurückgeben zu können; er sah zu Irma herüber, machte zwei Schritte auf sie zu: «Ist Ihnen nicht gut?»

«Danke, es geht schon.» Wie seh' ich aus, dachte Irma und strich sich über das Gesicht. Der junge Mann schob den linken Ärmel hoch und zeigte Irma seine Narben auf dem Unterarm.

«Als Sie vorhin beim Kopierer standen, da hab' ich gesehen, daß Sie –», er zog den Ärmel wieder runter, «daß Sie auch an der Dialyse sind.»

«Ich bin transplantiert», sagte Irma.

«Ach, tatsächlich. Ich auch. Ich – ich hab' die Niere von meinem Vater bekommen. Das ist schon fünf Jahre her. Und Sie?»

«Ich bin angerufen worden.»

Er wußte nicht, wohin mit seinen Händen, drehte sich zum Schalter hin, um zu sehen, ob er jetzt besetzt war.

«Man merkt es Ihnen nicht an», sagte Irma. Sie kämpfte gegen einen neuerlichen Brechreiz, spürte, wie es in ihr pulsierte.

«Danke.» Der Student lächelte. «Ich hab' schon anders ausgesehen.» Er wandte sich um, weil der Bibliothekar an seinen Platz zurückgekehrt war. «Die Zeitungen sind in zehn Minuten da», rief dieser zu Irma herüber. «Ich bring Sie Ihnen rein.»

Irma stand auf, stützte sich an der Lehne ab. Auf Stirn und Nase waren kleine Schweißtropfen. Ich will wissen, warum ich lebe, dachte sie. Langsam ging sie Richtung Lesesaal, sie wankte leicht, bemühte sich, auf der Nahtlinie der Linoleumkaros entlangzugehen, nickte dem Studenten zu.

«Alles Gute», sagte der.

In fünf großen Archivbänden lagen die Tageszeitungen gesammelt auf dem Tisch. Irma aber zählte die Ledersessel in der Ecke des Saals, die Blätter des Gummibaums; sie entdeckte Löcher in den grünen Vorhängen, las die Gebrauchsanweisung des Feuerlöschers, der neben ihr am holzvertäfelten Wandteil zwischen den hohen Fenstern angebracht war. Wenn es raschelte, suchte sie nach dem Verursacher des Geräuschs; war es ruhig, verharrte ihr Blick auf den Fresken neben dem Ausgang. Über den Köpfen der Philosophen, Dichter und Entdecker waren deren Lebensdaten vermerkt: Sokrates 470–399, Platon 427–347, Dante 1265–1321, Columbus 1451–1506; sie rechnete sich aus, wie alt die einzelnen Männer geworden waren, prägte sich das jeweilige Geburts- und Todesjahr ein. Die Archivbände blieben geschlossen. Noch immer war Irma übel. Als sie sich vorstellte, daß die Klimaanlage frischen Sauerstoff in den Lesesaal pumpte, ging es ihr besser. Sie sah einer Frau hinterher, deren Kordsamthose bei jedem Schritt ein Wetzgeräusch erzeugte, dann öffnete sie – mit feuchten Händen – den ersten Band, blätterte vor und zurück. Sie überflog einen Artikel über die Legalisierung der Homo-Ehe in Spanien, erinnerte sich, daß Richard im Krankenhaus darüber gesprochen hatte. Nach den Niederlanden, Belgien und Kanada war Spanien weltweit das vierte Land, das die gleichgeschlechtliche Ehe eingeführt hatte. «Heiraten werde ich aber trotzdem nicht», hatte Richard gesagt, «mit Davide führt man so oder so eine Ehe.»

Im Chronikteil, gleich nach einem Bericht über John Gallianos grotesk kostümierte Paradiesvögel, die vor einer Kulisse aus Autowrackteilen, Sand und einer Tonne posierten, fand Irma den ersten Toten. *Fallschirmabsturz über Neusiedler See. Ein junger Offizier, der an einem Jagdkommando-Grundkurs teilnahm, stürzte bei einem Übungssprung aus etwa 20 Metern Höhe ins Wasser.* Vielleicht, dachte Irma, war durch den plötzlichen Aufprall eine Arterie im Hirn gerissen und das Blut in den Hirnschädel geschossen.

Irma stützte den Kopf in die Hände. Sie dachte an die Pupillen des Offiziers, die hatten bestimmt schon an der Unfallstelle nicht mehr auf Licht reagiert. *Er war auf der Stelle tot.* Wie oft hatte sie diesen Satz gelesen.

Auf der Stelle lebendig, schrieb sie in ihr Notizheft. Ihre Schrift sah aus, als habe sie die Wörter im Zug oder im Auto geschrieben. In der Zeitung war kein Photo abgedruckt, der Tote hatte keinen Namen, nicht einmal Initialen. Immer wieder sah Irma den Offizier ins Wasser fallen. *Aus heiterem Himmel.* Wer hatte ihn aus dem See gezogen? Wer seinen Tod festgestellt? War der Notarzt dagewesen? Hatte er die Binde- und Hornhaut des jungen Mannes mit einem Stück Papier, vielleicht mit einer Fahrkarte, die er zufällig in seiner Hosentasche gefunden hatte, berührt, um zu sehen, ob die Augen reagierten? Hatte er die Lider des Mannes hochgezogen und Eiswasser ins linke Ohr injiziert?

Irmas orangefarbenen Lichtpunkte kehrten zurück, sie tanzten eine Weile, verschwanden dann in dunkelgrauen Löchern.

Drei irakische Migranten, erfuhr sie auf Seite acht, hatten sich in Patras im Lastwagen einer Tiroler Speditionsfirma versteckt; bei Temperaturen von bis zu 50 Grad, die im Anhänger geherrscht hatten, waren alle drei verdurstet. Wo hatten sie aufgehört zu atmen? In Mittelitalien? Kurz vor dem Brenner?

Auch die Regionalblätter berichteten an jenem Tag vom Tod des jungen Offiziers und vom Unglück der drei Migranten.

Die Frau hinter Irma hatte wieder angefangen zu tippen. Die Buchstabentropfen fielen jetzt ohne Unterlaß.

Einmal noch wurde Irma fündig: *79jähriger Pensionist stirbt an den Folgen eines Sturzes aus dem elektrischen Rollstuhl.* Aber der Tote war zu alt gewesen; unwahrscheinlich, daß er für eine Multi-organ-Explantation in Frage gekommen war.

Noch einmal ging Irma die Zeitungsjahrgänge durch; sie stieß auf einen Bericht über den Sohn eines sowjetischen Besatzungssoldaten, der nach achtundfünfzig Jahren seinen Vater gefunden hatte.

XVII

«Eins von sieben römischen Kindern kommt im Fatebenefratelli-Krankenhaus auf der Tiberinsel zur Welt», sagte Vittorios Mutter. Sie sah mich dabei an und nickte. Es war nicht das erste Mal, daß sie darauf zu sprechen kam.

«Mutter», sagte Vittorio.

Ohne Sex wird man eben nicht schwanger, lag mir auf der Zunge, aber ich nahm einen Schluck Kaffee und schwieg. Martas Kinder waren alle auf der Insel geboren, weil man den Vätern den Zugang zum Kreißsaal ermöglicht hatte, als dies in anderen Krankenhäusern noch nicht erlaubt war. Sie habe sich am Tiber wie in Paris an der Seine gefühlt, hatte Marta einmal erzählt, sogar während der Wehen habe sie ihren Blick nicht vom Ponte Garibaldi und seinen Lichtern abwenden können.

«Hast du dich einmal untersuchen lassen?» fragte mich Vittorios Mutter.

«Bitte», Vittorio verdrehte die Augen. «Das ist unsere Sache.»

Ich mußte an die Sant'-Agostino-Kirche denken, an die Statue der *Maria del parto*. Dort hängen Geburtsanzeigen, Dankesbriefe, hellblaue und rosarote Schleifen. Meinem letzten Geburtstagsgeschenk hatte Vittorios Mutter eine Karte beigelegt, auf der die heilige Maria mit dem etwas dicklichen Jesukind abgebildet ist.

Die Gynäkologische Abteilung feiere das dreißigjährige Bestehen, fuhr Vittorios Mutter fort.

Ich stand auf und ging zur Toilette. Im Vorzimmer vernahm ich Vittorios wütende Stimme, konnte aber nicht verstehen, was er sagte; dann war es eine Weile still. Als ich zurückkam, stand Vittorios Mutter am Fenster und blickte auf die Straße hinunter. «Entschuldigung», sagte sie, «ich habe nicht gewußt, daß es an Vittorio liegt.» Sie berührte mit der Hand die staubigen Rohrkolben in der Glasvase.

Vittorio sah mich an und legte den Zeigefinger auf seinen Mund.

Ich dachte an den Schlüssel, den ich aus der Schreibtischlade im Geschäft entwendet hatte, daran, daß er bedeutungslos war, daß wir über den Vorfall nicht mehr gesprochen hatten. Die restliche Fahrt über hatte Vittorio das Thema gewechselt und von seiner Neuerwerbung erzählt, von einem Paul-Goldman-Stuhl aus dem Jahr 1957, den er zu einem erträglichen Preis habe ersteigern können. Sitz- und Rückenschale seien aus einem Holz; man erkenne die Ähnlichkeiten mit dem Modell Nr. 9 der Gebrüder Thonet. Vittorio machte mir nicht den geringsten Vorwurf, daß ich sein Vertrauen mißbraucht hatte.

Ich betrachtete ihn von der Seite; es beunruhigte mich, daß er seit Monaten nur von seinen Ankäufen erzählte, nie von Möbelstücken, die er aus den Lagerbeständen losgeworden war. Seine ursprüngliche Geschäftstüchtigkeit hatte sich in Sammelleidenschaft verwandelt; änderte er nicht bald seine Strategie, würde er sich ruinieren. Als Mauro ihn unlängst auf die Neueröffnung eines Designerladens aufmerksam gemacht hatte, war Vittorio nicht im geringsten irritiert gewesen. «Ich halte es mit Caligula», hatte er geantwortet, «selbst wenn sie mich umbringen, werde ich bis zum Schluß *Ich lebe noch!* rufen.»

Vittorios Mutter ordnete mit ein paar schnellen Handgriffen die getrockneten Rohrkolben und setzte sich wieder zu uns an den Tisch. Vittorio rückte zur Seite, um ihr Platz zu machen. Ich sah auf sein nach oben gerutschtes Hosenbein. Er schenkte Wasser nach, reichte das Glas seiner Mutter. Etwas stimmte nicht. Als ich nach meiner Tasche griff, die ich auf den Boden gestellt hatte, fiel mir auf, daß er sich die Beine rasiert hatte.

«Stellt euch vor», sagte Vittorios Mutter, «ich habe heute im Giolitti einen Caffè macchiato getrunken; plötzlich höre ich ein Kind lachen, aber weit und breit ist kein Kind zu sehen.» Sie stockte, merkte, daß die Geschichte nicht paßte, nicht in diesem Moment. Obwohl sie Vittorio mit Blicken bedachte, die sie um mehr Zurückhaltung baten, redete sie weiter; nur ihre Hände gestikulierten nicht wie sonst, verbargen sich in den Taschen ihres Hauskleides.

«Da wird dieses Lachen auch noch lauter, direkt neben mir. Ich hab' Angst. Ich meine, das ist doch nicht normal, eine Stimme zu hören, die niemandem gehört.» Das Hauskleid war schon etwas aus der Form, so daß manche Knöpfe immer wieder aus den Knopflöchern rutschten. Vittorios Mutter hatte die Angewohnheit, ihren Redefluß an unerwarteten Stellen zu unterbrechen; dabei zuckten ihre Mundwinkel, so daß man glauben konnte, sie werde synchronisiert.

«Das ist besorgniserregend», sagte Vittorio.

«Siehst du», sie fing an zu lachen, «das habe ich mir auch gedacht. Aber dann», sie schüttelte den Kopf, «hört es auf, mittendrin, genau in dem Moment, als der Mann neben mir sein Handy aus dem Sakko zieht. Ich sag' euch, das ist erst der Anfang. Es werden noch Löwen brüllen und Elefanten trompeten, wo gar keine sind – ein einziger Horror wird das. Und wenn uns dann tatsächlich ein solches Vieh angreift, werden wir glauben, daß es aus dem Handy kommt.»

«Also vor Löwen und Elefanten bist du hier noch sicher», sagte Vittorio.

«Warst du mal im Zoo in letzter Zeit? Eine Schande ist das.» Sie erzählte von den veralteten Gehegen, von den Leuten, die Colabüchsen und Nylonsäcke in die Käfige werfen, von verrosteten Gittern und morschen Brettern.

Mir fiel Martas Bemerkung ein, sie habe unser Auto gegenüber der Galleria d'Arte Moderna gesehen; das Museum ist nicht weit vom Zoologischen Garten entfernt.

Vittorio hörte nur mit halbem Ohr zu.

So leicht entkommst du mir nicht, dachte ich bei mir. Der Schlüssel gehört einem Kunden, aber wie kam unser Auto in diese Gegend?

Er schaute schon eine Weile in Richtung Familienphotos, die sich auf der Kommode neben dem Fernseher befanden.

Auf dem Hochzeitsphoto hat der Vater einen bemüht fröhlichen Ausdruck im Gesicht, die Mutter blickt mißmutig. Der Brautstrauß verdeckt ihren Bauch. Eine Muß-Ehe.

Und wir führten längst eine Soll-Ehe. Die Fortsetzung der Kann-Ehe.

Vittorio sah müde aus; ich stellte ihn mir alt vor, mit ausgemergelten Gliedmaßen, eingeschrumpften Hoden, abgemagert, buckelig. Ich faßte nach seiner Hand, drückte sie.

«Du willst gehen?» sagte er, und zu seiner Mutter gewandt: «Mira hat Frühdienst.»

Er log, aber es war mir egal, daß er meine Arbeit vorschob, um von hier wegzukommen.

Wir standen alle gleichzeitig auf, behinderten einander mit den Stühlen, beim Abräumen des Tisches.

«Ich mach' das schon,» sagte Vittorios Mutter. Sie begleitete uns zur Tür, ging aber vorher noch in die Küche, um die Cannelloni und die Crostata einzupacken. «So hat er morgen etwas zu essen», sagte sie zu mir.

Vittorio schob mich ins Treppenhaus.

Vom unteren Stock drang Musik herauf; jemand lief die Treppen hinunter. «Wenn du jetzt gehst, brauchst du nie mehr wiederzukommen», rief eine dunkelhaarige Frau. Sie trat einen Schritt zurück, verschwand in der Wohnung, als sie uns bemerkte. Ich beugte mich über das Geländer, konnte aber nicht erkennen, wer davongelaufen war.

Auf den äußeren Simsen der Treppenhausfenster nisteten Tauben, ich hörte sie gurren.

«Warum hast du dich rasiert?» fragte ich.

Vittorio blieb auf dem Zwischenpodest stehen, drehte sich nach mir um. In diesem Augenblick rief jemand den Aufzug; es schepperte und krachte. «Ich rasiere mich jeden Tag.»

Die Aufzugseile zitterten. Ich bemerkte zwei verbogene Geländerstäbe.

«Die Beine», sagte ich.

Auf dem Krümmling lag ein schmutziges Stofftier, eine Maus mit einem langgezogenen, schlaffen Körper. Es fehlte das Füllmaterial.

«Ach, einfach so.» Vittorio nahm die letzten zwei Stufen auf einmal. Zwischen zwei abgestellten Kinderwägen stand ein junger Mann und zündete sich eine Zigarette an. Er stieß mehrmals mit der Ferse gegen die Wandverschalung, dann drückte er die Zigarette aus und ging nach oben.

Vittorio zog mich an sich heran. Als ich seine Zunge an meinen Lippen spürte, wich ich ihm aus. Auf dem Gehsteig streifte ich eine Frau; ich hatte sie nicht kommen sehen. Sie trug ihre Einkäufe nach Hause.

«Ist dir kalt?» fragte ich. Wir saßen vor dem Fernseher, starrten auf den Bildschirm. Vittorio erhob sich, um seinen Pullover abzustreifen, dabei schlug er mit der Hand gegen die Stehlampe; sie kippte und fiel zu Boden. Der Schirm war leicht beschädigt. Es war die Philippe-Starck-Lampe, die ich ihm vor zwei Jahren zum Geburtstag geschenkt hatte. Er stellte sie wieder auf, warf den Pullover Richtung Stuhl und setzte sich.

«Willst du das sehen?» fragte er. Ohne meine Antwort abzuwarten, schaltete er um. Im ersten Programm liefen die Nachrichten. Er zappte weiter.

Auf einem Flugfeld landeten Vögel; im Hintergrund sah man zwei Alitalia-Maschinen.

«Nicht drücken», sagte ich. Vittorio legte die Fernbedienung auf die Armlehne und ging in die Küche.

Jemand sprach von der Kollision von Zugvögeln mit Flugzeugen, von einem Touristenflieger, der in einen Taubenschwarm geraten war. Zwei Menschen hatten beim Absturz der Maschine in der Nähe des Flughafens Linate in Mailand das Leben verloren. Schon 1984 habe man versucht, vier Falken einzusetzen, um die Vögel auf dem Flugfeld zu vertreiben, aber die Falken waren zu faul gewesen. Wenn man schon andere Tiere auf die Vögel loslassen müsse, meinte eine Vogelschützerin, dann doch gleich Hunde und nicht die vom Aussterben bedrohten Falken. Die seien schließlich nicht dazu geboren worden, ihr Leben auf den Fäusten und in den Käfigen der Falkner zu verbringen. Border Collies eigneten sich hervorragend, sagte die Frau.

Andere kamen zu Wort: Piloten, Ornithologen, Flughafenbedienstete. Einer kritisierte die Umwelt. Paradoxerweise seien ausgerechnet die Flugfelder zu Rückzugsgebieten für Tiere geworden. Auf dem Pariser Flughafen Orly lebten zweitausend Kaninchen, sie hielten die Hälfte des 1 630 Hektar großen Flughafengeländes besetzt. Der Mann lächelte, während er sprach, als freute er sich über die angeknabberten Kabel und die durch den Tunnelbau gefährdete Pistensicherheit. Man wolle nun Frettchen in die Höhlen der Kaninchen jagen und die aufgeschreckten Tiere mit Netzen fangen. «Wie die alten Römer», sagte ein Historiker, «die hätten es nicht anders gemacht.»

«Interessiert dich das wirklich?» Vittorio lehnte am Türrahmen und trank aus der Bierflasche.

«Eigentlich interessiert mich, warum du dir die Beine rasierst. Machst du das jetzt immer?»

«Ich wollte einfach mal erleben, wie sich das anfühlt.» Vittorio drehte sich um und ging wieder in die Küche. War er bei einer Kosmetikerin gewesen? Ich hörte das Wasser laufen, es prasselte unregelmäßig in die Spüle. Das Licht der Straßenlaterne flackerte; vielleicht war es schon seit Tagen so. Ich drehte den Ton leiser, hüllte mich in den Bademantel, zog den Gürtel enger um meine Taille, lockerte ihn wieder. Einer der Alten fiel mir ein, der schon lange tot war; er hatte einen goldfarbenen Schlafrock getragen. Ich suchte vergeblich nach dem Namen des Mannes.

Auf dem Bildschirm sah ich eine Graphik, die den Zugweg der Stare, Singdrosseln, Kraniche, Kuckucke und Störche miteinander verglich. Es folgten Bilder von schwarzen Vögeln am Abendhimmel; erst in den Nahaufnahmen erkannte ich die Stare mit ihrem violett, grün und bronzefarben schillernden Gefieder. Dieser Glanz, hatte mir mein Onkel in Vicenza einmal erklärt, entstehe durch Abnutzung, wie bei alten Hosen und Jacken. Das Schlichtkleid nach der Mauserung sei wesentlich heller und mit Punkten übersät. Damals hatte ich meinen Onkel mehrere Male in den Centro rapaci begleiten dürfen, zehn Kilometer außerhalb der Stadt, wo sein Freund in großen Volieren mitten im Wald Geier, Sperber, Nachteulen und Falken pflegte, die angefahren oder aus anderen Gründen verletzt worden waren.

Ich dachte an den Weg hinaus aus der Stadt, vorbei an der Villa Rotonda, weiter durch das kleine Tal zwischen den Berischen Hügeln bis zum Lago Fimon, auf dessen Steg wir einen regungslos verharrenden Kormoran entdeckt hatten. «Er ist ausgestopft», hatte mich mein Onkel geneckt. Später erfuhren wir von Alberto, der das Vogelzentrum betreute, daß der Kormoran nicht mehr fliegen konnte, sein Gnadenbrot aus dem kleinen See bezog. Alberto hatte mir damals versprochen, daß ich nachmittageweise im Centro helfen dürfe, sobald ich die Mittelschule abgeschlossen hätte. Aber Mutter wollte weg; einen Tag nachdem mir das Abschlußzeugnis ausgehändigt worden war, übersiedelten wir nach Bozen.

Ich schaltete den Fernseher aus, betrachtete meine Hände, das kaum sichtbare Geflecht der Adern unter der Haut.

Vittorio zog die Kühlschranktür auf, er nahm die nächste Bierflasche heraus, stieß mit der Flasche gegen die Plastikverschalung. Gleich darauf schaltete sich der Motor ein. Ich lauschte. Zwei Körper in einer Wohnung, und keiner bewegte sich.

Minuten vergingen, mehr. Als es klingelte, ging keiner ans Telephon. Ich drückte die Augen zu, bis das Dunkel von gelben und orangefarbenen Wolken überzogen war. Je heftiger ich drückte, desto kräftiger wurden die Farben.

War Vittorio weggegangen? In Gedanken sah ich ihn zur Tür hereinkommen; er umfaßte mein Gesicht mit beiden Händen, betrachtete mich forschend, angstlos.

Als der Bademantel auseinanderfiel, erschrak ich über die plötzliche Bewegung an meinem Körper, über das Rascheln des Stoffes. Da war nichts. Langsam erhob ich mich, ging in die Küche. Sie war leer. Auf der Anrichte standen die ausgetrunkenen Bierflaschen.

«Vittorio», sagte ich leise.

XVIII

Davide schlief, auch die anderen Fluggäste dösten oder schwiegen. Warum sollte es in einem Flugzeug anders sein, dachte Irma, man schweigt auch in Bussen, U-Bahnen und Zügen. Einmal stand die Frau neben ihr auf, die Buchten, Schattenzüge in der Leistengegend strafften sich, weil sie mehrmals mit der flachen Hand über den Stoff strich. Sie schien mit geschlossenen Füßen zu gehen, so eng war ihr Rock.

Auf dem Bildschirm liefen Kurzfilme: Drei Männer fuhren mit dem Fahrrad durch eine winterliche Landschaft, fielen kopfüber in den Schlamm, rappelten sich auf, radelten weiter, um wenig später in einen Fluß zu stürzen; sie behinderten sich gegenseitig, verhedderten sich in ihren Rädern, rutschten ab. Irma fragte sich, ob die Darstellung von derlei Mißgeschicken dazu diente, die Reisenden abzulenken, ihnen die Flugangst zu nehmen. Wenig später wurden Unterwasseraufnahmen gezeigt, Meeresgetier, Fischschwärme, Delphine; da sich das Flugzeug über dem Adriatischen Meer befand, erschienen Irma die Aufnahmen wie eine Vorwegnahme des Absturzortes. Beruhigend dann die eingeblendete europäische Landkarte, der rote Pfeil, der bei −35 Grad und 766 km/h zwischen Rimini und Ancona das Festland berührte und über die Abbruzzen und Perugia auf Rom zusteuerte.

Als die Fremde von der Toilette zurückkam, sah Irma zum ersten Mal ihr Gesicht, vergaß es aber gleich wieder, nachdem die Frau Platz genommen hatte. Auf neuntausend Metern gibt es kaum Unterschiede, dachte Irma, stürzen wir ab, ereilt uns alle dasselbe Schicksal. Die Frau trug Schwarz; vielleicht wollte sie nicht auffallen.

Die Europakarte verschwand wieder; Rochen, Quappen und Aale bewegten sich gleichmäßig vor Irmas Augen, während das Flugzeug in Turbulenzen geriet und die Frau neben ihr nach der Armlehne griff.

Irma schaute aus dem Fenster, als wäre es möglich, künftige Luftlöcher wie Schlaglöcher im voraus zu erkennen. Jedes lautere Geräusch lenkte die Konzentration vom Buch ab. In den Gesichtern der Stewardessen war nichts Beunruhigendes, sie gossen lächelnd Mineralwasser und Orangensaft in die Plastikbecher. Auf dem Monitor liefen wieder Kurzfilme über stürzende Radfahrer; die Bilder erinnerten Irma daran, wie sehr das Fortkommen an menschliches Versagen geknüpft ist.

Ihr fiel ein, daß sich die Tanks für den Treibstoff normalerweise in der Rumpfmitte und in den Flügeln befanden, daß sie auf ihrem Platz um Sekundenbruchteile schneller als die anderen Passagiere verbrennen würde. Irgendwo hatte sie gelesen, daß der Kerosinbedarf für jeden Flug neu berechnet wird, da es zu teuer wäre, das Zuviel an Sprit spazierenzufliegen. Der Treibstoff reicht, um das Ziel oder notfalls einen Ausweichflughafen anzufliegen. Was aber, wenn ein Gewitter nach dem anderen aufkäme und sich der Pilot gezwungen sähe, immer größere Schleifen zu fliegen?

Als die Maschine abrupt an Höhe verlor, wollte sich Irma an der Lehne festhalten, griff aber nach dem Arm ihrer Nachbarin, die weit mehr Platz für sich in Anspruch nahm, als ihr eigentlich zustand. Irma entschuldigte sich in der Hoffnung, daß sich die Frau auf ihre Seite zurückziehen würde. Ich habe Marianne gar nicht gesagt, daß ich nach Rom fliege, dachte Irma. Es sind ja sowieso nur zwei Tage, beruhigte sie sich, zuwenig Zeit, um Mariannes Freund Paul aufzusuchen.

Die Maschine hatte zur Landung angesetzt; Davide war aufgewacht, er nickte Irma von der anderen Seite des Ganges her aufmunternd zu. Als das Flugzeug auf dem Boden war, schaltete Irma sofort ihr Handy ein, schickte den Eltern eine SMS, in der sie sich nochmals dafür bedankte, daß sie sich zwei Tage um Florian kümmerten. Aber sie hatte noch nicht einmal drei Worte eingetippt, da kamen gleich mehrere SMS an. Alle von Friedrich. Er vermisse sie. *irma, meine liebste.*

«Ich bin noch nicht in Rom, schon will Friedrich wissen, wann ich in Schwechat lande», sagte Irma zu Davide. Sie standen im Bus, hineingepfercht, hielten sich aneinander fest.

«Ich beneide dich», sagte Davide, «Richard ist froh, daß ich weg bin.»

Wie gut Davide riecht, dachte Irma, besser als alle Männer, die ich je gekannt habe.

Als sie auf dem Bahnsteig der Stazione Fiumicino standen und auf den Zug warteten, fiel Irmas Blick auf ein Werbeplakat. *Noi altoatesini abbiamo qualcosa di speciale. Sarà per la qualità dei nostri prodotti.* Ein etwa dreißigjähriger unrasierter Mann mit Wollmütze lächelte vor einer Bergkulisse. Während des Romanistikstudiums hatte Irma mit Südtirolern zu tun gehabt; viele hatten das Fach studiert, weil sie bereits Italienisch sprachen, weniger aus Interesse für die Kultur ihres Staates, den sie nicht als den ihren empfanden. Rino, erinnerte sich Irma, hatte anfangs geglaubt, sie sei eine *del nord*, eine jener Deutschnationalisten, deren Väter in den sechziger Jahren die Strommasten gesprengt hätten. Er war überrascht gewesen, daß sie als Österreicherin ohne besonderen Grund die italienische Sprache erlernt hatte.

Noch am Abend wollte Davide die Freundin der Frau seines Cousins anrufen, die Rinos Adresse ausforschen sollte. Wie wird Rino reagieren, wenn er von der Existenz eines Sohnes erfährt?

Davide und Irma fuhren bis zur Stazione Termini. Bepackt mit Sachertorten und Schokoladen, überquerten sie den Bahnhofplatz auf der Suche nach ihrem Bus, der sie nach San Lorenzo bringen sollte. Davide hatte von Wien aus ein Hotelzimmer für Irma reserviert; er selbst würde bei einem Freund wohnen.

Irma blickte in den Himmel, stieß gegen ein Halteschild, machte einen Schritt zurück: «Was ist das?» fragte sie.

«Stare», sagte Davide, «die sind überall hier in der Stadt.»

Es war ein heißer Septembertag gewesen; gegen Mittag hatten sich die Straßen geleert. Irma schrieb stichwortartig in ihr Notizbuch: *Wie bei de Chirico: reine Räume, reine Geometrie.* Dann fielen ihr die gesichtslosen Gliederpuppen mit ihren eiförmigen, augenlosen Köpfen ein. Einen Augenblick stellte sie sich ihren eigenen Rumpf mit Schubladen vor. In einer der Laden lag eine neue Niere.

Gegen Abend öffneten die Geschäfte, die Bäckerei, der Obst- und Gemüseladen – jeder kannte hier jeden, anders im touristischen Zentrum, in dem es nur mehr Weltweitgeschäfte mit Weltweitmarkenwaren zu geben schien. Wind kam auf. Die Drähte über den Tramlinien schwankten; Irma konnte aufatmen. Sie fuhr in die Innenstadt, um Davide zum Essen zu treffen. Wieder zogen schwarze, flatternde Wolken über den Himmel.

Es war noch etwas Zeit, so daß Irma zwei Stationen früher ausstieg, um zu Fuß zur Pizzeria zu gehen. Drei Nonnen mit einem hellblauen Überwurf und enganliegenden Hauben winkten nach einem Taxi, sie lachten wie junge Mädchen. An der nächsten Kreuzung wuchsen die abgestellten, mit schweren Ketten versperrten Motorräder und Mopeds in die Mitte der Straße hinein; überall waren Pflastersteine herausgebrochen, stellenweise hatte man die Fugen mit Teer gefüllt. Im Café Giolitti trank Irma einen Espresso; auf einer Tafel wurde für einen *caffè marocchino* mit Schlagobers und Kakao geworben. Sie blätterte die SMS durch, antwortete auf Friedrichs Nachrichten: *Melde mich bei Dir, wenn ich zurück bin.* Er aber schrieb nur wenige Sekunden später: *ich zähle die stunden. warum bist du so kühl?* Sie sah sein Gesicht vor sich, die drängenden Blicke, die ein schlechtes Gewissen erzeugten, seine Augen, die immer schon sprachen, bevor er etwas sagte, dieses in Schweigen verpackte Warum-sagst-du-nichts, das jede Vorfreude dämpfte.

Als sie die Pizzeria gefunden hatte, spazierte sie durch die umliegenden Gassen, um sich noch ein wenig die Zeit zu vertreiben. Sie betrat ein kleines Möbelgeschäft, in dem gebrauchte Designerstühle, Sofas und Lampen verkauft wurden. Der Besitzer trug einen grauen Anzug, obwohl es schwül war; er fragte Irma, ob sie etwas Bestimmtes suche. Irma fiel auf, daß die Hosenbeine des Mannes zur Ferse hin schräg nach unten abfielen, sie hatten die perfekte Länge.

Die gebogene Stehlampe, erfuhr Irma, war ein signiertes Exemplar eines gewissen Castiglioni, sie konnte sich ein so teures Objekt nicht leisten. Im Durchgang zum hinteren Raum, der als Büro diente, entdeckte Irma das schwarzgerahmte Photo einer jungen Frau. In manchen Geschäften finden sich Bilder der Gründerväter oder Gründermütter, Schwarzweißporträts der Verstorbenen, oft mit Namen versehen; das Photo im Geschäft des Möbelhändlers ließ sich nicht einordnen. War es die Ehefrau? Die Schwester? Lebte sie noch? Am Ende kaufte Irma zwei bunte Schälchen und einen weißen, würfelförmigen Aschenbecher. Das Modell, sagte der Ladenbesitzer, stamme aus dem Jahr 1951. Als er ihn einpackte, sah Irma einen zweiten Ehering an seinem kleinen Finger.

Davide war mit seiner Mutter gekommen; er hatte Irma nicht gesagt, daß sie sich in Rom aufhalten würde. Aus früheren Erzählungen wußte Irma, daß die Frau großen Wert auf Kleidung legt. Allein Seidenbluse und Täschchen hatten ein Vermögen gekostet. Sie war stark geschminkt, dennoch sah sie nicht vulgär aus. Nach einer überschwenglichen Begrüßung, in der Davide hinter seiner Mutter die Augen rollte, überreichte diese Irma ein Geschenk.

«Ich freu' mich ja so», sagte sie.

«Mama, ich bitte dich.» Er winkte den Kellner herbei, bestellte Wein und Mineralwasser, teilte die Speisekarten aus, die am Tischrand lagen.

«Hast du Rinos Telephonnummer», sagte Irma zu Davide gewandt.

«Er ist nicht mehr in Rom, aber es gibt einen Onkel, wir haben die Adresse des Heims, in dem er untergebracht ist.»

«Was soll ich mit seinem Onkel,» sagte Irma. Sie rieb die schweißfeuchten Handflächen an ihren Oberschenkeln, lehnte sich zurück. Es fiel ihr schwer, ihre Enttäuschung zu verbergen.

Davides Mutter nützte das eingetretene Schweigen, um von der Familie zu erzählen, von ihrem Ehemann, Davides Vater, der schon zweimal am Knie hatte operiert werden müssen, von ihrer eigenen zweiundneunzigjährigen Mutter, die noch immer im Haus am Stadtrand von Forlí lebte. Sie gab ihren Firmenanteil nicht ab, erschien sogar bei den Sitzungen, *um das Schlimmste abzuwenden.*

Davide versuchte seine Meinung zu äußern, aber es gelang ihm nicht, seine Sätze zu Ende zu sprechen. Es war eine losgelöste, zerstückelte Sprechweise, die Irma nicht an ihm kannte.

«Sie müssen es auspacken», sagte Davides Mutter.

Irma nestelte am Band, konnte aber mit ihren kurzen Fingernägeln den Knopf nicht lösen. Davide half mit einem Messer.

«Das kann ich nicht annehmen.» Es war ein sandfarbenes

Seidentuch, ein sorgfältig gearbeitetes Markenprodukt. Irma sah Florian vor sich, wie er sie mit seinen schokoladigen Fingern umarmte, sich an ihrem Hals festhielt.

«Ich bin so froh, daß Davide eine Ersatzfamilie gefunden hat. Er ist unser Sorgenkind, wissen Sie.»

«Ja, Mama, schon gut. Was willst du essen? Habt ihr schon entschieden?» Davide versuchte Irmas Blick einzufangen. Seine Mutter hatte sich wieder Irma zugewandt: Wie alt sie sei. Woher sie stamme. Was sie für eine Ausbildung habe.

Irma versuchte, höflich zu antworten; sie war froh, als der Kellner kam, um die Bestellungen aufzunehmen.

Von Davides Eltern wußte Irma wenig; sie erinnerte sich an ein Gespräch, in dem Davide erzählt hatte, daß seine Mutter im Gegensatz zu seinem Vater über seine Homosexualität Bescheid wisse, daß sie sein Anderssein jedoch nicht wahrhaben wolle. Sie wünschte sich Enkelkinder und hoffte, daß Davide es sich doch noch einmal überlegte. «Als wäre das eine Sache des Überlegens», hatte Davide damals hinzugefügt. Der Großmutter könne man die Wahrheit nicht zumuten. Man habe sie einfach angelogen: Er wäre im Ausland, um Deutsch zu lernen und eigene Berufserfahrungen zu sammeln, später würde er in die Firma einsteigen.

Immerhin ist Davide nie unter Vorspiegelung falscher Tatsachen eine Ehe eingegangen, dachte Irma. Er hat sich keine Alibifrau zugelegt. Die kurze Affäre, die Davide einmal mit einem Verheirateten gehabt hatte, sei ihm eine Lehre gewesen. Dieser Mann habe ihm ständig begreiflich machen wollen, daß er seine Frau gar nicht betrüge, daß er mit Männern lediglich die andere Seite auslebe. «Ich konnte seine Erklärungen, daß er mit seiner Frau die Erfahrung von Weichheit und Fließen mache, während im Kontakt zu Männern eben das Harte und Konturierte dominiere, nicht mehr ertragen», war Davides Kommentar gewesen. «Schwulsein ist nicht nur eine Form der

Sexualität, sondern eine Lebensauffassung. Ich hab' keine Lust, den Nebenmann zu spielen.» Nun war er zwar der erste Mann in Richards Leben, aber nicht der einzige, dachte Irma. Davide tat ihr leid, sie mochte ihn sehr, auch wenn ihr die Begegnung mit seiner Mutter lieber erspart geblieben wäre.

Irma stand auf, entschuldigte sich, ging auf die Toilette. Was wußte Davides Mutter? Richards Name war kein einziges Mal gefallen. Aber das bedeutete nichts. Als Richard mit dem Medizinstudenten aus Steyr zusammengewesen war, hatten die Eltern auch kein Wort darüber verloren, obwohl Richard ihn mehrere Male zum Langlaufen ins Waldviertel mitgenommen hatte. Irma wusch sich die Hände, ihr fiel Davides Angebot ein, Florian zu adoptieren und mit ihr zusammenzuziehen. Sie ging noch einmal ins WC, riß Toilettenpapier ab, um sich damit die Hände zu trocknen.

Und was sollte sie mit dem alten Mann im Heim? Wer weiß, ob er mit Rino überhaupt Kontakt hatte?

In der Pizzeria roch es nach Rauch, der Ofen schien nicht richtig zu ziehen. Als sie das Lokal durchquerte, mußte sie an Greta denken, die sich einmal mit einem jungen Kardiologen, in den sie verliebt gewesen war, zum Essen getroffen hatte. Ohne es zu bemerken, war Greta mit einer am Absatz aufgespießten gebrauchten Damenbinde von der Toilette an den Tisch zurückgekehrt; erst die Blicke der Gäste in jenem noblen Restaurant hatten sie auf das Malheur aufmerksam gemacht.

Irmas Schuhe glänzten.

Vom Hotelfenster aus sah man auf den Markt; die verschlossenen Stände lagen da wie Schachteln in einer riesigen Lagerhalle. Obwohl zum wiederholten Male das Telephon klingelte, rührte sich Irma nicht von der Stelle. Sie hatte unter einem Vorwand die Pizzeria verlassen, war zu Fuß zum Hotel zurückgegangen. Jetzt versuchte Davide, sie zu erreichen, aber Irma hatte keine Lust, ihm zuzuhören. Sie lag auf dem Bett, die Beine hochgelagert, und sehnte sich nach dem Tiberufer, nach den vielen Türmen und Kuppeln, den Lichtern auf den Brük-ken. Allein traute sie sich nicht, in der Nacht spazierenzuge-hen, einzig auf der Via del Corso war sie ein paarmal ohne Begleitung auf und ab gegangen, aber sie mochte die Ein-kaufsstraße nicht, mochte sich nicht zeigen, sich auch nicht mit Hunderten anderen im Gleichschritt bewegen.

Warum war Rino von einem Tag auf den anderen nicht mehr zu erreichen gewesen? Irma stellte sich die immergleiche Frage; es fielen ihr wieder Einzelheiten ein, wie sie miteinan-der geschlafen hatten, in der Küche, deren Fenster zum Hin-terhof hinausgegangen war, im Vorzimmer zwischen Schirm-ständer und Mineralwasserkisten, sie hatte sein dichtes, an den Schläfen ergrautes Haar vor Augen, erinnerte sich, daß Rino ihr einmal erklärt hatte, Romulus sei Herrscher über die Stadt geworden, weil er vom Palatin aus doppelt so viele Vögel gesehen und gezählt hatte wie sein Bruder Remus, der auf den Aventin gestiegen war. Tags darauf hatten sie auf dem Weg durch die Stadt die Vögel gezählt; der Sieger, so war es verein-bart gewesen, durfte den Ablauf des Abends und der Nacht bestimmen. Vor einem lärmenden Spatzenschwarm, der aus mehreren Büschen am Straßenrand aufgeflogen war, hatten sie schließlich lachend kapituliert.

XIX

Am Tiberufer gingen die Lichter an. Der Autobus war von An-fang an überfüllt gewesen. Als ein nach Urin riechender älterer Mann zustieg, verließ ich den Bus und setzte den Weg zu Fuß fort.

Vittorio war erst gegen drei Uhr früh nach Hause gekommen, betrunken, polternd; Mauro hatte ihn bis zur Wohnungstür begleitet; jedenfalls bildete ich mir ein, in der Nacht seine Stimme gehört zu haben. Als ich am Morgen aufwachte, war Vittorio schon fort. Ich konnte ihn tagsüber nicht erreichen, das Handy war ausgeschaltet, die Nummer im Geschäft besetzt.

Vor Eile achtete ich nicht auf den Boden unter meinen Füßen; da und dort war das schwarze Lavapflaster aufgebrochen. Vor einer Bar standen mehrere Blumenkübel, die als Aschenbecher benutzt wurden, dazwischen waren Mopeds abgestellt. Ich stolperte, wollte mich noch an der Kante eines Betonkübels abstützen, rutschte aus und griff, nach Halt suchend, an einen noch heißen Auspuff. Die Finger klebten kurz fest. Ein junger Mann eilte zu Hilfe, zog mich hoch. Er lief in die Bar, um kaltes Wasser zu holen. Ich hielt meine Hand über den Blumenkübel, während er den Krug über meinen Fingern leerte. Seine Besorgnis trieb mir die Tränen in die Augen. Hinter meinem Rücken wurde verhandelt; kurze Zeit später kam ein Küchengehilfe aus dem angrenzenden Restaurant und gab mir eine Brandsalbe. Ich lehnte ab; es war mir peinlich, weil ich weinte. Je mehr ich dagegen ankämpfte, desto heftiger schüttelte es mich. Der Küchengehilfe wich mir nicht von der Seite, er faßte mich am Oberarm, drückte ihn. «Signora, Signora», sagte er, ich solle mich kurz hinsetzen, aber ich dachte an Okhi, daß ihre Schicht in diesen Minuten zu Ende ging und ich zu spät kommen würde.

Ich kramte in meiner Tasche nach dem Portemonnaie, zog einen Fünfeuroschein heraus; der Küchengehilfe machte zwei Schritte zurück, winkte ab, der andere junge Mann schüttelte den Kopf. «Kommt nicht in Frage.» Ich betrat die Bar, legte das Geld auf die Theke. «Betrachten Sie es als Gutschein, trinken Sie ein Glas.»

«Nur mit Ihnen», rief der Küchengehilfe von der Straße herein, «wir warten auf Sie.»

Okhi stand trippelnd am Eingang. «Du weißt doch, daß ich noch einen anderen Job habe.» Ich zeigte ihr meine Hand; am Ballen löste sich die Haut.

«Tut mir leid», sagte sie, «ich muß los, mein Freund wird sonst sauer.» Okhi sprang die letzten drei Stufen in einem Satz hinunter. «Ruf die Chefin an», schrie sie, als sie bereits die andere Straßenseite erreicht hatte.

Ich legte eine Kompressionsbinde an und prüfte die Beweglichkeit meiner Fingergelenke, nachdem ich die Hand noch eine Weile unter das fließende Wasser gehalten hatte. Mancini saß auf dem Gang und verfolgte, was in der Schwesternküche vor sich ging. Die Rechte hatte er zur Faust geballt, wahrscheinlich hielt er Zigarettenstummel umklammert, die er auf der Straße aufgesammelt hatte.

Die alte Garelli, an deren Auspuff ich mir die Finger verbrannt hatte, ging mir nicht aus dem Kopf, sie erinnerte mich an das weiße Moped, das ich einmal besessen hatte, an dieses erste Gefühl von Freiheit, das ich empfunden hatte, als ich damit durch die Siedlung gefahren war. Wenn Wind aufkam, ließ sich die knatternde Maschine sogar um fünf Stundenkilometer beschleunigen. Von Sonntag zu Sonntag erweiterte ich den Radius, obwohl ich Mutter hatte versprechen müssen, in der Nähe unserer Wohnung zu bleiben. Der auffrisierte Motor, der die gesamte Maschine zum Beben brachte, erregte mich. Auf einer der heimlichen Fahrten in die Innenstadt, kurz vor der Piazza dei Signori, passierte es dann: Ich mußte abrupt bremsen, rutschte auf dem Sattel etwas nach vorne, gerade so weit, daß die nun folgende Beschleunigung zu meinem ersten Orgasmus führte. Von nun an saß ich meistens auf dem vorderen Teil des Sattels, drosselte die Geschwindigkeit, gab wieder

Gas, bremste, beschleunigte. Ich hörte erst damit auf, als ich einen jungen Mann sagen hörte: «Die kann ja gar nicht fahren.»

Mancinis Kopf sackte mehr und mehr zwischen die Schulterblätter. Er saß breitbeinig da, las in den Fliesen.

Ich nahm eine Packung MS aus der Lade und steckte sie ihm zu. Sofort lehnte er sich zurück, nickte, sprachlos. Dann erhob er sich und ging zum Kaffeeautomaten vor, um zu rauchen.

Ich teilte die Medikamente aus, räumte die Reste des Abendessens weg, lüftete die Zimmer, schüttelte Kissen und Decken zurecht, schenkte Tee ein oder stellte frische Mineralwasserflaschen auf die Nachttische. Es war ein ruhiger Abend.

Jedesmal, wenn ich am Kaffeeautomaten vorbeikam, winkte Mancini. Ich winkte ebenfalls; wir lachten.

Vittorio war noch immer nicht zu Hause, oder er ging nicht ans Telephon.

Ich saß in der Schwesternküche und las in einer Illustrierten. Die Finger brannten, in der Hand pochte es. Ich zählte eine Weile die Herzschläge mit, dann blätterte ich weiter. Zwischen Polstergarnituren und Stehlampen war ein würfelförmiger schwarzer Aschenbecher abgebildet. Er sah aus wie der Melaminkubus mit dem vierfach geknickten Blecheinsatz, der auf unserem Wohnzimmertisch steht. Vittorio besaß das Original aus den fünfziger Jahren. Es war schäbig; der Aluminiumeinsatz hatte von den darauf ausgelöschten Zigaretten jeden Glanz verloren, aber Vittorio würde den Klassiker niemals durch einen neuen *cubo* ersetzen. Er haßte auch Geschenke, die sich nicht mit dem Stil unserer Inneneinrichtung vertrugen. Gesellschaftliche Gegenseitigkeit war nicht mehr möglich. Am liebsten waren ihm Freunde, die mit leeren Händen zu Besuch kamen, die mit einer guten Flasche Wein oder ausgesuchten Süßigkeiten zur Füllung des Magens beitrugen.

Alles mußte schön und funktionstüchtig sein, Nippes und Billigkram verschwanden sofort im Mülleimer.

Mehrmals hatten wir uns wegen der alten Möbel und Designgegenstände schon gestritten. «Ich lasse es nicht zu, daß sich unsere Wohnung auch noch in ein Lager verwandelt.» – «Du wohnst hier», hatte er geantwortet, «und zahlst dafür keine Miete.»

Wind kam auf; die Oleander vor dem Eingang bogen sich. Ich mußte an unsere letzte Reise denken, an die Wanderungen in den Bergen. Abends waren wir vor der Hütte gesessen, mit dem Rücken zur noch warmen Hausmauer, und hatten den Schwalben zugesehen, ihren schnellen Kreisen; manchmal stießen sie ihre kurzen Schreie aus. Morgens hatte uns ein Specht aus dem Schlaf geklopft, der das Ungeziefer aus den Ritzen und Spalten des Dachbalkens pickte. Vittorio konnte nicht verstehen, daß er das gebeizte Giebelholz dem dichten Wald, der hinter der Hütte begann, vorzog.

Es sah nach einem Gewitter aus; die Böen schienen sogar die Geschwindigkeit der Autos zu drosseln. Mir fiel ein, daß wir uns auch während der Ferien nur ein einziges Mal geliebt hatten. Erschöpft von den langen Wanderungen, war Vittorio meist nach den ersten Berührungen eingeschlafen.

Wieviel geheimnisvoller Zauber lag hingegen auf den ersten Jahren, auf Vittorios neuer Wohnung, von der er überzeugt gewesen war, daß sie die richtige für mich wäre.

Ich schlug die Illustrierte zu, legte mich auf die Eckbank, mit angewinkelten Beinen. Die Geräusche ließen sich schwer unterscheiden: das Rattern des Kühlschranks, das Knattern eines Lieferautos, das Ticken der Uhr, Türenschlagen, Hupen, Stimmen, Schritte über mir. Das ferne Grollen hörte sich an, als verschöbe jemand einen schweren Schrank. Und mittendrin: das Klingeln, einmal, zweimal – vielleicht drei- oder viermal; ich hörte es erst nicht, dann begriff ich: Es war in meiner

Abteilung. Ich schlug beim Aufstehen mit dem Knie gegen die Tischkante.

Vor dem Kaffeeautomaten roch es nach frischem Nikotin. Mancini war wohl erst vor ein paar Minuten schlafen gegangen. Vielleicht brauchte er etwas. Doch es war nicht Zimmer sieben.

«Bringen Sie mir Valium, ich kann nicht schlafen», sagte Lucchi. Er hatte sich aufgesetzt, hing schief in den Kissen. Ich versuchte ihn hochzuziehen, aber er ließ sich fallen. Das Nachthemd klebte.

«So kriegen Sie keine Luft», sagte ich.

«Ich brauch' keine Luft, sondern ein Schlafmittel.»

Auf dem Nachttisch lagen ein Kamm, gebrauchte Taschentücher, die Reste einer Pocket-Coffee-Schachtel.

«Kaffee», sagte ich und zeigte auf die orange-braune Verpackung, «hält auch wach.»

«Die hat Rino gegessen.» Lucchi machte eine Handbewegung; ich verstand nicht.

«Der linke Arm», sagte er, «ich kann ihn kaum bewegen.»

Er schloß kurz die Augen. «Holen Sie das Blutdruckgerät.»

«Haben Sie Ihre Frauen auch so behandelt?» Ich ging zur Tür.

«Ich hatte keine Frauen.»

«Das glaube ich Ihnen nicht.»

Als ich mit dem Meßgerät zurückkam, hatte sich Lucchi selbst hochgezogen; er saß nun gerade im Bett und krempelte den Ärmel seines Nachthemds auf.

«Wir sollten den anderen Arm nehmen, wenn Sie den hier nicht bewegen können.»

«Tun Sie, was Sie wollen.»

Der Blutdruck war normal, der Puls etwas erhöht.

«Und das Valium? Haben Sie es nun dabei?»

«Geht's freundlicher?» sagte ich.

«Jetzt hören Sie mir mal gut zu: Ich habe keine Lust, den milden und nachsichtigen Alten zu spielen, nur weil Sie sich das erwarten. Mich kotzen Ihre Ohrensesselopas an.»

«Hier, das Schlafmittel.»

Lucchi schlug mit der flachen Hand auf die Decke. «Diese Bescheidenheit, die mir hier ständig aufgedrängt wird – ich hasse sie. – Ich bin noch nicht fertig», sagte er, als ich gehen wollte. Er zeigte mit dem Finger auf mich. «Was wollen Sie? Den künftigen Engel in mir ausbilden?»

«Wohl kaum», sagte ich.

«Sie meinen, weil ich jetzt schon der Teufel bin?» Er lachte. «Glauben Sie mir deshalb nicht?» Er nahm die Tablette in den Mund, ohne anschließend Wasser zu trinken. «Stellen Sie sich vor; die ganze Familie ist der Meinung, ich hätte ein Verhältnis mit Gianna gehabt. Sie wissen schon – die Frau meines Hausarztes, die immer auf Besuch kommt.» Er machte eine Pause. «Jetzt bin ich zweiundachtzig. Ich habe meinen Leuten nie widersprochen; ich hab's aber auch nicht zugegeben. Und wissen Sie warum? – Bleiben Sie noch einen Moment.» Lucchi bot mir eine Pocket-Coffee-Schokolade an. «Weil es stimmt.» Er kicherte in sich hinein. «Nur hatte ich das Verhältnis nicht mit Gianna, sondern mit Fausto, ihrem Mann.» Lucchi hielt noch immer die Pocket-Coffee-Schachtel in der Hand. Er sah mich an, zupfte an der Verpackung, senkte den Blick. «Siebenundzwanzig Jahre waren wir zusammen und waren es doch nicht, und mein progressiver Neffe, dieser Pseudorevolutionär, hat vor lauter eigener Weibergeschichten nichts bemerkt.»

Ich setzte mich auf den Stuhl; es war nur das Rascheln der Verpackung zu hören. Lucchis Hände zitterten.

«Warum haben Sie es für sich behalten?»

«Fausto wollte nicht, daß es Gianna erfährt, und schon gar nicht, daß seine Tochter davon Wind kriegt. Es hat funktioniert. Ich habe Gianna den Hof gemacht – ein reines Ablenkungsmanöver. Es funktioniert immer noch.» Lucchi legte die Schokolade auf den Nachttisch zurück. «Seit Fausto tot ist, das ist nun fünf Jahre her, bin ich ein körperliches Wrack. Gianna wollte, daß ich zu ihr ziehe; sie wollte sich um mich kümmern. Sie hat ja keine Ahnung.» Er lachte auf. «Wie kann man nur so leichtgläubig sein.»

«Und Rino», sagte ich, «warum haben Sie es ihm nicht gesagt?»

«Diesem Egomanen, der alle um sich herum unglücklich macht?»

Irgendwo schlug eine Tür, vielleicht war Mancini nochmals nach draußen gegangen, um eine letzte Zigarette zu rauchen, und hatte die Tür nicht hinter sich zugezogen. Ich stand auf.

«Lassen Sie mir noch ein paar von diesen Tabletten hier.»

Ich legte eine in Lucchis Medikamentenschieber.

«Am besten die ganze Packung.»

«Das darf ich nicht, das wissen Sie.»

Lucchi hielt meinen Arm fest. «Sollte es mit mir zu Ende gehen, werden Sie Rino die Wahrheit sagen. Aber solange ich lebe –», sein Griff wurde fester, er räusperte sich. «Kein Wort. Ich habe es Fausto versprochen.»

Das Gewitter verzog sich; der Wind peitschte es fort. Ich war eine Weile damit beschäftigt gewesen, offene Fenster und Türen zu verschließen. Als das Grollen nicht näher kam, öffnete ich sie wieder. Der Schmerz in der Hand hatte nachgelassen.

Ich legte mich wieder auf die Eckbank, wollte mich ausruhen, bevor ich gegen Mitternacht meinen zweiten Rundgang machen würde. Wieder rief ich Vittorio an. Ich redete aufs Band, er möge mich zurückrufen. Es sei dringend.

Lange hielt ich es liegend nicht aus; ich stellte die Schnabelbecher in die Spülmaschine, entfernte Etiketten von alten Medikamentenschiebern, nähte Knöpfe an Hemden. Einmal klingelte Carelli; er hatte so geschwitzt, daß er nach einem neuen T-Shirt verlangte. Ich stand vor seinem Schrank und wußte nicht mehr, wonach ich suchte. Als mich Carelli bat, seine Beine mit einer kühlenden Creme einzureiben, griff ich nach der Zahnpaste.

«Müde?»

Ich nickte.

«Wie ist das passiert?» Er zeigte auf meine verbundene Hand.

«Verbrannt.»

Wir schwiegen beide, während ich ihn mit einer Hand massierte. Im oberen Stockwerk schrie eine Frau.

«Was hat sie denn?» fragte Carelli nach einer Weile.

«Ich weiß es nicht. Vielleicht ist es nur, weil sie das Hörgerät herausgenommen hat.»

«Die schreit doch ständig. Die hat Hummeln im Arsch.»

Marta fiel mir ein, ihre Zerstreutheit. Vor ein paar Tagen hatte sie ein Hörgerät irrtümlich mit Wasser gereinigt; es funktionierte nicht mehr. Sie mußte ein neues kaufen.

Ich ging ins Bad, um mir die Hand zu waschen. Die Kompressionsbinde hatte sich gelockert, auf der Innenseite war sie feucht. Ich nahm sie ab, betrachtete die Bläschen, die sich an den Fingerkuppen gebildet hatten.

«Warum sind Sie nicht zu Hause geblieben», sagte Carelli, «so können Sie doch nicht richtig arbeiten.»

Lieber hier als bei Vittorio und Mauro, dachte ich und erschrak. Mauro. Fausto. Ich verfehlte die Türklinke.

«Die Badezimmertür», rief Carelli, als ich schon fast auf dem Gang draußen war. Ich ging noch einmal zurück und machte sie zu.

Zum ersten Mal seit ich in diesem Heim Nachtdienste verrichtete, ließ ich einen Rundgang aus. Ich saß auf dem WC, den Kopf in die Hände gestützt. Wenn es irgendwo klingelte, trocknete ich schnell die Augen mit Toilettenpapier. In den Zimmern vermied ich es, das große Licht einzuschalten; für einen Vorlagenwechsel oder ein paar beruhigende Worte reichte die Gangbeleuchtung aus.

Es war fast drei Uhr früh, als mich Vittorios Nachricht erreichte, er sei jetzt zu Hause. Ich rief sofort an. Er war freundlich, ich schwieg. Den Abend, erzählte er, habe er mit einem Kunden verbracht. Der wolle einen Mollino-Sessel kaufen. «Mir blutet das Herz», sagte Vittorio. Ich erinnerte mich, daß Vittorio seit Jahren hinter einem anderen Mollino-Stuhl her war, einem Modell aus den vierziger Jahren, dessen Rückenlehne und Sitzfläche der Form eines gespaltenen Hufes nachgebildet war. Mollino hatte das Möbel für den Mailänder Architekten Gio Ponti entworfen, den Vittorio verehrte.

«Er hat bereits angezahlt, ich werde wirklich verkaufen», sagte Vittorio.

Eine Weile war es still in der Leitung; ich hörte, wie er atmete. Dann öffnete er eine Mineralwasserflasche; es zischte. «Ich mach' uns ein gutes Frühstück, wenn du kommst.»

«Ja», sagte ich und legte auf.

Ich betrachtete meine gerötete Hand und begann zu weinen.

XX

Davide kam zum Frühstück ins Hotel. «Es ist nicht so, wie du meinst; ich wollte nicht, daß meine Mutter mitkommt, aber sie ließ sich nicht abwimmeln. Es war nicht einmal sicher, ob sie überhaupt nach Rom kommen würde. Und daß sie sich Hoffnungen macht, wenn ich mit einer Frau da bin, dafür kann ich nichts.»

«Du bist ein Feigling,» sagte Irma, «ich hab' immer geglaubt, Richard ist der Feigling in eurer Beziehung, aber du bist es genauso.»

«Welcher Sohn ist bei seiner Mutter kein Feigling», sagte Davide.

Irma bestrich eine Scheibe Weißbrot mit Erdbeermarmelade, die aussah wie hellbraune Schuhcreme. «Du lockst mich nach Rom, obwohl du weißt, daß Rino nicht mehr hier ist.»

«Das stimmt nicht; ich habe bis gestern nicht gewußt, daß er weggezogen ist. Du hast immerhin die Adresse seines Onkels, die hilft dir bestimmt weiter.» Davide machte eine Pause. «Ich habe meine Mutter nicht angelogen. Ich hab' ihr gesagt, daß ihr meine Freunde seid, daß ich viel Zeit mit euch verbringe, daß ich an Florian hänge.» Er riß eine Rosetta in Stücke, höhlte sie aus, bis nur mehr die Kruste übrigblieb. «Anfang der neunziger Jahre war ich mal mit einer Frau zusammen. Sie klammert sich halt an jede, die irgendwo auftaucht.»

Im Saal, der an die Rezeption angrenzte, saßen fast nur Geschäftsleute mit Aktentaschen, sie telephonierten und blätterten in ihren Unterlagen. Davide sprach so leise, daß Irma ihn kaum verstand.

«Wir sind zwangsläufig feige», sagte Davide und steckte sich ein Stück Brot in den Mund, «von dir habe ich erwartet, daß du das verstehst.»

Irma dachte daran, wie schwer es für sie gewesen war, den Eltern ihre Schwangerschaft mitzuteilen, wo es doch keinen greifbaren Vater gab. Die Eltern und die Großmutter hatten wochenlang nicht mit ihr gesprochen.

«Das mit der Adoption und dem Zusammenleben habe ich

ernst gemeint, meine Mutter weiß nichts davon», sagte Davide, «das eine hat mit dem anderen nichts zu tun. Es beruhigt sie, daß ich irgendwo zu Hause zu sein scheine. Und ich bin doch bei euch zu Hause, oder nicht? Wir sind doch trotz allem so etwas wie eine Familie?»

«Natürlich sind wir eine Familie.» Irma nahm noch einen Schluck Kaffee, stand dann auf. «Wie komme ich ins Heim?»

«Ich bring' dich hin,» sagte Davide.

Die Casa di riposo lag an einer vielbefahrenen Straße; vor dem Eingang neben den Oleanderbüschen saßen mehrere Männer und Frauen auf den Bänken und beobachteten den Verkehr. Drinnen erwartete Irma ein breiter Gang, dessen Wände schon lange nicht mehr gestrichen worden waren. Es roch nach Essen, nach schlechtgelüfteten Räumen. Ein Mann, der vor dem Kaffeeautomaten gestanden hatte, näherte sich Irma und fragte sie, ob sie eine Zigarette für ihn habe.

«Leider nein. Können Sie mir sagen, wo ich die Schwester finde?»

Ohne zu antworten, zog er Irma am Handgelenk zu einer Tür, die angelehnt war. «Kaufen Sie mir Zigaretten?» In den Mundwinkeln des Mannes waren braune Ränder, er war unrasiert. Nachdem ihm Irma ein paar Euromünzen zugesteckt hatte, rief er nach Schwester Okhi.

«Mancini, Sie haben Ihre Ration schon bekommen», klang es aus dem Zimmer. Als sich die Tür öffnete, blickte Irma in eine kleine Küche, auf dessen Tisch zwei gebrauchte Kaffeetassen standen.

«Bitte?» Die Schwester sah erst zu Herrn Mancini, dann zu Irma hoch; sie war klein, die weiße Kleiderschürze reichte ihr unter die Knie. «Ist etwas passiert?»

«Ich suche Herrn Lucchi.»

«Zimmer vier.»

Als sich Irma umdrehen wollte, entdeckte sie auf der Holzverkleidung der Eckbank ein Porträt; das ungerahmte Photo zeigte das Gesicht einer Frau. Die hab' ich schon gesehen, dachte Irma. Während Herr Mancini abstritt, seine Zigarettenration erhalten zu haben, überlegte Irma, wo sie der Frau begegnet war.

«Noch etwas?»

«Nein, danke. Oder doch – wo finde ich Zimmer vier?» Irma machte mit dem Zeigefinger die Bewegung eines Scheibenwischers. «Links, rechts?»

«Mancini, begleiten Sie die Frau zu Herrn Lucchi», sagte die Schwester und verschwand in der kleinen Küche. Irma fiel der Möbelhändler ein. Sie war sich fast sicher, daß auf dem Bild im Geschäft dieselbe Frau abgebildet gewesen war wie auf dem Photo in der Küche.

Sie gingen den Gang zurück, bogen hinter dem Haupteingang rechts ab. Der Trakt schien U-förmig angelegt zu sein.

«Die Tür da», sagte der Mann, drehte sich um und ließ Irma allein. Sie zog das Diktaphon aus der Tasche, sprach leise ins Mikrophon, erzählte sich in wenigen Worten, was sie gesehen hatte. Aus dem Zimmer daneben drangen Schreie, jemand sagte mehrmals: «Es ist gleich vorbei.»

Irma gab sich einen Ruck, klopfte. Nichts. Sie klopfte wieder. Keiner antwortete. Dann öffnete sie vorsichtig die Tür.

«Was wollen Sie?» Herr Lucchi saß in einem Lehnstuhl neben der Balkontür, er rührte sich nicht. «Wer sind Sie?»

«Darf ich kurz stören. Ich habe eine Frage», sagte Irma. Sie näherte sich dem Mann, von dem nur ein Bein zu sehen war, der Rest des Mannes verschwand hinter dem grünen Samtsessel. Der Fuß stak in einem Kordpantoffel, wie sie auch Irmas Vater im Waldviertel getragen hatte, als sie noch ein Kind war.

«Ich mag es nicht, wenn man mich unangekündigt besucht. Wir sind keine Toiletten.»

Irma streckte ihm die Hand hin. «Ich hätte mich angemeldet, aber ich habe erst gestern Ihre Adresse erfahren, und ich fliege morgen früh nach Wien zurück.»

«Das interessiert mich nicht.» Er nahm die Hand nicht, sondern trommelte mit den Fingerspitzen auf den hölzernen Armlehnen. «Also, was wollen Sie?»

«Die Telephonnummer Ihres Neffen Rino.»

Jetzt wandte er sich Irma zu, warf einen Blick auf ihren Körper. «Sind Sie etwa schwanger?»

«Nein, ich war es.»

«Vernünftig», sagte Herr Lucchi. «Er hat schon drei.»

Irma stand neben dem kleinen Tisch, auf dem ein Medikamentenschieber, etwas Zellstoff und und mehrere Zeitungen lagen; sie lehnte sich gegen die Wand, überlegte, ob sie nicht besser den Mund halten sollte. «Dann hat er jetzt ein viertes», hörte sie sich sagen. Im selben Moment tat es ihr leid.

Lucchis Finger hörten auf zu trommeln. Er atmete schwer. In der Stille des Zimmers klang das Rasseln bedrohlich. Er muß Wasser in der Lunge haben, dachte Irma.

Unter dem Bett sah sie einen Tropfenfänger. Plötzlich hatte Irma Angst, daß sie den Alten mit ihrer Nachricht überfordert hatte. Sie trat zu ihm hin, legte ihre Hand auf seine Schulter. «Tut mir leid, daß ich Sie überfallen habe. Florian hat angefangen zu fragen, ich hab' nicht einmal ein Photo von Rino.» Sie trat zur Balkontür, blickte nach draußen. Es war ein weiter Hinterhof, in dem ein paar Pinien standen; auf der rechten Seite reihte sich ein Müllcontainer an den anderen.

Herr Lucchi schwieg noch immer. Schwester Okhi kam mit einem Stapel frischer Wäsche ins Zimmer.

«Können Sie nicht klopfen? Gesindel!» sagte Herr Lucchi.

«Sie haben Ihre Tabletten noch nicht genommen.» Die Schwester reichte ihm den Medikamentenschieber; als er ihn nicht nahm, legte sie ihn auf seinen Schoß, räumte die Wäsche weg und ging wieder. Er wartete, bis die Tür zufiel, dann sah er Irma das erste Mal ins Gesicht. «Warum erst jetzt?»

«Ich habe Rino immer wieder angerufen. Er hat nicht abgenommen. Dann hatte ich ernsthafte gesundheitliche Probleme.» Irma strich sich durch die Haare. «Ich hatte bei der Geburt von Florian ein Nierenversagen.»

Herr Lucchi bewegte die Lippen, aber Irma hörte nichts, nur das Motorengeräusch eines Helikopters, der den Hinterhofhimmel überflog. Einzig das Wort *Charakter* war bis zu ihr durchgedrungen.

«Wie geht es Ihnen jetzt?» Er setzte sich auf, seine Hände umklammerten den Medikamentenschieber.

«Ich bin seit drei Monaten transplantiert.»

«Und das Kind?»

«Gesund», sagte Irma.

Das Rasseln seiner Atmung wuchs sich zu einem heftigen Hustenanfall aus. Es schüttelte ihn am ganzen Körper.

«Soll ich die Schwester rufen?»

Er verneinte. Seine Augen tränten. Als er sich wieder beruhigt hatte, verlangte er nach einem Glas Wasser.

Auf dem Hocker neben dem Waschbecken lagen mehrere Inkontinenzeinlagen und Fixierhosen, die Irma sofort wiedererkannte. Sie war nach der Operation mit einem weißen Netzhöschen aufgewacht.

«Rino war vor zehn Tagen hier», sagte Herr Lucchi und nippte am Becher. Die Tränen hatten auf den trockenen Wangen zwei Streifen hinterlassen. «Er ist vor drei Jahren – oder sind es schon dreieinhalb – nach Ostuni zurückgekehrt, weil meine Schwester einen Herzinfarkt erlitten hatte. Er kommt nur mehr selten nach Rom.»

Irma fragte nicht nach, sie nahm an, daß Lucchis Schwester Rinos Mutter war. Die Personen, die Herr Lucchi nannte, waren ihr alle fremd, fremder als die Verunglückten in der Zeitung. Florian hat drei Halbgeschwister, sagte sie sich, aber es klang wie *drei Tomaten* oder *drei Bananen*. Die Pinien draußen sahen aus wie grüne Pilze mit dünnen Stengeln. Wollte sie das alles überhaupt wissen?

«Brauchen Sie Geld?» fragte Herr Lucchi plötzlich.

Irma schüttelte den Kopf. «Nein, ich arbeite. Und mein Bruder unterstützt mich ein wenig.» Richard hat keine Kinder, wollte sie sagen, er wird nie Kinder haben, weil er mit Männern zusammen ist, aber sie verbiß sich die Wahrheit. Das würde der Alte nicht verstehen.

«Ich brauche nur ein Photo von Rino», sagte Irma.

Erst war es nur ein Ziehen in der Brust, dann mündeten die schnellen, unkoordinierten Zuckungen in eine unregelmäßige Schlagfrequenz des Herzens. Irma hielt sich am Sessel fest, während der Bus auf der holprigen Straße dem Zentrum zuraste. Die Leute schimpften auf den Fahrer, eine ältere Frau konnte sich in einer Kurve nicht mehr festhalten, sie fiel gegen zwei andere, jüngere Frauen, die sie auffingen, beinahe selbst das Gleichgewicht verloren hätten. Die stickige Luft tat das ihre. Irma griff nach dem Handy, wußte dann aber nicht, wen sie anrufen sollte. Wie die Menschen in den abstürzenden Flugzeugen versuchte sie noch zwei Zeilen einzutippen. *Mir ist schlecht. Mein Herz* – dann aber ließen die Schwindelgefühle nach. Draußen zogen die Paläste vorbei mit ihren kalkweißen Wappen. Fassaden und Ornamente verbargen all das Unansehnliche, das Irma aus den Hinterhöfen kannte, die bröckelnden Stukkaturen, die rußschwarzen Wände mit den Mülltonnen, kaputten Kartonschachteln, leeren Obst- und Gemüsekisten, den streunenden Katzen – sie hatte noch immer den Geruch von Urin in der Nase, sah diese geschrumpften, verformten Männerkörper vor sich, ihre totenblassen, nach innen gekehrten Gesichter. Das Licht schien zu schwimmen. Sie saß auf einem Platz, der für Invaliden, Schwangere und Alte reserviert war, fürchtete, daß sie jemand aufforden könnte aufzustehen; der Plastiksessel war von dem sich darunter befindlichen Motor so heiß, daß die Hose klebte. Warum tue ich mir das an, dachte Irma. Lucchi hatte in wenigen Sätzen Rinos Biographie nachgezeichnet, aber jeder Satz kam ihr wie ein Versprechen vor, das er nicht einhalten konnte. Was soll ich Florian erzählen?

Das Bild der Unbekannten fiel ihr ein, diese Frau, die ihr an zwei verschiedenen Tagen auf unterschiedlichen Photos begegnet war. *Cambia caldaia* las Irma auf dem entgegenkommenden Bus. Als sie schließlich ausstieg, knickten die Knie ein; sie griff sich an den Bauch, tastete nach der Wölbung. Eine Bettlerin verfolgte sie, zupfte sie am Ärmel, bis Irma in eine Bar flüchtete. Erst auf dem Stuhl neben der surrenden Eistruhe fühlte sie sich sicher.

Davide und Irma waren im letzten Moment zum Flughafen gekommen; es war Davides Idee gewesen, ein Taxi zu nehmen. Vom Zentrum nach Fiumicino hatten sie eineinhalb Stunden gebraucht.

Irma öffnete ihr Notizbuch, warf einen Blick auf die zwei Photos. Lucchi saß in seinem Lehnstuhl, dahinter war Rino zu sehen, die Arme um den Onkel geschlungen. Auf dem anderen Bild stand Rino als Vierzehnjähriger am Strand von Ostuni, ein in die Höhe geschossener, zarter Jugendlicher mit längeren Haaren und Stirnfransen. *Torre Canne* 1969 hatte jemand auf die Rückseite geschrieben.

Der Flug verlief ruhig; Davide blätterte in einer italienischen Modezeitung. Er hatte Irma über ihren Besuch im Heim ausgefragt, konnte nicht verstehen, daß sie zwar Rinos Telephonnummer hatte, ihn aber nicht sofort kontaktieren wollte. «Ich erwarte nichts», hatte Irma ihm geantwortet. «Er hat sich um die anderen drei auch nicht gekümmert.»

«Wir machen nächsten Sommer Urlaub in Apulien», war Davides Idee gewesen, «dann kannst du ihn zur Rede stellen.»

Eine helle Frauenstimme bat, die Tische hochzuklappen, die Sitze geradezustellen. Irma erschrak. «Ich möchte nicht wissen, wie viele Landeanflüge im letzten Moment abgedreht werden, weil ein paar Vögel oder ein Sportflieger dazwischenkommen», sagte sie zu Davide. «Stell dir vor, plötzlich verschmelzen zwei Punkte auf dem Radarschirm, der Pilot fürchtet, daß die Flieger ineinandergeraten, und dann, im letzten Moment, verfehlen sie sich um ein paar Meter.» Davide lachte.

«Da gibt es nichts zu lachen. Die Flugbewegungen steigen von Jahr zu Jahr an, die Lotsen sind überarbeitet. Weniger Ruhetage bedeuteten mehr Fehler. Oder etwa nicht?»

«Möglich.»

Irma hatte irgendwo gehört, daß die Auflösung der neuen Bildschirme deutlich schlechter sei als beim alten System. Und manchmal seien die Telephonleitungen überlastet. Die Controller kämen dann nicht durch, sie würden oft erst im letzten Moment Anweisungen geben, daß da noch eine zweite Maschine auf gleicher Höhe fliegt. Blitzschnell müsse die eine Maschine dann tausend Fuß steigen, damit es zu keiner Kollision kommt.

«Was glimpflich ausgeht, ist ja nicht der Rede wert; man will schließlich die Fluggäste nicht in Panik versetzen», sagte Irma.

«Jetzt beruhige dich.» Davide griff nach Irmas Hand, drückte sie.

Was mach' ich mit Rino, dachte Irma, was mache ich mit Friedrich.

Sie standen eine Weile allein am Förderband, blickten den Gepäckstücken hinterher. «Das sind doch die falschen Leute», sagte Irma nach einer Weile. Sie hatten es verabsäumt, noch einmal auf den Monitor zu blicken: Die Gepäckausgabe war auf ein anderes Band verlegt worden. Alle Flugpassagiere des Fluges Rom–Wien waren schon fort. Irmas und Davides Koffer drehten einsam ihre Runden.

XXI

Marta war etwas früher gekommen, um mich abzulösen. «Mensch, nimm dir frei», hatte sie gesagt, «das mußt du doch ausnützen.» Ich meldete mich krank.

Auf dem Weg nach Hause ging ich am Restaurant vorbei, in dem der Küchengehilfe arbeitete, aber sowohl Restaurant als auch die danebenliegende Bar waren noch geschlossen; man hatte noch nicht einmal die Läden hochgezogen. Auf dem Gehsteig türmten sich Kisten und Schachteln, überall standen leere Dosen und Flaschen.

Ich dachte daran, ein paar Tage zu meiner Mutter nach Bozen zu fahren, einen Abstecher nach Vicenza zu machen und Alberto im Centro rapaci aufzusuchen, vielleicht brauchten sie jemanden.

Die Steineichen vor dem Bahnhof Termini waren unbewohnt, kein Star weit und breit. Über den Dächern hing Dunst.

Ich maß die Männer, die mir entgegenkamen, mit Blicken. Als einer lächelte, erschrak ich und schaute zu Boden.

Wie kann man nur so leichtgläubig sein. Lucchis Satz hatte mich durch den Nachtdienst begleitet, er ging mir auch jetzt nicht aus dem Sinn.

Die Frau, die als letzte in den Bus gestiegen war, klappte ihr Handy auf und schaute auf das Display wie in einen Taschenspiegel. Ich wartete darauf, daß sie sich die Lippen nachziehen würde; sie trug an jedem Finger einen Ring, nur die Daumen waren nackt. Neben ihr stand ein bieder gekleideter junger Mann, dessen Tasche mit Sicherheitsnadeln und Ketten verziert war.

Ich saß gegen die Fahrtrichtung und sah aus dem Fenster. Es waren die immergleichen Filmplakate zu sehen, aufgerissene Münder mit makellosen Zähnen. Nur einmal entdeckte ich Speichelfäden, die sich kaum sichtbar von der oberen zur unteren Zahnreihe zogen. Jennifer Lopez' Lächeln erinnerte mich an die Altweibersommer, wenn sich die Spinnweben von einem Grashalm zum nächsten ziehen.

Ich fuhr zwei Stationen weiter als sonst. Müde und erschöpft verließ ich den Bus, bog in die falsche Straße ein, lief zweimal zurück zum kleinen Platz, dann erst bemerkte ich das Geschäft. Vittorio war öfter hierhergefahren, um die neuesten Architektur- und Designmagazine zu besorgen, die es bei unserem Kiosk nicht gab.

So früh am Morgen kaufen die Leute vor allem Tageszeitungen. Vor den Regalen, auf denen die Hochglanzhefte lagen, blätterte ein einzelner älterer Herr in einer Illustrierten. Als sich die Schlange an der Kasse lichtete, griff ich nach *Le ore Privè*, packte ein MEN-Heft drauf und nahm gleich noch die neueste *babilonia*-Ausgabe dazu. Die Magazine legte ich unter der *Repubblica* auf das Laufband. Ein Mann mit Anzug und Sonnenbrille betrat das Geschäft, nahm den *Corriere della Sera* vom Stapel und stellte sich neben mich. Ich wich den Blicken der Kassierin aus, indem ich mich auf mein Portemonnaie konzentrierte, klemmte die Magazine unter den Arm, zahlte mit einem viel zu großen Schein und steckte das Restgeld in irgendein Seitenfach. Der Mann, der eben noch die Schlagzeilen der ersten Seite überflogen hatte, drehte sich nun nach mir um und schaute mir nach.

Zu Hause verschwand ich sofort im Bad und versteckte die Pornohefte unter den Handtüchern, dann duschte ich, damit Vittorio mich nicht weinen hörte. Er klopfte mehrmals gegen die Tür, um mir zu sagen, daß der Kaffee fertig sei. «Warum sperrst du zu?» rief er.

Ich stand da, sah an mir herab. Mein Wahrnehmungsvermögen hat versagt, dachte ich, während der Wasserstrahl an der gleichen Stelle den Rücken massierte.

Vor ein paar Wochen, fiel mir ein, waren wir zu dritt im Wohnzimmer gesessen. Vittorio hatte für Mauro aus dem ungeordneten CD-Stapel eine Disc heraussuchen müssen, nämlich Lennons *Double fantasy*-Album aus den achtziger Jahren. Nach dem Lied *Every man has a woman who loves him* legte Mauro seine CD auf: Yoko Onos *Every man has a man who loves him*. Vittorio war mir nicht von der Seite gewichen und hatte meine Haare gestreichelt.

«Dir ist doch nicht etwa schlecht geworden», hörte ich ihn auf dem Gang draußen sagen. Ich drehte den Wasserhahn zu, lehnte mich gegen die kalten Fliesen.

Ich höre für Vittorio an den Schultern auf, dachte ich.

Während ich mir die Hände vors Gesicht hielt, spürte ich einzelne Tropfen an mir abrinnen.

«Ich komm' schon.»

Vittorio hatte Orangensaft gepreßt, eine kleine Tischdecke über die Anrichte gelegt, Brioche besorgt; es lagen sogar Servietten auf. Seine Sorgfalt war mir jetzt zuwider.

Im Hof flatterten die Tauben empor; ich erkannte sie am Flügelschlag. Sie landeten wenig später auf der Dachrinne des Nachbarhauses.

«Ich hau' ein paar Tage ab», sagte ich und zeigte Vittorio meine Hand, erzählte. Er tastete vorsichtig die Blasen an meinen Fingern ab. In seinem Schweigen mutmaßte ich Erleichterung. Als es piepste, stand ich auf, um die Spülmaschine auszuschalten.

Wie er die Beine übereinanderschlägt, dachte ich.

Überall waren leere Bierflaschen. Mauro war hiergewesen, vielleicht nicht nur Mauro.

Wir sahen uns an. Jetzt, dachte ich. Aber ich sagte nichts, setzte mich wieder, nahm eine Scheibe Toastbrot, die längst hart geworden war.

Mir fiel der Film *Le fate ignoranti* von Ferzan Ozpetak ein, den wir uns schon zweimal angesehen hatten. Er spielt in Testaccio. Die Frau erfährt erst nach dem Unfalltod ihres Mannes, daß ihr Partner eine Beziehung zu einem anderen Mann gehabt hat. Es ist ein harmloser Film ohne Sex in Parks, Klappen und Darkrooms. Ich hatte Vittorio nach dem Namen der Hauptdarstellerin gefragt. Margherita Buy sei mit dem Regisseur und Schauspieler Sergio Rubini verheiratet gewesen, hatte Vittorio erzählt. Während des Films war Vittorio aufgestanden, um einen Bleistift zu holen und den Namen *Nazim Hikmet* aufzuschreiben. Es war dieser Gedichtband von Hikmet gewesen, der die beiden Männer im Film zusammengeführt hatte.

Ich dachte an unser Auto, von dem Marta behauptet hatte, es sei gegenüber der Galleria d'Arte Moderna gestanden; ich kannte nur den Monte Caprino unter dem Kapitol, das Gerede über die bezahlten Männer, die sogenannten *marchette*.

Dieser Mauro hatte einmal auf den Anrufbeantworter gesprochen, sie träfen sich alle zusammen in der Muccassassina. Vittorio war verlegen gewesen, als ich ihn gefragt hatte, wo denn dieses Lokal sei, ich hätte nie davon gehört. «Nichts Besonderes, ein neuer Schuppen.»

Er hatte wohl vergessen, frühzeitig das Band zu löschen.

Die kleinen Fehler. Unachtsamkeiten. Blicke.

Kassabons. Restaurantrechnungen. Die Stempel auf dem Handrücken.

Warum war Vittorio in der Libreria Babele gewesen? Er las doch sonst keine Bücher. Nicht einmal das Buch von Hikmet hatte er sich besorgt. Oder hatte er es gekauft und verschenkt?

Das Bramante und das Asino cotto. Wir besuchten immer andere Bars, andere Restaurants. «Ich will nicht an die Arbeit erinnert werden», hatte Vittorio geantwortet. Die potenziellen Käufer als Tarnung. Gespräche über die Möbel. Philosophische Abhandlungen über das Sitzen. Die Haltung des Schöpfers. Der Stuhl als stützendes Skelett zwischen Himmel und Erde. Der war für die «Kunden». Mit mir teilte er den Tisch. Der von vornherein alles zweiteilt: Unterleib, Beine und Füße sind dem Blick entzogen. Und das Bett. In dem wir uns der Schwerkraft ergeben, damit uns die Liebe nicht überfällt.

«Was ist?» fragte Vittorio.

Ich verstand nicht, sah ihn an.

«Du hast doch etwas gesagt.»

«Wie war das mit dem Sitzen», sagte ich, «mir fällt dein Lieblingszitat nicht mehr ein.»

«Wie kommst du jetzt darauf?»

«Manches erschließt sich eben erst im nachhinein.»

Vittorio sah mich an. Breitbeinig saß er nun vor mir, ließ mich nicht aus den Augen. Wartete er darauf, daß ich ihm zuvorkommen würde?

«Weißt du, die Langsamkeit der Alten – die färbt auf mich ab», sagte ich und bestrich eine neue Scheibe Toastbrot, um meine Hände zu bewegen.

«Laß mich das machen», sagte Vittorio.

«Dieses passive Absinken auf den Stuhl – hast du nicht dagegen gepredigt?»

«Ich bin kein Pfarrer, Mira.» Vittorio lachte.

«Das ist zuviel», sagte ich und kratzte mit der Messerspitze die Butter von der Toastscheibe. «Ein Zitat war doch von diesen Pythagoreern – Sitzen als – wie hast du es genannt? – als

Erhabenheit und Entrückung. Man fühlt sich erhoben und ent-
hoben zugleich, ist es nicht so?»

«Die Throne der Ohnmacht», ergänzte Vittorio.

«Das Tun des Nicht-Tuns.»

«Das ist nicht von den Pythagoreern.»

«Von wem dann?»

Vittorio dachte kurz nach. «Irgend etwas Altes, Chinesisches.»

«Aber auch über das Sitzen.»

Vittorio nickte.

«Über das Aussitzen», sagte ich leise.

Er stand auf, griff nach der Caffettiera. «Meiner Mira entgeht nichts», sagte er. «Du könntest sofort das Geschäft übernehmen. Die Verkaufsschlager hast du intus.»

Er schraubte die Kanne auseinander, drehte den Wasserhahn auf.

«Verkaufsschlager», sagte ich halblaut. Mein heiseres «Vittorio» ging im Geplätscher unter. Er reinigte mit dem Zeigefinger das Gehäuse der Caffettiera, während ich seinen Arsch
betrachtete, diesen fremd gewordenen Teil, den ich nie besessen hatte. Läßt er sich ficken, oder fickt er? Oder beides?

Ich aß, um zu essen, hatte keinen Hunger. Die Brioche blieben im Stahlkörbchen, einem Geschenk von Mauro. *Wie kann
man nur so leichtgläubig sein. Ein Mann bringt doch eine Flasche
Wein mit, lädt auf eine Runde Bier ein. Er kauft keine Körb-
chen. Kauft keine Blumen. Kauft kein –*

«Wann fährst du?» Vittorio trocknete sich die Hände ab.

«Weiß noch nicht.» Kannst es nicht erwarten, dachte ich.

«Ich brauch' das Auto nicht», sagte Vittorio.

Wahrscheinlich wartet er auf den Tod seiner Mutter, um frei
zu sein. Undenkbar für ihn, sich vorher zu outen. Und die Kin-
derlosigkeit entschuldigt er lieber mit einer gestörten Sperma-
togenese.

«Was ist? Irgend etwas ist doch.» Er kam auf mich zu, berührte meine Schultern. «Müde?»

«Ja», sagte ich.

Vittorio fuhr ins Geschäft, und ich versuchte zu schlafen. Bilder folgten auf Bilder. Ich hatte sie wohl über die Jahre mit einem innerlichen Klick aufgenommen und irgendwo abgespeichert. Ohne es zu wollen, entwickelten sich nun die Negative zu klaren Photosequenzen. Lucchi hatte mir die Augen geöffnet. Jetzt blieben sie auch im geschlossenen Zustand offen. Aha. Deshalb. Wie konnte ich nur.

Ich wälzte mich, stand auf und packte.

Ich holte die Pornomagazine aus dem Bad. Überall die gleichen Titel: *La contessa vuole il sigaro*, *Le pazze voglie di una signora bene* oder einfach nur: *Voglie di una signora bene*. Edeldamen im Visier. Frauen aus gutem Haus. Ich zögerte, schälte ein Heft aus dem Cellophan. Blätterte. *Cocktail di maschio per signora*. Es waren immer zwei Männer, die es einer Frau besorgten. Angezogene Männer, deren Schwänze aus dem Hosenschlitz ragten. Männer mit verrutschten Krawatten, halboffenen Mündern. In T-Shirts und kurzen Hosen. Mit von der Anstrengung geröteten Wangen, an der Stirn klebenden Haaren. *Doppia penetrazione. Divano per tre.*

Ich steckte die Hefte in ein luftgepolstertes Kuvert, beschriftete es: Signor Giovanni Carelli Casa di riposo ... Das Schwulen-Magazin *babilonia* rührte ich nicht an. Ich legte es zur Mappe mit den Stühlen. Soll er es finden. Mauro verdächtigen. Sich den Kopf zerbrechen. Oder einfach nur erschrecken, wie ich erschrocken bin. Vielleicht wird auch er lange und ausgiebig duschen.

Ich weiß nicht, warum ich in diesem Augenblick an die Drosseln und Krähen denken mußte. Alberto aus dem Vogelzentrum hatte mir einmal erzählt, daß sie die Bussarde, Adler und Uhus vertreiben, indem sie sie mit Scheiße bombardieren.

Das Notwendige war in der Tasche. Ich rief Mutter an, erreichte sie nicht, wollte nicht auf die Mobilbox sprechen. Die Hand schmerzte wieder. Ich stand unschlüssig im Vorzimmer; seine Reglosigkeit und Stille bedrückten mich. Die Fenster waren alle geschlossen. Ich überlegte, Vittorio einen Zettel zu hinterlassen. Wie früher, dachte ich, aber es fiel mir nichts ein, was ich hätte schreiben können.

Ich ging noch einmal zurück ins Schlafzimmer, holte eine wärmere Jacke. Sie roch nach Urin. Vielleicht hatte ich bei einem meiner letzten Nachtdienste mit dem Ärmel eine Vorlage gestreift, oder es war etwas Flüssigkeit aus der Bettschüssel geschwappt. Ich kramte ein paar T-Shirts hervor, steckte meine Nase rein, fürchtete, daß auch den anderen Stoffen die Ausdünstungen und Ausscheidungsgerüche der Alten anhafteten. Vielleicht ekelte sich Vittorio längst vor mir? Ich öffnete seinen Schrank, als fände sich darin eine Antwort. Links neben dem Innenspiegel hing eine Anleitung zum Krawattenbinden. Der asymmetrische Four-in-hand-Knoten war neben dem einfachen und doppelten Windsor-Knoten abgebildet. Ich dachte daran, wie Vittorio mit Mauro das Krawattenbinden geübt hatte. Bis dahin war Mauro mit von der Mutter vorgebundenen Schlipsen herumgelaufen; Vittorio konnte es nicht fassen. «Eine gut gebundene Krawatte ist der erste ernsthafte Schritt ins Leben», hatte er zu Mauro gesagt. Es war ein Zitat gewesen; der Name des Schriftstellers wollte mir jetzt nicht einfallen, wohl aber Mauros Lachen. Er hatte es damals sichtlich genossen, daß Vittorio ihm am Oberschenkel das Schleifenbinden beigebracht hatte. Eine Armlehne hätte es auch getan, dachte ich bei mir, und griff nach Vittorios Cashmerepullover, dem teuersten, den er je besessen hat. «Fürs Krawattenbinden», sagte ich leise und gab der Schranktür mit der Fußspitze einen Stoß.

Nachdem ich das Auto entrümpelt hatte, Vittorios Tapetenrollen, Kataloge und verschiedene Ersatzteile von Stühlen und Sofas endlich in der Wohnung waren, fuhr ich los. Der Vormittagsverkehr hatte eingesetzt. Ich fluchte über ein Dreirad, das sich vor mir in die Schlange zwängte. Es war mit Gasflaschen beladen. Ein Mopedfahrer nützte die geringe Breite des Fahrzeugs aus, um sich daneben einzureihen. Ich konnte meinen Blick nicht von seinem Hintern abwenden. Fickt er, oder wird er gefickt? Eine Hand behielt ich am Lenkrad, mit der anderen massierte ich meine Schläfe. *Cocktail di maschio per signora.* Diese aufgeklappten Beine, dachte ich, wie Stühle. Dann fiel mir ein Satz ein, der jahrelang auf dem Schaufensterglas geklebt hatte: *Ein Mann, der keinen Sessel hat, hat nichts.* Sottsass stand darunter, Ettore Sottsass.

Überall fuhren Mopeds; das Brummen und Knattern war derart penetrant, daß ich das Radio einschaltete. Ich tastete nach dem Handy auf dem Beifahrersitz. Vor einer Ampel drückte ich auf *Vibration*, schob den Rock etwas hoch und steckte das Mobiltelephon zwischen die Beine, damit die Anrufe im Lärm nicht verlorengingen.

Jemand wird das Kuvert entgegennehmen, dachte ich, hoffentlich Okhi. Sie würde es, ohne zu sprechen, Carelli überreichen und das Zimmer verlassen. Marta hingegen würde sich für all die Verletzungen und Demütigungen rächen. Ich stellte mir vor, wie sie die Pornohefte vor Carelli in den Müllsack steckte, wie sie ihn beschimpfte. Im ungünstigsten Fall träfe es Carellis katholische Schwester; die bliebe gewiß keine Sekunde länger im Zimmer. Sie würde die *schmutzige Angelegenheit* der Chefin melden.

Der Himmel war vogelleer; über den Kuppeln und Hausdächern verblaßten die Kondensstreifen mehrerer Flugzeuge, die in Fiumicino gestartet waren. Die weißen Linien zeigten alle in die gleiche Richtung. Ich war auf einer Kreuzung, als ich den Anruf spürte, ein leichtes Zittern erst, das in eine immer stärkere Vibration überging. Es war Rino.

«Sehen wir uns?»

«Ich fahr' weg», sagte ich. «Jetzt.»

Wo ich denn sei.

Warum nicht, dachte ich.

XXII

Friedrich wartete hinter der Absperrung zwischen zwei Männern, die Schilder mit italienisch und japanisch anmutenden Namen in die Höhe hielten. Er war schon vor mehreren Stunden zum Flughafen gefahren, weil er nicht wußte, welche Maschine Irma nehmen würde. Als er Davide sah, trat er einen Schritt zurück, als wolle er sich hinter den anderen Wartenden verstecken. Erst nachdem ihm Irma erklärt hatte, daß Davide der Lebensgefährte ihres Bruders sei, trat ein Lächeln in sein Gesicht. Er sei nur ein einziges Mal in Rom gewesen, erzählte Friedrich. «Mama hat sich damals große Sorgen gemacht. Zwei Wochen zuvor war der Anschlag auf den Bahnhof von Bologna verübt worden; sie wollte mich erst gar nicht fahren lassen. Das ist jetzt über zwanzig Jahre her», sagte Friedrich und griff nach Irmas Hand. «Das nächste Mal müßt ihr mich unbedingt mitnehmen.»

Friedrich brachte erst Davide nach Hause, dann fuhren sie zu Irma. Sie dachte die ganze Zeit darüber nach, wie sie Friedrich loswerden konnte, ohne ihn zu verletzen. In einer Stunde kamen die Eltern mit Florian, vorher wollte sie noch auspakken und duschen. Vielleicht auch Rino anrufen. Bei dem Gedanken spürte sie, wie sich ihr Bauch verkrampfte. Möglicherweise erinnert er sich gar nicht mehr an mich, dachte Irma. Drei Kinder von zwei Frauen. Vier Kinder von drei Frauen, korrigierte sie sich.

Als Friedrich über die Aspernbrücke fuhr, legte er seine Hand auf Irmas Oberschenkel. «Gut siehst du aus», sagte er und blickte zu Irma hinüber. «Du willst jetzt sicher in Ruhe gelassen werden.»

Es klingt wie eine Frage, dachte Irma. An den Fenstern des Galaxie-Gebäudes hingen noch immer Schilder. *Büros zu vermieten*, stand darauf. Seit das Hochhaus umgebaut worden war, hatten sich nur wenige neue Mieter gefunden. Auch nachts war der Turm meistens dunkel.

«Ich ruf 'dich am Abend an, wenn Florian im Bett ist», sagte Irma. Kaum hatte sie den Satz ausgesprochen, ärgerte sie sich über ihr Entgegenkommen.

«Es kann sein, daß meine Eltern über Nacht bleiben, dann meld' ich mich erst morgen», log Irma, hob die Tasche auf, die sie zwischen die Beine gestellt hatte, griff nach der Jacke auf dem Rücksitz. Sie mochte es nicht, wenn von vornherein alles feststand.

«Nett von dir, daß du mich abgeholt hast», sagte Irma und stieg aus.

«Nett?» Friedrich schüttelte den Kopf.

«Das ist Erpressung», rief Irma am Straßenrand, zog lachend den Koffer vom Sitz, warf die Tür zu und winkte.

Die Gepäckstücke landeten ungeöffnet im Schlafzimmer, die Jacke verfehlte den Garderobenhaken und fiel zu Boden. Irma setzte sich an den Schreibtisch und blätterte in ihrem Notizbuch. *Via del Babuino: Brunnenfigur ohne Gliedmaßen. Konturlose Körpermasse.* Sie las die Eintragungen über die Schausteller und

Schnellzeichner auf der Piazza Navona, über die kopflosen Büsten in den Gärten der Villa Borghese, fand die Bezeichnung *lecci* für die Bäume vor der Stazione Termini. Als sie aufstand, um das Wörterbuch zu holen, fiel ihr Blick auf Rinos Photo am Strand von Ostuni. Ich ruf' ihn jetzt an. Mitten im Zimmer blieb sie reglos stehen und hörte sich sprechen. Dann gab sie sich einen Ruck, holte das Telephon, wählte die Nummer, legte auf, bevor es klingeln konnte, drückte die Wiederholtaste, wartete, wollte wieder auflegen, dachte: Jetzt hast du schon zu lange gezögert.

«Curci.»

Irma kriegte kein Wort heraus.

«Pronto.»

Es war eine weibliche Stimme, schon etwas älter.

«Wer ist da?»

Am Flughafen von Rom war Irma noch schnell in eine Buchhandlung gegangen und hatte einen Blick in einen Reiseführer geworfen, um sich ein paar Sätze zurechtzulegen, mit denen sie Florian die Geburtsstadt seines Vaters schildern wollte. Sie erinnerte sich jetzt an die Abbildung des strahlend weißen Häuserkranzes, an die gekalkten Mauern und prächtigen Barockportale.

Die Stimme am anderen Ende der Leitung wurde ungeduldig. Es ist Rinos Mutter, dachte Irma. Lucchi hatte von einer halbseitigen Lähmung gesprochen, davon, daß seine Schwester zwar langsam sprechen, daß sie aber nicht mehr beide Beine und beide Arme bewegen könne. Die Frau saß gewiß den ganzen Tag über im Haus, hatte neben sich das Telephon stehen. Vielleicht machte es ihr angst, daß jemand angerufen hatte, ohne sich zu melden. Jetzt ist es zu spät, dachte Irma, was soll ich noch sagen. Sie hörte den Atem der alten Frau, dieses neuerliche «Pronto», das Bereitschaft signalisierte, eine Bereitschaft, an der es Irma nie gefehlt hatte, doch jetzt, so

nahe am Ziel, fürchtete sie sich vor falschen Worten. Wie sag'
ich es ihr nur, dachte Irma, aber noch ehe sie nach Rino fragen
konnte, unterbrach die Frau die Verbindung.

Irma räumte ihr Portemonnaie aus, legte die Rechnungen in
die Lade, sammelte einzelne Notizzettel ein, die verstreut in
Büchern und in den Seitenfächern der Tasche steckten. Auf einem Kassabon stand *Leben schreiben. Desillusionierung. Ausspa-
rung.*

Sie dachte an Sigmund Freud, der von der Vorstellung ge-
quält worden war, seine Freunde könnten eine Biographie
über ihn verfassen.

Irma notierte. Ich mache es für Florian, sagte sie sich. Sie
notierte gegen die Zeit. Wann immer sie in den Himmel sah,
fiel der Fallschirmspringer ziellos in ihre Gedanken. Er konnte
niemals landen. «Wir sind verpflichtet, die Anonymität zu
wahren», hörte Irma den Assistenzarzt sagen. Vorstellungen
kennen keine Diskretion, dachte Irma. Die Phantasie sorgt dafür, daß das Punkteraster nicht mehr hinter dem Bild durch-
scheint. Man muß nur weit genug von der Wirklichkeit entfernt sein.

*Der Fallschirmspringer: ich unterstelle ihm, was mich selber beruhigt,
er stürzt auf meine Sätze*, las Irma in ihrem Heft.

Sie stand auf, als das Telephon klingelte. War es Frau Curci,
Rinos Mutter? Hatte sie einen Apparat, der die Anrufernum-
mern speicherte? War sie neugierig geworden, wer aus dem
Ausland angerufen hatte?

Es war Davide. Irma verstand kein Wort, er verhaspelte sich,
unterbrach sich, setzte an einer anderen Stelle ein. Richard sei
nicht zu Hause gewesen, soviel hatte Irma gleich zu Beginn
des Telephonats begriffen.

«Ich habe ihn angelogen. Ich habe zu ihm gesagt, ich käme
erst morgen nach Wien.» Davide schluchzte. «Bleibt einfach
liegen, dieser Arsch. Es ist nicht zu fassen.»

Irma verstand noch immer nichts. Sie machte ihr Heft zu, verstaute es in der Lade. Gleich würden die Eltern kommen und Florian zurückbringen.

«Diese Unverfrorenheit. Er ist so rücksichtslos.» Nach und nach ergaben die einzelnen Sätze, die Vorwürfe und Beschimpfungen einen Zusammenhang. Der Unbekannte in Richards Bett hieß Alexander; Davide kannte ihn von einem einzigen Abendessen. «Er ist ein Freund von Richards Arbeitskollegin», sagte er leise, als fürchtete er, jemand könnte mithören.

«Warum liegt der mittags noch im Bett?» fragte Irma.

«Der konnte nicht raus, verstehst du, der hatte Angst, seiner Frau über den Weg zu laufen. Oder seinen Kindern, was weiß ich. Wahrscheinlich hat er zu ihnen gesagt, er wäre nicht in Wien.»

«Hast du ihn rausgeworfen?»

«Das war nicht nötig, der war sofort weg», sagte Davide und begann wieder zu weinen. «Ich bin ja selber schuld.»

«Blödsinn», sagte Irma.

«Ich hab' zweimal gebucht und das Ticket für morgen absichtlich herumliegen lassen, bevor wir abgeflogen sind. Dein Bruder war sich seiner Sache so sicher.» Davide putzte sich die Nase. «Du hättest ihn sehen sollen, diese Parodie eines Naturburschen. Der hat mindestens zehn Kilo zuviel.» Am meisten ärgerte Davide, daß sich die beiden *Cremona* von Mina angehört hatten. Richard habe die Hülle auf dem Tisch liegenlassen. «Jene Mina, über die er sich immer nur abfällig geäußert hat», sagte Davide.

In seinem Zimmer hingen mehrere Porträts von Mina, die er aus Hochglanzmagazinen ausgeschnitten und anschließend gerahmt hatte. Richard fand die Aufnahmen von dem bekannten Mailänder Maler und Photographen Mauro Balletti übertrieben und geschmacklos. Davide, ein Bewunderer der Sängerin, die sich seit 1978 aus der italienischen Öffentlichkeit zurückgezogen hatte, bastelte seit Jahren an einer privaten Ikonengalerie und lobte Ballettis Maskierungen. Einmal zeigte er Mina auf den Hüllen ihrer Alben als bärtige Salome, ein anderes Mal war sie Duse, Domina oder Daisy Duck. Davide behauptete, daß Balletti das Kunstkitschterrain zugunsten der Kunst verlassen habe, während Richard, um Davide zu ärgern, von der *Puderzuckertante* sprach, die er nur seinetwegen ertragen würde.

Irma stand auf, ging ins Schlafzimmer und klemmte den Koffer zwischen ihre Füße, damit er nicht wegrutschte. Dann zog sie mit einer Hand den Reißverschluß auf. Das Bilderbuch, das sie für Florian gekauft hatte, lag obenauf.

«Was soll ich jetzt machen? Ich halte es hier keinen Tag mehr aus. Wenn ich bei euch wohne – vorübergehend, nur vorübergehend –», beeilte sich Davide zu sagen, «dann könntest du doch gelegentlich bei Friedrich übernachten.»

«Vielleicht will ich das gar nicht», sagte Irma.

«Du mußt ja nicht. Ich koche jeden Tag. Und ich hole Florian ab.»

«Ich lass' dich nicht hängen», sagte Irma.

Auf dem Dachfirst des gegenüberliegenden Hauses standen wieder mehrere Männer auf dem Steg, lehnten am verzinkten Geländer und rauchten. Davide schaute zwar zum Fenster raus, sagte aber kein Wort. Er hatte Mühe, seine Tränen zurückzuhalten. Florian rollte den Koffer durch die Wohnung und weigerte sich, den Pyjama anzuziehen. Jedesmal, wenn Irma ihn bat, zu ihr zu kommen, schüttelte er den Kopf und eilte mit dem Koffer davon, um irgendwo zwischen Sofa und Regal das Heu abzuladen. Die Traktorengeräusche, die er von sich gab, klangen wie Töne aus einer billigen Trillerpfeife.

«Komm jetzt», sagte Irma.

Heftiges Kopfschütteln. Davide rührte sich nicht, es sah

aus, als zählte er die Blätter an den Platanen. Irma versuchte Florian einzufangen, aber er entwischte unter den Tisch. Sie griff nach seiner Hand, er entkam auf die andere Seite, lief hinaus ins Vorzimmer, Irma hinter ihm her.

«Aber ich will nicht», sagte Florian. Er legte sich auf den Boden, lachte, als ihn Irma am Bauch kitzelte. Davide hatte sich unterdessen umgedreht, er lehnte am Türrahmen und sah den beiden zu.

«Papa soll mir den Pyjama anziehen», sagte Florian und blickte Davide an.

Irma erhob sich aus der Hocke. «Das ist Davide. Der Freund von Onkel Richard.»

Sie berührte Davide am Oberarm, ging zum Schreibtisch und holte eines der beiden Photos, die ihr Lucchi mitgegeben hatte.

«Das ist dein Papa.» Sie tippte mit dem Zeigefinger auf Rinos Gesicht. Florian schaute kurz auf das Bild und kniff die Augen zusammen. Weil er es nicht in die Hand nehmen wollte, legte Irma das Photo auf die Vorzimmerkommode. Sie zog sich in die Küche zurück. Davide war ins Bad gegangen; sie hörte, wie er den Wasserhahn aufdrehte, um sich die Hände zu waschen. Nach einer Weile ging sie auf Zehenspitzen bis zur Tür, blickte um die Ecke. Florian stand nicht mehr im Vorzimmer; das Photo war von der Kommode verschwunden.

Jetzt habe ich nicht einmal mehr die Abende für mich, dachte Irma. Es war ein Fehler, sofort einzuwilligen. Davide hatte eine Flasche Wein geöffnet; er saß im Schneidersitz auf dem Sofa, nippte am Glas und schaute sich auf RAI uno die Nachrichten an, während Irma ihre E-Mails abrief; sie fand einen langen Brief von Friedrich, in dem er von seinen privaten Fehlschlägen berichtete. Warum macht er das, dachte sie. Wenn ich an meine Vergangenheit denke, fällt mir zuerst ein, was nicht war, was mir genommen worden ist. In meinem Körper sind die Nieren auf Nußgröße geschrumpft. *Anfangen, sich zu vergessen*, schrieb Irma in ihr Heft.

Da kam eine Nachricht von Marianne herein. *Liebe Irma, Du warst in Rom? Warum verschweigst Du mir das? Paul hätte dringend zwei Bücher gebraucht. Ich versteh' Dich nicht. Du weißt, daß ich nicht wegkann.*

Der Abendwind blies die Vorhänge aus dem Fenster. Davide stand auf, um die Wohnzimmertür zu schließen. Er trug das Handy mit sich herum, aus Angst, er könnte den Signalton einer eingegangenen Nachricht überhören.

Irma schrieb zurück: *Liebe Marianne, ich hatte Angst, Dich zu verletzen, wenn ich Dir erzähle, daß ich nach Rom fliege.*

«Wann rufst du Rino an?» fragte Davide.

«Vielleicht überhaupt nicht», sagte Irma.

«Und Florian?»

«Ich werde etwas erfinden. Das Leben ist einfallslos genug.» Irma dachte an den skulpturenverzierten Obelisken, an den heiligen Oronzo, der auf ihm thronte und auf die Piazza della Libertà herunterblickte. Sie war noch nie in ihrem Leben in Ostuni gewesen, aber das Photo im Reiseführer hatte sich sofort in Erinnerung verwandelt. In zukünftige Erinnerung. Sie griff nach ihrem Diktaphon und wiederholte: «Zukünftige Erinnerung.»

«Was tust du da?» fragte Davide. Er machte den Fernseher leiser.

«Ich sammle für mein Buch.»

«Über die aussterbenden Berufe?»

«Nein.»

Irma sah Davide an. Er hatte noch immer gerötete Augen, war viel zu sehr mit sich selbst beschäftigt, um nachzufragen.

«Warum, glaubst du, hat dich Richard betrogen?»

«Kann man das wissen?» Davide griff nach dem Handy, warf

einen Blick auf das Display. «Mir ist Sex nicht so wichtig. Die ficken doch alle herum, weil sie glauben, das gehört dazu. Die Parks – ich mag das nicht.»

«Richard geht in Parks?»

«Keine Ahnung. Alexander sicher. Die hatten damals schon was miteinander – ich Idiot!» Davide schlang seine Arme um die angezogenen Beine, er wippte mit seinem Oberkörper.

«War dieser Alexander schon vor seiner Ehe homosexuell?»

«Ja. Er hat wohl geglaubt, er könne seine Veranlagung weg-heiraten», sagte Davide, «solche Glanzleistungen der Verdrän-gung schaffen nur die wenigsten.»

«Vielleicht liebt er sie.»

«Alexander? Seine Frau? Aber ich bitte dich. Der braucht nur seinen häuslichen Rahmen.»

«Du etwa nicht?» fragte Irma.

«Doch, aber ohne diese Schwindeleien.» Als ihr Mobiltele-phon klingelte, streckte Davide instinktiv den Arm nach sei-nem Handy aus. «Gehst du nicht ran?»

«Ich will jetzt nicht», sagte Irma. Es war Friedrich.

«Die Ursprungsfamilie – das ist etwas anderes. Meistens wis-sen eh alle Bescheid, es redet nur keiner darüber.» Davide drück-te seine Stirn auf die Knie. »Bei euch zu Hause ist es ja nicht anders.» Seine Worte hörten sich dumpf an, als blieben sie an seiner Jeanshose kleben. Er schaute auf. «Aber all diese vorsätz-lichen Lügen, die ständigen Verwirrspiele, die Ausreden, und dann diese generalstabsmäßigen Planungen, damit die Frau nicht dahinterkommt – ich könnte das nicht. Männer wie Alex-ander machen Zukunftspläne mit ihren Gattinnen. Kaum sind die Frauen aus dem Haus, telephonieren sie mit der Gay-Line.»

Gegenüber landeten mehrere Nebelkrähen auf dem Dach. Früher, erinnerte sich Irma, waren sie vor den strengen Win-tern in Osteuropa geflohen, inzwischen lebten sie das ganze Jahr über in der Stadt. Sie konnten bis zu einem Meter Spannweite erreichen. Als Florian noch klein gewesen war, hatte Irma die Krähen, die ihm auf der Jesuitenwiese zu nahe gekommen waren, verjagt; sie hatte Angst gehabt, die Vögel könnten ihn anfallen.

«Daß die Frauen nichts merken», sagte Irma.

Sie stand auf, um nach Florian zu sehen.

XXIII

Ich wartete auf dem Largo degli Osci. Das öffentliche Telephon hinter dem Markt war abmontiert worden, es hingen nur mehr ein paar Kabel aus dem grauen Kasten. Die Überdachung wurde längst als Plakat- und Annoncenfläche genutzt. Nicht weit davon standen zwei blaue Container für Glasabfälle. Nylontaschen und Kartonschachteln mit Leergut waren auf dem Boden deponiert worden, weil nichts mehr in die Behälter paßte. Irgendwo tschilpte ein Vogel; es klang nach einem ordinären Spatz, aber vielleicht täuschte ich mich. Als Kind hatte ich das Flöten der Amseln vom Schmettern der Buchfinken genau unterscheiden können, ich war sogar in der Lage gewesen, Kontakt- oder Bettelrufe auseinanderzuhalten.

Ich sah zur Kirche hinüber; neben dem Turm befand sich eine Tür. Ich ging näher hin. *Nachtglocke* stand auf dem Schild.

Da hörte ich Rino nach mir rufen; er hob den Arm, als wolle er winken. Wir gingen langsam aufeinander zu. Gefiel er mir überhaupt? Er sieht seinem Onkel ähnlich, dachte ich. Als wäre Lucchis Wesen in Rinos ausgeprägten Gesichtszügen karikiert. Ich blieb stehen. Er umfing mich mit seinen Armen. In aller Öffentlichkeit. Mir fiel Vittorio ein. Was er wohl sagen würde, wenn er uns jetzt überraschte. Wen sähe er zuerst: Rino oder mich? Den unbekannten Mann oder seine Frau?

«Was willst du machen», fragte Rino. Er hielt mein Handgelenk fest, daß es beinahe schmerzte.

Eine junge Frau drehte sich nach uns um. Sie trug das Haar aufgetürmt, obwohl sie einen kleinen Kopf und einen langen Hals hatte. Vittorio treibt das Nicht-auffallen-Wollen auf die Spitze, dachte ich. Diese übertreibende Dezenz. Immer will er sich angleichen.

«Also, wohin», sagte Rino.

Ich zog die Achseln hoch, ging neben ihm her. An der Straßenecke spielte ein Mann Drehorgel; er hatte ein entstelltes Gesicht. *Spenden Sie für meine Operation* war auf dem Karton zu lesen, den er sich umgehängt hatte.

Rino entschuldigte sich für seine Wohnung; sie lag im ersten Stock, alle Fenster blickten in den Innenhof. In der Küche hingen Photographien, die römische Kinosäle aus den sechziger Jahren zeigten, als Cinecittà noch eine der großen Kinohauptstädte war.

«Das ist leider auch zu», sagte Rino, als ich das *America*-Kino auf dem Photo näher betrachtete. «Früher stand an der Stelle ein Marionettentheater. Die Kuppel konnte man übrigens öffnen.» Er deutete mit dem Zeigefinger auf das Bild daneben. «Das *Archimede* kennst du, oder? Wunderbare Akustik.» Er drehte sich um und holte zwei Gläser vom Abtropfständer über der Spüle.

«Ich glaube, ich verwechsle es mit einem anderen Kino», sagte ich.

Der Terrazzoboden war an manchen Stellen aufgesprungen; es knirschte unter den Schuhen.

«Ich habe nichts mehr getan, seit Marisa ausgezogen ist», sagte Rino, «schau besser nicht hin.» Er zeigte auf die vergilbten Tapeten im Vorzimmer, die sich da und dort wellten. «Schau lieber mich an.» Als ich nicht reagierte, fragte er mich, wie es seinem Onkel gehe. «Er ist schwul», wollte ich sagen, aber ich schwieg, wie ich es versprochen hatte. «Du solltest ihn öfter besuchen», sagte ich, «er hat niemanden.»

«Er hätte schon, aber er hat sie alle vergrault mit seinen Launen. Er kann sich einfach nicht zusammenreißen.»

«Muß er das? Die Alten müssen sich immer benehmen, irgendwelchen Anforderungen genügen. Wie oft höre ich das: *Mama, wie du dich aufführst! Papa, das ist deinem Alter aber nicht angemessen!* Wer bestimmt das eigentlich?»

«Hehehehe», Rino schaute mich an. «Warum denn gleich so aggressiv?»

Er stand hinter mir; ich roch seinen Atem. Er hatte getrunken. Die Proseccoflasche, die er aus dem Kühlschrank genommen hatte, war bereits halbleer.

«Schaust du dir auch Filme an oder nur Kinosäle?» fragte ich.

Rino berührte meinen Rücken. «Ehrlich gesagt, habe ich ein Faible für Filmfehler. Ich bin ständig auf der Suche nach verschwindenden Requisiten, die irgendwann wieder auftauchen, nach Equipment, das plötzlich sichtbar wird, oder nach historischen Unmöglichkeiten.»

Vielleicht hätten wir uns besser für unsere Lebensfehler interessiert, dachte ich. Als er meinen Nacken massierte, schloß ich die Augen.

«Es gibt einen Bibel-Film aus dem Jahr 1966, da hat Adam einen Nabel», sagte Rino. «Manche Anschlußfehler hängen damit zusammen, daß der Rohschnitt auf die Hälfte runtergekürzt wird. In *Pretty Woman* zieht Julia Roberts Richard Gere in einer Park-Szene die Schuhe aus, die er in der nächsten Einstellung wieder anhat. Wahrscheinlich hat man einen Dialog herausgestrichen, in dem Gere wieder in die Schuhe schlüpft.» Ich spürte seine Lippen an meinem Ohrläppchen. «Und du», sagte er leise, «willst du dich nicht ausziehen?»

«Wenn ich in der nächsten Einstellung noch nackt bin – »

«In der Liebe kann man keinen Fehler machen», sagte Rino.

Als ich aufwachte, war die Sonne verschwunden. Zwischen den Beinen spürte ich ein leichtes Ziehen. Rino hantierte in der Küche; er bereitete wohl das Abendessen zu. Und wenn sich Vittorio auch in Parks herumtreibt? Wenn er Hunderte von Kontakten gehabt hatte?

Das Kissen roch nach Schweiß und Zigarettenrauch. Auch das Leintuch war lange nicht mehr gewechselt worden. Ich entdeckte Flecken auf Rinos Seite, suchte nach Haaren, die nicht die meinen waren. *In der Liebe kann man keinen Fehler machen.* Sie lügen alle, dachte ich. Man braucht nur ein bißchen zu schnüffeln, schon überführt man sie. Blick für Blick entreißt man ihnen ihre Geheimnisse, wenn man erst die Brille abgenommen hat. Aber Beweise – ich habe keine Beweise. Ich drehte mich auf den Bauch, schob die Hände unter meinen Körper. Es gibt nicht einmal etwas einzurenken. Keine Möglichkeiten. Ich war ja nie gemeint, auch im Geschäft nicht, als er mich das letzte Mal gefickt hat. Sex ohne Anlaufzeit. Aus dem Stand.

Ich hatte nicht bemerkt, daß Rino ins Zimmer gekommen war.

«Ausgeschlafen, meine Liebe?» Er versuchte mich zu sich zu drehen. «Es gibt Pasta.» Ich verlor meine Beherrschung, es schüttelte mich.

«Was hast du?» fragte Rino. «Hab' ich was falsch gemacht?»

Wofür soll ich kämpfen, dachte ich. Wogegen. Vittorio läßt mir keine Chance. Da bleibt nichts mehr übrig.

Ich drehte mich zu Rino, legte meinen Kopf auf seine Schenkel. Seine Finger dufteten nach Knoblauch. «Gewissensbisse?» fragte er vorsichtig.

Ich schüttelte den Kopf, dachte daran, wie mich Rino nach der Arbeit abgefangen hatte, an seine Worte, als ich ihm erzählte, ich sei von meinem eigenen Mann zum Abendessen eingeladen. «Du hattest recht», sagte ich zu Rino, «Vittorio und ich sind miteinander essen gegangen, weil ihn Schuldgefühle plagen.»

Rino schwieg, strich über meine Haare.

«Aber die Ehe – die war gut», sagte ich. Fürsorglich, respektvoll, dachte ich, keine Sekunde langweilig. Ich stand auf, trocknete mit dem Handrücken die Augen. Meine Beine fühlten sich kraftlos an. «Laß uns essen», sagte ich.

Im Innenhof wurden Getränkekisten gestapelt; man hörte das Küchenpersonal der angrenzenden Pizzeria, ein Motor wurde gestartet. «Gianni», rief eine weibliche Stimme, «daß du mir nicht zu spät kommst.»

Rino erzählte von seiner Arbeit im Architekturbüro, daß er es bedaure, das Studium nicht abgeschlossen zu haben, es leid sei, immer nur der Laufbursche zu sein. Er schweifte ab, kam auf das Auto seines Mitarbeiters zu sprechen, eine alte Giulia, wie sie auch sein Onkel Anfang der siebziger Jahre gefahren habe. Ob ich mich noch an die skurrile Karosserie erinnern könne, an die hinteren Abrißkanten?

Ich hörte zu, was Rino sagte, Satz für Satz, mußte aber nach dem Zusammenhang suchen. Der Sugo war etwas scharf geraten, ich griff nach dem Wasserglas, betrachtete Rino, der mich zu unterhalten suchte. «Dann kam die Giulietta», fuhr er fort, «die mit dem niedrigen Bug und dem hohen Stummelheck, die Technik war, wenn ich mich nicht täusche, von der Alfetta.» Er richtete den Salat an, reichte mir die Schüssel über den Tisch. «Schön waren sie eigentlich nicht, ein bißchen kurz und gedrungen und eher hoch als breit.»

Giulia, Giulietta, Alfa, Alfetta – ich war in Gedanken bei einer Fernsehquizfrage. Das rote Kreuz auf weißem Grund, Logo der Automarke, stammt vom Mailänder Stadtwappen, und die Schlange? Ich wußte es nicht mehr. Der Kandidat hatte auch keine Ahnung gehabt.

«Kennst du sie?» fragte Rino nach einer Weile. Ich betrachtete meinen Teller, die Kratzspuren der Gabel, den nackten Tisch. Die Fernsehstimme aus der Nebenwohnung prophezeite schönes Wetter. Wir werden nie mehr nach Ostia fahren, dachte ich in diesem Moment.

Rino hielt das Glas in der Hand, trank nicht, sah mich an. «Weißt du es schon lange?»

Ich schüttelte den Kopf, suchte nach dem Autoschlüssel. Rino wird jetzt glauben, ich hätte mich mit ihm getröstet.

Man hörte jedes Wort aus der Nebenwohnung. Irritiert sah ich zum Fenster.

Er hatte sich erhoben, stand etwas schräg zwischen Tisch und Stuhl und zog sich das T-Shirt glatt. Seine Haltung erinnerte an jemanden, der zu einer Tischrede ansetzte, sich aber nicht entschließen konnte, hinter den Stuhl zu treten.

Ich beobachtete die Nachbarin, die ihre Wäsche aufhängte.

«So kannst du doch nicht fahren», sagte Rino. Er stand nun hinter mir, tastete sich mit seinen Händen zu meinen Brüsten vor, knetete sie. Ich vermißte Vittorios Zuvorkommenheit, seine Zärtlichkeit, die jetzt, in diesem Augenblick vielleicht schon einem andern galt. Obwohl ich nach Rinos Händen faßte, sie kurz festhielt, machte er weiter. Er zog mich hoch, schmiegte seinen Körper an mich, zerrte am Reißverschluß.

«Bitte», sagte ich leise, «laß das jetzt.»

Was mach' ich hier. Der Campari-Aschenbecher war voll mit Olivenkernen und Zigarettenstummeln, nichts in dieser düsteren Küche deutete auf Geschmack oder Sorgfalt. Vittorios Mutter fiel mir ein, ihr Satz, mit einer gestärkten und gebügel-

ten Tischdecke und ein paar Vorhängen ließe sich einiges ver-
tuschen. Vittorio, dachte ich, war zum Vertuschungsexperten
geworden.

Ich hielt still, antwortete nicht auf Rinos Gesten und Bewegungen, trotzdem versuchte er, meinen BH zu öffnen. Ungeduldig blies er die Luft durch die Zähne. Es war ihm egal, daß
die Nachbarn uns sehen konnten, daß ich ihn ein zweites Mal
darum bat, mich in Ruhe zu lassen. Ich wolle nicht mehr.
Müsse gleich los.

«Liebe», sagte er, «so schnell entkommst du mir nicht.» Er
ging in die Hocke, schob seinen Finger unter meinen Slip. Ich
gab ihm einen Schubs, machte einen Schritt zurück, daß er
das Gleichgewicht verlor und sich mit der Hand abstützen
mußte.

«Danke für den schönen Abend, aber ich fahr' jetzt.» Ich
rückte meine Bluse zurecht, strich über den Rock, der voller
Staub und Haare war.

«In einer halben Stunde ist es dunkel», sagte Rino. Er folgte
mir ins Vorzimmer, faßte nach meinem Arm. «Einmal noch,
dann lass' ich dich gehen.»

Aus dem Innenhof stieg der Geruch von Bratfett herauf,
mischte sich mit dem Küchengeruch aus Rinos Wohnung. Wie
hält er das aus, dachte ich und versuchte seine Hand abzu-
schütteln, mit der er mich festhielt.

«Ich fahr' ein Stück und werde dann in einem Motel übernachten.»

«Dann bleib doch gleich hier», sagte Rino.

Als ich seine Zunge in meinem Ohr spürte, dachte ich nur
noch: Weg. Nichts wie weg.

Ich machte mich los, öffnete die Wohnungstür.

«Wie –», sagte Rino, «ohne Verabschiedung?» Er stand schon
wieder hinter mir, strich über meinen Nacken. «Darf ich dich
noch um etwas bitten?» Er machte eine kurze Pause. «Kannst

du mir hundert Euro leihen? Du kriegst sie, sobald du zurück bist. Es ist nur so – »

«Das will ich gar nicht wissen», sagte ich und gab ihm das Geld.

Rino, meine *marchetta*! Ich mußte lachen. Hundert Euro ist nicht viel für einen ganzen Nachmittag ficken, dachte ich auf dem Weg zum Parkplatz.

Als ich ins Auto steigen wollte, tippte jemand auf meine Schulter. Ich drehte mich um; es war Rino. «Du hast deine Jacke vergessen.» Er blieb stehen, wartete, bis ich den Motor gestartet hatte, klopfte im letzten Moment gegen die Fensterscheibe.

Ich drückte auf den automatischen Fensterheber.

«Ich mag dich sehr», sagte Rino und zupfte an seinem T-Shirt.

Er blieb noch am Gehsteig stehen, als ich längst die Parklücke verlassen hatte.

«Besuch deinen Onkel», rief ich ihm zu. Eine Weile sah ich ihn noch im Rückspiegel; er rührte sich nicht von der Stelle. Seine weißen Haare leuchteten.

Ich dachte: Raus aus dieser Stadt. Dachte an das riesige Ziegelwerk der Aurelianischen Mauer, an die Kondominien und Hochhäuser der Vorstadtviertel, an die Borgate mit ihren heruntergekommenen Handwerkerbetrieben, Lagerhallen, Werkstätten. Rauf auf die Autobahn nach Norden.

Und während ich über die holprigen römischen Straßen kroch, fiel mir wieder mein Onkel aus Vicenza ein, der mir erklärt hatte, daß Vögel einmal Lauftiere waren, die mit Sprüngen und Flattern versucht hätten, schneller zu werden. Alberto hatte ihm widersprochen. Ihm gefiel die Vorstellung, daß sie auf Klippen und Bäumen saßen und im Gleitflug, ohne Flügelschlag, von einer Thermikblase zur nächsten segelten, daß

sie erst in diesem verzögerten Fallen, durch Zufall, das Fliegen
erlernten.

Am Himmel flogen wieder Stare; sie zogen langsam, ge-
drängt; der schwarze Haufen bewegte sich über den Gran
Raccordo Anulare. Was ist, warum lösen sie sich nicht auf,
dachte ich, warum formieren sie nicht neue Verbände? Die
Anführer werden doch viel zu sehr beansprucht. Ich schaltete
das Radio ein, suchte einen Sender, drückte die CD-Taste. Es
steckte keine Disc im Schlitz. Immer wieder richtete ich meinen Blick auf den hellen Himmel. Ich wartete darauf, daß
sich die dunkle Wolke lichtete, aber die Stare flogen weiterhin eng zusammengepfercht, als wäre dort oben zuwenig
Raum.

Ich beugte mich vor, langte nach dem Handschuhfach. Da
war nur Papier, eine Zigarettenschachtel, etwas, das sich nach
einem Taschentuch anfühlte. Wo hat Vittorio die CDs hingege-
ben. Ich bückte mich, suchte unter dem Beifahrersessel, tastete nach einer leeren Cola-Dose. Der Song *Every man has a*
man who loves him fiel mir wieder ein. Ich richtete mich auf,
schlug mit der Hand auf das Lenkrad. Eine der Brandblasen
platzte auf; ich bemerkte es erst, als ich mit derselben Hand
über die Stirn strich.

Ich sah auf die Straße, der Verkehr hatte etwas nachgelassen.

Das Auto vibrierte, weil ein Lastwagen vorbeirollte. Wieder
schaute ich in den Himmel.

Ich muß noch Mutter anrufen. Sie weiß gar nicht, daß ich
komme.

Da – endlich scherten ein paar Vögel aus, ich erkannte
die fernen Punkte. Meine Hand war noch immer unter dem
Sessel, erwischte endlich eine Hülle, klappte sie auf – sie war
leer. Immer mehr Stare flogen nun versetzt vor den anderen,

bildeten nach und nach eine Linie. Jemand hupte. Ich erschrak, war zu weit links. Riß am Lenkrad. Ein Quietschen, ein Knall –

XXIV

Aus den Querschnittbildern des Computertomographen konnte man in Sekundenschnelle farbige Modelle der inneren Organe generieren, man war sogar imstande, das Knochengewebe auszublenden und sich an bestimmte Gefäße heranzuzoomen. Irma stellte sich vor, wie sie sich mit der Körperkamera ihrem Transplantat näherte, wie sie seine Funktionsfähigkeit beobachtete; in Gedanken begann sie mit ihm zu sprechen, gab ihm verschiedene Namen, aber die paßten nicht, waren entweder zu lang oder zu kurz, zu fremd oder zu vertraut.

In der Bibliothek saßen nur wenige Besucher. Zwei Afrikaner benützten das Internet, ein Pensionist hatte sich mit mehreren Tageszeitungen in eine Ecke zurückgezogen; er befeuchtete den Zeigefinger mit seiner Zunge, bevor er umblätterte.

Irma saß am Fenster, die Beine in der Sonne; sie öffnete ihr Notizheft, um zu lesen, was sie vor ihrer Romreise aufgeschrieben hatte. *Die Perückenmacher stellten nicht nur neue Perücken her, sie renovierten auch gebrauchte Perücken.* Am Seitenrand hatte sie das Wort *accomodieren* notiert, in Klammer stand *Auffrischung, Aufbewahrung, Umarbeitung.* Sie blätterte weiter, drehte ihr Notizheft um. Hinten hatte sie ihre eigenen Aufzeichnungen archiviert. *Sie werden sagen, ich weiß zuwenig. Ich bin gebrochen. Nichts ist aus einem Guß.*

Wir umgearbeiteten Wesen, dachte Irma. Was für ein Triumph, daß der Tod dem Leben dient, daß man nicht mehr fragen muß, ob jemand tot ist, sondern wann er tot ist.

Seit Irma wieder trinken konnte, wieviel sie wollte, seit sich ihre Knochen erholten, nahm das Salz der ausgetrockneten Seen zuweilen einen eigenen Glanz an, und der feine Sand konnte sich in träumerischen Staubnebel verwandeln. Sie dachte immer wieder an die lichtüberfluteten Ebenen, an die glänzenden Luftspiegelungen in der Wüste. Aber das Dürre, Saftlose, Welke war jetzt manchmal fett, naß und blühend, sogar im Frühherbst.

In der Mittagspause fuhr sie zu Friedrich; es war zum ersten Mal, daß sie ihn daheim besuchte, in einem kleinen Appartement, einem Dachausbau mit abgeschrägten Decken und Fenstern auf Brusthöhe. Aber man sah den Himmel, schnell ziehende Wolken, unter denen sich der Flug der Spatzen und Schwalben im mittäglichen Sturm, der aufgekommen war, wie ein unterbrochenes Fallen ausnahm. Die Vögel glitten nicht, sie stürzten. Immer dann wenn Irma glaubte, sie würden nun wie Steine auf die Erde fallen, segelten sie ein Stück weit durch die Luft, bekamen Aufwind, um wieder abrupt an Höhe zu verlieren.

Irma lag auf dem Bett, erschöpft von Friedrichs Zärtlichkeiten, von seinen liebevollen Bemühungen.

Er hatte das Mittagessen vorbereitet, stellte ihr die Nachspeise auf den Nachttisch. «Warum quälst du dich so, es ist doch egal, von wem das Organ ist.»

«Ich quäl' mich nicht», sagte Irma, «ich will es mir nur vorstellen.»

Friedrich hatte ihr aufmerksam zugehört, als sie von ihren Nachforschungen in der Bibliothek erzählt hatte.

«Vielleicht hat sich der Hauptschirm nicht geöffnet, und der Fallschirmspringer hat den Reserveschirm gezogen, ohne vorher den Hauptschirm abzutrennen.» Das führe zu gefährlichen Verwicklungen, sagte er.

Ein falscher Griff, eine falsche Entscheidung eines Unbekannten wird zum eigenen Segen, dachte Irma. Nur welches Verhängnis? Die Niere konnte auch aus Belgien, aus Deutschland, Luxemburg, den Niederlanden oder aus Slowenien sein. Österreich gehörte der Stiftung Eurotransplant an, die den internationalen Austausch von Spenderorganen in einem Einzugsgebiet von 118 Millionen Menschen koordiniert. Manche Unglücksfälle sind den Journalisten keine Nachricht wert, und selbst wenn Irma aus allen europäischen Zeitungen die Namen der Verunfallten erführe, wenn sie den jeweiligen Unfallhergang beschrieben fände, was änderte das? Was wüßte sie dann?

«Glaubst du, man hilft dem Zufall nach, indem man ihn sich herbeiwünscht?» fragte Irma.

Friedrich saß am Bettrand und löffelte seine Creme Caramel. «Dann hätte ich nicht Jahre auf dich warten müssen.»

«Vielleicht war dein Wunsch nicht groß genug.»

«Er war zu groß», sagte Friedrich und leckte den Löffel ab.

Wenn Irma die Augen schloß, sah sie, wie die Felsen in Platten zerfielen, wie sie hernach mit abgerundeten Kanten aus dem Sand ragten. Sie mußte nicht mehr in der Mittagsglut über den brüchigen Boden laufen, mit wundgescheuerten Füßen, ohne Speichel. Durch den geöffneten Mund floß jetzt kühle Luft in die Lunge.

Irma dachte daran, daß sie noch vor wenigen Monaten alles vermieden hatte, was durstig macht, daß sie keine Getränke auf den Tisch gestellt und niemals aus der Flasche getrunken hatte, um die Trinkmenge von einem halben Liter täglich nicht zu überschreiten, daß sie die Medikamente mit Speisen eingenommen und scharfe Zahnpasten vermieden hatte, ebenso zu Salziges und zu Süßes.

«Willst du nicht?» fragte Friedrich und deutete auf die Nachspeise.

«Küß mich,» sagte Irma, «hör nicht auf, mich zu küssen.»

Vor der Evangelischen Schule am Karlsplatz patrouillierten Polizisten, um die Drogenszene der nahen U-Bahn-Passage von den Schülern fernzuhalten; einer der Uniformierten sah Rino ähnlich, vielleicht waren es auch nur die Koteletten, die Irma an Florians Vater erinnerten. Es fiel ihr schwer, den Polizisten nicht anzustarren. In Italien, dachte Irma, sehen die Uniformierten wie frisch gebügelte Tenöre aus. Als sie vor dem ovalen Wasserbecken ankam, in dem sich zahlreiche Enten tummelten und das Spiegelbild der Karlskirche durch ihre Schwimmbewegungen in ein unruhiges Gebilde verwandelten, läutete das Handy. Richard grüßte nicht, wollte sofort wissen, warum Irma zwei Stunden lang nicht erreichbar gewesen sei. Er wartete auch nicht, bis sie antwortete, sondern warf ihr vor, daß sie sich auf Davides Seite schlüge. Es sei nicht so, wie sie denke; Alexander habe bei ihm übernachtet, weil er und seine Frau gestritten hätten.

«Ich bin immer noch dein Bruder», sagte Richard. «Wie kommst du dazu, Davide bei dir wohnen zu lassen.»

«Wo soll er denn sonst hin.»

«Es ist aus», sagte Richard. «Er will mich nicht mehr sehen.»

Das hätte ich Davide nicht zugetraut, dachte Irma.

«Hilf mir», sagte Richard, «ich kann nicht ohne ihn.»

«Dann behandle ihn doch anders.»

Vor Irma stritten sich zwei kleine Mädchen um einen Ball; das größere kriegte ihn zu fassen, warf ihn von sich weg. Er landete im Wasserbecken; die Enten suchten das Weite.

Als Mutter die Nachricht vom Tod Onkel Alfreds erhalten hatte, war Richard von der Kommode gerutscht und zusammengekauert neben dem Schirmständer sitzengeblieben, die Arme über dem Kopf verschränkt, als habe er Schutz vor Mutters Worten gesucht. Da hatte er geweint, leise, mit bebenden Schultern.

«Ganz ehrlich», sagte Richard, «habt ihr was miteinander?»

«Ich und Friedrich?» Hatte sie Richard schon von ihm erzählt? «Du meinst doch nicht etwa Davide? Sag mal, spinnst du?»

Sie hörte, wie Richard sich die Nase putzte. War er erkältet? Er vergoß doch sonst keine Tränen.

«Ich versteh' dich nicht», sagte Irma.

Die Blutarmut und andere Nebenwirkungen der Medikamente machten Irma müde, sie überlegte kurz, nach Hause zu fahren und sich hinzulegen, setzte sich dann aber auf eine Bank, um zu verschnaufen. In Gedanken hatte sie schon Schlafcontainer erfunden, die man bei Erschöpfung gegen einen günstigen Stundenpreis aufsuchen kann, schallgeschützte, klimatisierte Ruheplätze an signifikanten Punkten der Stadt, mit papierenen Tüchern und Kopfkissen ausgestattet.

Davide schickte eine SMS, er würde mit Florian nach dem Kindergarten zum Spielplatz gehen, sie könnte sich Zeit lassen.

Irma sah in das Gesicht einer alten Frau, einer Spaziergängerin, und beneidete sie um die gelebten Jahrzehnte, um die unbeschädigte Zukunft, die sie einmal vor sich gehabt hatte, um das selbstvergessene Weiterleben. In Irmas Leben reichten die kleinsten Erschütterungen, und die reparierten Bruchstellen würden erneut auseinanderklaffen. Und Friedrich?

Man darf das Glück nicht delegieren, dachte Irma, als sie wenig später wieder die Bibliothek betrat. Sie lächelte den Portier an. Schon zu lange vertröstet man uns auf das Jenseits. Wir müssen uns die Belohnung sofort holen.

Die Sonne war aus dem Lesesaal verschwunden, aber die Blätter im Park waren noch immer hell.

Ich muß Rino schreiben, dachte Irma. Sie riß eine Doppelseite aus dem Notizheft. *Lieber Rino, wir kennen einander kaum.* *Kaum* ersetzte sie durch das Wort *nicht*. Sie wußte nicht weiter, legte das Papier zur Seite und beschloß, in ihren Unterlagen zu lesen. Nach dem Friseur, der ihr von seinem Freund, dem Perückenmacher, erzählen würde, wollte sie einen Südtiroler Vogelfänger interviewen. Er war schon vierundneunzig und wohnte in Prösels, einem kleinen Dorf unweit von Völs am Schlern. Sein Neffe gehörte lange Zeit zu den bekanntesten Vogelzüchtern Italiens, war mit vielen Preisen bedacht worden. Vielleicht kann ich mit Florian und den Eltern ein paar Spätherbsttage in den Dolomiten verbringen, überlegte Irma. Oder mit Friedrich.

Als ihre Beine einzuschlafen schienen, stand Irma auf, um sich ein wenig zu bewegen. Sie warf einen Blick in einen Atlanten, suchte im *Handbuch Natur* nach dem *Sturnus vulgaris*, dem gemeinen Star, überblätterte die Seiten mit den Fischen. *Himmelsgucker* las sie, *Seeschmetterling.* Sie mußte lachen. Ihr fiel Davides Geschichte ein, die er ihr einmal erzählt hatte. Er war gerade mal vierzehn Jahre alt gewesen und hatte den Abend am Strand verbracht. Die wenigen Leute waren schon nach Hause gegangen. Der Schatten des Felsens hatte das Wasser erreicht, und Davide, der hinter einem Vorsprung geschützt gewesen war, hatte in einem plötzlichen Anfall seinen Schwanz herausgeholt und ins Meer masturbiert. Aus dem Nichts war ein Schwarm kleiner Fische herbeigeschossen – weg war das Ejakulat gewesen.

Richard hatte ihr nie von solchen Dingen erzählt. Als Irma ihn einmal gefragt hatte, seit wann er denn wisse, daß er homosexuell sei, war er ans Fenster getreten, um sie nicht anschauen zu müssen. «Immer schon», waren seine Worte gewesen.

«Unser Lebensfaden hat eben eine andere Farbe», hatte Davide einmal gesagt, «besser eine andere Farbe als schlecht gewoben.»

Die Parzen! Die Moiren! Irma bückte sich, suchte nach dem *Lexikon der Mythologie*. Es wollte ihr nicht einfallen, wie die einzelnen Schicksalsgöttinnen heißen. Eine, erinnerte sie sich, spinnt den Faden, die andere teilt ihn zu, und die dritte – Irma warf einen Blick in den Park – schneidet den Lebensfaden ab, um ihn nochmals zu verknüpfen.

Atropos flickt, schrieb Irma wenig später in ihr Notizheft. Wenn nur der Knopf fest genug ist.

Auf dem lautlos geschalteten Handy war eine Nachricht eingegangen. *nie mehr ohne dich*, hatte Friedrich geschrieben. Irma spürte ein feines Ziehen in ihrem Bauch.

Sie betrachtete den Himmel. Das Wiegen der Bäume.

Der Fallschirmspringer war längst begraben, dachte sie.

Irma wünschte, der Zufall, der ihr Leben verändert hatte, läge weiter zurück, so weit, daß seine Verursacher nicht mehr existierten, keine Hinterbliebenen. Sie wußte, daß es Menschen gab, die ihre Spenderin betrauerten, daß es Zeugen und Opfer gab, die sie nie kennenlernen würde, und doch kannte sie einen Teil davon, hatte sie ein fremdes Organ in ihrem Körper, das ihr das Leben zurückgegeben hatte. Zeit, die woanders fehlte. Sie hatte über Nacht eine zweite Chance bekommen.

«Zipp-zipp, zit-zitt zipp», hörte sie die Vögel draußen, aber sie sah sie nicht. Oder war es doch eher ein Tschilpen, ein Fiepen, ein Trällern, ein Schmettern, gar ein heller Siiih-Laut?

Einmal glaubte sie, einen Mauersegler zu sehen, dann aber zweifelte sie. Die schreien, wenn sie in rasendem Tempo durch die Häuserschluchten fliegen. Vor dem Fahrtwind schützt sie eine Art Motorradbrille, ein Schirm aus steifen, haarartigen Federn. Was für Vögel, dachte Irma. Ihre Füße sind völlig verkümmert, sie können sich damit nur an Wänden und Mauervorsprüngen festklammern. Sie schlafen und paaren sich in der Luft. Ein Leben in den Wolken.

Irma dachte an die andere, sah deren Biographie klar vor sich, ein Leben, das nicht vor Irmas Augen stattgefunden hatte, das sie aber überall sehen konnte, wenn sie nur ihre Augen aufmachte. Sie erzählte es sich selbst, mußte es sich erzählen, auch wenn es nur ausgedacht war. Vielleicht mußte sie es ausdenken, zu Ende denken, um den eigenen, zweiten Anfang zu finden.

Der Knopf im Lebensfaden hat einen Namen. Irma griff sich an den Bauch. *Moira, Mara, Maria,* versuchte sie es.

Mauersegler, fiel ihr ein, werden sehr alt, mehr als zwanzig Jahre. Die schaffen sechs Millionen Kilometer, das entspricht acht Flügen zum Mond und zurück.

Ich werde nicht alt.

Ich muß alt werden. Wegen Florian.

Irma sah auf ihre Hände, noch waren sie fest und glatt. Sie wünschte, die Haut sähe einmal aus wie Pergament, dünn, voller brauner Flecken. Doch wenn sie sich im Spiegel betrachtete, lähmte sie die Angst. Sie konnte sich nicht vorstellen, wie sie sich einmal verwandelte, nichts mehr dasein würde von dem, was sie jetzt ausmachte. Im Gegensatz zu Richard und Davide, die sich vor dem Alter fürchteten und alles unternahmen, damit es nicht an ihren Körpern sichtbar wurde, träumte Irma davon, daß sie als Achtzigjährige ihr Ich im Photoalbum suchte, daß sie dem Ende entgegenwelkte, doch noch die Möglichkeit bekam, mit der Zeit zu vergehen.

Ich werde nicht sehen, wie mein Bauch schlaff wird, wie sich die Zehennägel verdicken und rissig werden. Ich muß sehen. *Zeit sammeln, in jedem Satz. Auch und vor allem die Zeit der anderen, die ich gar nicht kenne.*

Mit Friedrich alt werden. Irma lachte innerlich, glaubte sich kein Wort. *Atropos, die Abschneiderin, war mit einem Scherenschleifer verheiratet gewesen*, notierte sie. *Ein aussterbender Beruf.* Die Zuteilerin beklagte sich gewiß schon, daß sich zu viele Fäden anhäuften, zu viele Knöpfe. Hatte sie nicht richtig Maß genommen? Wo war die schicksalshafte Ordnung geblieben?

Irma stand wieder auf, ging rüber zu dem Buch mit den Staren. Anfangs, erinnerte sie sich, waren es noch einzelne Punkte gewesen, dann plötzlich hunderte, tausende. Sie bewegten sich rauf und runter, hin und her, stürmisch, kraftbeladen.

So etwas hatte Irma noch nie gesehen.

Sie ging zurück zu ihrem Tisch, schrieb: *Anfangs waren es noch einzelne Punkte gewesen, dann plötzlich hunderte, tausende. Sie bewegten sich rauf und runter, hin und her, stürmisch, kraftbeladen. Die Menschen, die stehengeblieben waren, folgten mit ihren Blicken den wellenförmigen Bewegungen, den S-Linien und Ellipsen. In manchen Augenblicken sahen die dunklen Formen wie ovale Flugobjekte aus, dann änderten sie sich wieder, teilten sich oder rissen auseinander.*

So könnte es gehen, dachte Irma. Ich werde mir meine Tote erfinden. Ich muß ihr das Leben zurückgeben.

Die Vögel im Park waren still, aber Irma hörte sie deutlich. Auch das Quietschen eines bremsenden Autos, den Aufprall.

Mira, dachte Irma; sie tastete nach ihrem Transplantat.

Ich nenne sie *Mira*.

Die Arbeit an diesem Buch wurde unterstützt von der Stadt Wien, vom Österreichischen Bundeskanzleramt und von der Südtiroler Landesregierung.

Für das Motto:
Joseph Brodsky, Römische Elegien und andere Gedichte.
Aus dem Russischen von Felix Philipp Ingold
© 1985 Carl Hanser Verlag, München-Wien

1. Auflage im Taschenbuch 2024
Dieses Buch erschien zuerst 2007 in gebundener Form
im Verlag C.H.Beck

www.beck.de

Gesetzt aus der Quadraat bei Fotosatz Amann, Memmingen
Druck und Bindung: Druckerei C.H.Beck, Nördlingen
Umschlagabbildung: Leander Eisenmann/Getty Images, Johner
Umschlaggestaltung: Leander Eisenmann
Printed in Germany
ISBN 978 3 406 81198 2

myclimate
verantwortungsbewusst produziert
www.chbeck.de/nachhaltig